2gether

1

著 ジッティレイン JittiRain　訳 佐々木紀 Sasaki Michi

目次　contents

序章

十代で真実の愛を見つけるのは難しい。
いつもふっている側がふられるなんて、さらにキツい。

Tine TheChic（シックな男・タイン）新入生オリエンテーションは終わった、けれど僕の運命の女性は？　いつ現れるのだろう。

「いい写真じゃん！」
「ちょっと！　みんなで何を見てるんだよ？　『いいね』するのやめろ！」
ピンポンピンポンピンポンピンポン
「いいねボタン押しすぎて、指が死にそう」

「人気ありすぎて悪かったね！　ははは」

「うーん！　タイン、キスさせろ」

　このめちゃくちゃイラつく声は、僕の仲間たちだ。僕を入れて４人。みんなそれぞれ、有名俳優の名前からとったあだ名ジェームスＪとポープ、マリオを自称し、グループを「スター・ギャング」と名づけている。けど正直言って、似合っていると思えない。３人ともそこまでイケメンでもないし。俳優の名で呼ぶなんておこがましくないか。

　キスすると脅したやつの名はプアク。自分がジェームスＪにふさわしいと力説するが、ジェームス・ジラユには似ても似つかない。

　プアクの横がオーム、大学の「キュートボーイ」のサイトに出ているイケメンからヘアスタイルをコピーして、自分もその１人になったつもりでいる。彼が選んだ名前はポープ、俳優タナワット・ワッタナプートのニックネームだ。本人曰く貴族的な顔立ちが似ているそうだ。

　オームの横にいるのがフォン、小さな目が特徴。お母さんが以前、バンコクの中華街「ヤワラート」で金取引の店を経営していた。最近家族で引っ越し、この大学の近くに移ってきた。マフィアに追い出されたとフォンは吹聴している。嘘つきめ。

　彼は自分が美形俳優のマリオ・マウラーに似ていると言う。乳首がピンク色なのが共通しているからって。実際は？　本物のマリオはタイと中国、ドイツの血が流れているけれど、フォンはタイと中国に、ちょっとシンガポールが混ざっているだけなんだ。

　僕については、誰に似ているかちょっとわからない。やっぱり俳優のナデート・クギミヤかな。それか、マーク・プリン。誰のドラマの視聴率が一番か、チェックしてないし。はは。冗談さ。


「タイン……」

　3人の笑いがおさまると、話が始まった。


　この世にはなぜ「ペア」のものがこんなにたくさんあるのか、不思議に思ったことはない？　2つ組みの片割れがひとつだけになっていると、ひどく寂しそうだ。たぶん、僕はペアに固執するタイプなんだと思う——友達でも、恋人でも。

　寂しい思いをしたことは一度もない。それは自信を持って言える。タイでトップ4に入る学校に通っていたから、たぶんそのお陰でいつも女の子にモテたんだ。そして大学1年生になり、人生が少しずつ変化していって、とうとう自分に問いかけなければならなくなった……。

　なぜこうなった⁉

　高校では相当数の女子とつき合った。学年で一番クールな男と呼んでくれたっていい。うちの学校の下級生に聞いてみて、みんな名前を知ってるから。タイン・ティパコーン、12年の9組。「タインを知ってる？」と聞けば、こんな返事が返ってくるはず。

「嘘でしょ⁉　タインを知らないの？　めっちゃキュートだよ！　死ぬほどキュート」

元カノについて言えば、幅広いタイプと交際してきた。たとえば……。

本の虫

「ギング、今日って時間ある？」

僕はよく、それまでに習得した最高に魅力的な声で誘った。彼女は一番好きだったな。初恋の人だと思ってる。美人で優秀で。彼女とつき合いたい男は山ほどいたから、トップ４の男子校の全生徒に勝ったみたいな気分だった。僕は勝者だった。

「なぜ？」甘～い声でギングは言った。

「サイアム※に行こうよ」

「ああ……今日は数学の家庭教師が来るの」

「じゃあ明日は……」

「化学があるわ」

「じゃ土曜はどう？」

「本当にごめんなさい。その日は生物と物理と英語の家庭教師。それに日曜は一日中、タイ語と社会のクラスなの」

※ サイアムセンターのこと。バンコクのショッピングモール。

「じゃあ、いつ暇ができるの？」

「まず入試に受からないと。全部うまくいったら、あなたの好きなところに行ってあげる」

つまり、今世で僕とつき合っているが、一緒に出かけるのは来世でってこと？　僕は普通の彼女が欲しかったんだけど。アルベルト・アインシュタインやチャールズ・ダーウィンじゃなく。

結局、僕たちは別れた。こっちから「先生とデートしてろ」と言い渡したんだ。それでどうなったと思う？

あいつ、とっくに英語の家庭教師とデートしてたんだ！

カメラ中毒すぎる彼女

「タイン、一緒に自撮りしよ」

彼女の名前はパングワン。可愛くて無邪気、ずーっと手からカメラを離さない。

「いいよ」

「じゃ笑って、はい、ライチー……」

「ライチー！」

僕はチェシャ猫みたいに、にんまり笑った。

「チェリー……」

「チェリー!!」

「ほーんと可愛いわね」

はぁー、と言いながら彼女は僕の頬をつねった。

「もう食べようよ」

「いいわよ。わーい！　チーズパイが来るわよ。その前に写真。タイン、ちょっと写真撮ってくれない？」

カメラを僕に渡す。いや単に「渡した」とはわけが違う。僕の手に押し込んだ。

「いいよ。はい、ピーチ！」

カシャ
「やだ、わたしの顔、太って見える」

「そう？　じゃあ撮り直し。よし！　3、2……」

「もう撮ったの？」

「うん」

「タイン……、1って言わなかったじゃない。それじゃポーズが決まらない」

ええ？　さっき頬っぺたふくらませた顔してたじゃん。

ここまでだ。こんなの、つき合ってられない。別れどきだ。

えり好みタイプ

「今日は何を食べたい？　どこでも好きなところに連れていくよ」

僕はデートするなら、いつも女の子を最大限にもてなしたいと考えてる。彼女が何を買いたくても、食べたくても、プリンセスのように扱いたいんだ。今回もそう……。

「わかんない。あなたと一緒でいい」

女の子っていつもこうだ。食べ物のことになると、こっちが代わりに考えてあげるものだと思ってる。

「あのシーフードの店に行こうか」

「あそこ？　んー、あそこだと、全部食べ切れないもの。量が多すぎ」

「パスタは？　カルボナーラ、好きだったよね」

「やだ、油っこすぎ。今そんなの食べたら、吐いちゃう」

「じゃあ何が食べたいの？」

「タインくんが決めて」

こっちは困り果て、必死になってあらゆる料理を考え出そうとする。

「日本料理は？」

「もう飽きちゃった」

「プラトゥーナムのチキンライスは？　すごく有名だよ」

「太りそう」

「じゃ、サラダは？　サラダなら太らないよ」

「でも、それじゃお腹いっぱいにならない」

「だったら何が食べたいのか言ってよ」

「自分でわかるくらいなら、あなたに聞かないわ。考えて」

悪夢きわまりない！　いつか、来世でなら一緒に食事できるかもね。一度くらい自分で考えろや！

ブランド姫

「タイン、どうして最近会ってくれないの？」

彼女はべべ。女子校の生徒。透けるような肌は、生後3か月の赤ちゃんよりきれいだ。

「勉強が忙しくて。でも今日は時間あるよ。映画に行く？」

「車は何？」

「シビック。兄貴から借りたんだ」

「やだ。そんなクラスの車、乗ったことない。シートが固すぎるんでしょ。うちの運転手に電話して来てもらうわね」

なんだ、いつもは宇宙船にでも乗っているのか？　雲みたいにふんわりした座席でないとダメなんか？

「いいよ。映画の後は何か食べに行こうよ」

「ちょっと待って」

「どうかした？」

「少し買い物もしたいの。最近新しいコスメ買ってないし。MACのリップスティックの『Kinda《カインダ》 Sexy《セクシー》』と『Please《プリーズ》 Me《ミー》』っていう色がいるの。それとディオールの新しい香水、みんな持ってるから。バッグも新調したい。ヴィトンはもうありふれちゃって」

「ああ、わ、わかったよ」

「どのブランドが一番可愛いと思う？」

「女の子の趣味はわからないよ」

もし僕がキャンバスのトートバッグにすればと言ったら、それを買う？

「タインったら、なんにも助けてくれないのね」

あまりにもムカついて、自分で選べ、と一番近いモールに彼女を投げ捨てたくなった。

もちろん別れた。無駄にしている時間はない。

かまってちゃん

「どうして電話に出てくれないの？」

ウ○コしている最中に電話に出られると思うか？　まぁ実際そう言えるわけはない。適当に答えを考えないと。

「忙しくて。勉強頑張っててさ」

「夜も勉強してるの？」

「大学受験だからね」

「そうよね。うちのことなんか別に大事じゃないもんね。うちがいなくなっても、悲しくないってこと？」

「なんでそんなこと言うの？」

もう彼女は泣き出してる。そして電話をブチ切り、泣き顔の写真をフェイスブックに投稿、僕にタグ付けしてくる。

ギャー、やめてくれ、みんなにクズだと思われたじゃないか！

常にアノ日

「ナムワン、どうかした？」

彼女の肩にそっと手を置く。スカイトレイン※に乗り込んでからずっと、むすっとした顔をしていた彼女。その後ちょっと歩いたら気分も上げてくれると思っていたが、さらに悪くなるばかり。

「そういうことしないでほしいのよね。頭に来るわ」

僕がいつ何をした……？

「なんで怒ってるの？　僕は何もしてないよ」

「わたしがなんで怒ってるか、まだわからないなら、あっち行って」

「どうしたの？　言ってくれれば、なんとかできるかもしれない」

「生理中なの、わかる？　ほっといて」

「あっそう、じゃあ一生ほっとくぞ！」

それからというもの、首都バンコクでの楽しい高校生活は終了、そして僕は地方の大学に入ったんだ。もうサイアム・パラゴンのショッピングモールで遊ぶこともない。その代わりに、なんの因果かここに来て、おかしな状況に置かれることになったのだ。それは……。

「タイン、聞こえてる？」

この声の持ち主が、僕の人生にさらにややこしい事態を起こす元凶になった。

「え……何？」

「クッキー買ってきてあげたの」

「僕に？」

「ええ」

目の前の人物を上から下まで見た後、その手に抱えられているクッキーの箱に目を落とし、ぎこちなく受け取った。

「ありがと」

「タイン・ティパコーン、法学部の新入生でしょ。あなたが好きっ！」

え、なんだって？

どっかに隠しカメラがあるのか？　シチュエーション・コメディかなんかか？

「え……これジョークか何か？」

「本気で好きなの。ね、彼氏になって」

こっちは本気でクッキーの箱を地面に叩きつけたくなった。ギネス世界記録の認定員の人、僕の最高にありえない経験、記録しといてよ。

愛の告白をされてしまった。ひとつだけ困ったことに、告白してきたのは……**男だった！**

※　バンコクの高架鉄道。

第１章

真実の愛をはばむ、邪魔なやつ

絶体絶命の危機に陥ったことはある？

左を見ると、どう猛な犬がいて、噛みついてくることは確実だ。しかし右を見ると、行き止まり。

手にした赤いクッキーの箱と、それをくれた男を同時に見ている僕。目下そういう状況だ。

彼がにこーっと笑みを見せる。ブサメンだと言ってるわけじゃない。彼、イケてるほうだと言ってもいいくらいだ。でも、遠目に見てもゲイなのが明らかなこいつが、僕に気持ちを告白してきたのだ。男の顔に女のハート、そいつが甘い言葉を送ってくる。どう断ればいい？

「あなた、タイン・ティパコーン、法学部の新入生でしょ。ダイスキっ」

「あの……」

こういうときこそ友達の助けが欲しいのに、みんなスマホに熱中するフリをしている。

「その、僕は……」

「その、なあに？　法学部のタイン・ティパコーン」

やめてくれよ！　僕の名前を！　別に鉄壁の秘密主義ってわけでもないが、ここでそうやって僕のフルネームを呼びたてる必要がないじゃないか。カンベンして……。

「どうも、こんにちは。その……。あれだよ。僕は女の子が好きなんだ、男じゃなく」

なるべく友達に話すように言ってみたが、無駄だった。

「平気よ。そういうのって、だんだん変わっていくから」

確信に満ちた声。

「でも、もう好きな人いるんだ」

「誰？」

「それは言う必要ない」

なんと言ったらいいんだ。誰の名前を使えばいいか思いつかない。

少し離れたところに、この男の友達が数人固まっているのが見える。こいつを応援しようと来たに違いない、興味津々って顔をして。

「誰のことが好きでも、あたしのほうをもっと好きになるはず」

僕は答えない。自分のイメージを守らないと。僕はタイン・ティパコーン、スーパー・クールな法学生だぞ。

「あたしの元カレの元カノは、大学のミスコンで優勝してるの。けど、その子にだって勝ったもん。わたしってすごくイイの！」

こいつ相当、自信満々だ。

「とにかく……」なんとかしなければ。

「まあちょっと考えてみて」

「……」

「で、アレがしたければ、はっきり言ってくれて平気よ。場所もどこでも。バルコニーでもキッチンでもお好みで」

「はっ？」

「元カレには本当にスゴいって言われたし」

「だったら、その男と続けてりゃいいじゃん」

「今でも一緒だったら、元ってつけないでしょ？」

終わった。もう言うことが尽きた。

「法学部のタイン・ティパコーン、好きになっちゃったから、毎日会いに来るわね」

「きみね……そういうことしないで」

「好きになってくれる日を待ってる、ちょっとだけでもね」

「……」

再びどう答えるべきかわからず、仕方なく笑った。

「きゃ！　ステキな笑顔！　あたしはグリーン。人文社会科学部にいるから。オリエンテーションであなたを見たとたん、好きになっちゃったの。じゃんけんしてたでしょ、すんごくキュートだった。あ、もう行かないと。じゃあね！」

「彼どうだった？　言ってみ！　いいから」

「ほんとにゴージャスだよね。超ステキ」

「ああ！　イケメン！」

グリーンが戻ったときに友達がちょっとした悲鳴を上げたのが聞こえる。みんな大興奮だ。まるで試験で好成績を上げたみたいに。何も起きてないのに。

なぜ、さっさと「ノー」と言わなかったのか、自分でも解せない。とほほ。

「おいタイン、無事か？」

なんだ？　今ごろやっと電話が終わったわけか。

僕のスマホでフェイスブックの通知音が鳴った。開いてみると。なんだったと思う？

グリーン・スナッキキさんから友達リクエストが届きました。

「おい、タイン……」

「どうした？　大丈夫か」

「たった今、男にナンパされた状況で大丈夫だと思うか？　冗談じゃないよ！」


それから3日間だ。

いつもの自分を取り戻すまでに、しばらく時間がかかる。愛の告白をされた経験はかなりある。けど男子からは初めてだ。考えただけで鳥肌が立つ。気持ち悪いとかそういうことを言うつもりはないが、グリーンとカップルになることはありえない。悪いやつではない。前に言ったように、やつはけっこう美形だ。見かけから言えば、ある日女装してきても不自然じゃないかもしれない。とにかく、こういうときどうすれば切り抜けられるかはわかってる。ずっと無視していれば、どんな手で落とそうとしてきても無駄だ。届いた友達リクエストも承認しないでおこう。だいたい「グリーン・スナッキキ」って、どういう名前だよ。キモい。小学生が自分でつけたあだ名みたいだ。

まあいい、こういうことはすべて、つぼみのうちに刈り取ってしまうことだ。そんなに心配することじゃない。と、思ったのだが。


「タイン、トイレットペーパーある？　持ってきてあげるわよ」

この3日間、毎秒毎秒、こうだ。やつが、いつでもどこでも追ってくる。便所にまで。

「やめてくれ」と、きつく言う。

「おしっこ、それともウ◯コ？」

「消えろ」

急にもう個室に入りたくなくなる。一番近い小便器に駆け寄ったが、グリーンも追ってくる。

小便も落ち着いてできないー！

「消えろって言っただろう！　そういうことすると嫌いになるだけだ、わかる？」

「じゃあ、外で待ってるわね」

「教室に戻れよ。講義があるんじゃないのか？」

「これから1時間、空いたの。だから会いに来たの」

「来なくていい」

「じゃ、後でね」

「来・る・なって言ってるんだ。嫌いなんだよ。もう好きな人がいるって、言ったよね？」

「誰？」

「きみには関係ない。つきまとうのやめてくれ、わかった？」

「わかった」

「……」

「じゃ、明日ね！」

だあああ！　こいつ、今まで会った中で最悪のマジキチだ。いいかげんにしてくれ。

もう、うんざりだ。グリーンが前世の罪業みたくへばりついてくる。スター・ギャングの仲間には、やつのことを全部話した。本気でムカつく。

「そう気に病むな。みんなで助けてやるから」

フォンが僕の背をどすんとどやして、元気づけてくれる。みんなスマホでフェイスブックから、僕がアタックすべき女の子を全力で探している。可愛くて金持ちで人気ある子を見つければいい。そうすればさすがの「グリーン・スナッキキ」も僕をつけ回せなくなるだろう。

「誰かよさそうな子、いる？」

「そうだな……。何人かいたけど、みんな彼氏がいるみたいだ」

「上級生は？」オームが聞く。

「かまわない。新入生だろうが2年だろうが、3年でも4年生でもいい」

みんなで探し続ける。SNSで女の子を見つけるのは、リアルより簡単だ。

実はこれ、一石二鳥とも言えるじゃないか。なぜかって？　まず、グリーン・スナッキキから逃れられる。その上、本当に彼女が見つかる可能性もあるじゃないか。完璧な計画かもしれない！

「オーム、誰かいい子いる？」

15分経った。結果をチェックしよう。オームはSNSの神と言っていい。何しろツイッターにもフェイスブックにも、インスタグラムにも、ティンダーにまでアカウントを持っているのだ。こいつときたら、一日中スマホをスワイプしてる。

「ポープと呼べって言っただろ。まったく。忘れるなよ」

うう、真剣に気持ち悪い。おえっ！

「はいはい、ごめん、何か見つかった？」

「マリオに聞いて。こっちはまだ途中だから」

「じゃあマリオ。そっちはどう？」

マリオ＝フォンがにらんできた。「今彼女としゃべってるんだよ。邪魔するな」

仕方なくプアクに聞こうとして、

「ジェームスJは――」

「いや。今はダメ。フォロワーとチャットしてるんだ。ちょっと待て」

ちぇっ。みんな役立たずだな。はぁ、死ぬまで待たなきゃいけないのか？


仕方ない、僕の問題の解決を語る前に、この時間を使って友達のことを詳しく紹介しよう。前に言ったように、このグループは4人のイケメンがメンバーだ。プアクとオーム、フォンと僕。プアクはフェイスブックで「マズいが安い、おすすめレストラン」というページを管理している。キャンパス周辺のレストランのレビューをまとめたアホらしいページだ。レビューで大事なのは安いかどうかということで、料理は激マズでもいい。そんなんでやっていけるのかと、当初は不思議だった。でも今や彼のページには15万の「いいね」がついている。失礼しました、プアクくん。疑ってごめん。

オームは仲間内のちょっとしたセレブ、SNSにたくさんのフォロワーがいる。自分では、史上最大のイケメンでタイの人気俳優「ポープ」みたいだと思っている。

最後がフォン。彼について何を話せばいいやら。お母さんのビジネスを手伝っているということと、今の彼女にべったりだということくらいしか思いつかないや。

さて、ひと通りみんなを紹介したし、そろそろ頭の中の自分だけの部屋から出るときだ。真剣にブレインストーミングしなくては。

「思ったんだけど……」

と切り出した。というのも、すべてを解決する方法をついに思いついたから。

「なんだ？」

「ヌムニムに頼もうと思う」

ここで当然、ヌムニムって誰さ、という疑問が湧くことだろう。えり好みタイプの元カノのことを話したの、覚えているかな。彼女がヌムニムだ。

彼女も同じ大学に入ったんだ。廊下でよく出くわし、ちょっと話したりもする。だから彼女がフリーなのはわかってる。ゴージャスな美人だし、そしてグリーン撃退を手伝ってくれそう、ということに関しては、まあまあの自信がある。

僕たちがいろんなことにおいて意見が違うのは確かだが、このおぞましい問題から僕を助けようとはしてくれるだろう。これは、卵が卵であるのと同じくらい単純な真実だ、きっと。

「ナデート、それ本気か？」

「ポープ、やっぱりみんな本名を使わないか？　頭がヘンになりそうだ」

まったく！　この変なあだ名、本気で嫌になってきた。お願いだ。もうやめよう。

僕はヌムニムに電話してあらいざらい話した。彼女はすぐに協力すると言ってくれた。ただし、もうすでに新しい彼がいるというではないか。

つまり実際には、僕は突然フリーでなくなった元カノを探して、お願い助けてと頼み込み、新カレには彼女から、ある人とつき合っているフリをするだけだと説明してもらわなければならなかった、ということだ。なんてこった。こいつは実にわけのわからないことになってきた。

とにかく、ヌムニムはあのストーカーの撃退に協力してくれることになった。すばらしい！

それじゃ、善は急げだ。新入生歓迎行事はほぼ終わったが、まだひとつ、残っているものがあった。一番大規模で、新入生誰もが心待ちにしていた「新歓ナイト」。

今、学内の新入生は全員、屋内競技場に集まっている。学部ごとに分かれ、観客席に座る。一番上には公衆衛生学部、そして芸術学部が少し。最下段はほとんどが工学部と農学部の学生。本当に全員集まっているようだ。

今夜は面白そうな特別イベントが多いからだろう、たとえば美を競うプリンス&プリンセス・コンテスト（ストレートもそうでない人もオーケー）、学生バンドの演奏もある。

当然、スター・ギャングもこの機会を逃さない。プアクが僕の左側に座っている。偽装彼女のヌムニムが右だ。前の席にフォンとオームがいる。後ろにいるのはスティーブン・コンドーム。本当の名はドームだけど、僕がコンドームと名づけたんだ。これで準備万端。

「みんな、次は学部のイケてるプリンスとプリンセスの登場だよ、準備はいいかな？」

「イエーイ！」

「おお、みんなテンション上がってるねー。さあ、ショータイムだ！」

派手なオープニングとともに、学部ごとのプリンセスとプリンスが登場する。自分の学部のプリンスを見つけて、プライドが傷つく。このショーには僕が選ばれそうだったのに、先輩たちが今ステージにいるやつのほうが頭よさそう、と言ったのだ。あきれた話だ。

最初のショーが始まり、そして次のショーが続く。そして3つめ、4つめ、まだまだ続いた。ずいぶん時間がかかっている。だいたい2時間ほどだろうか。僕は常に用心し、グリーンが出てこないか気を配っていた。ありがたいことに、やつは姿を見せない。そのうち元カノのことがふと気になった。

「喉、乾かない？」と聞いてみる。

「ちょっとね」

ボトル入りの水を手渡す。

「はい、どぞ」

「えー、これイヤ。わたしミネラルウォーターしか飲まないの」

「今は立ち上がるのも大変だよ」

このへんはぎゅうぎゅうに混雑しているのだ。

「じゃあいいわ」と彼女は言って、人に思いきり罪悪感をなすりつけてくる。

「どのブランドの水がいいの？」

「いいってば。トイレに行った帰りに、1本取ってくるから。でも、どっちに行けば早いかな。右かしら、左？」

めちゃくちゃ難しい問題のような顔をする。何やっているんだか。さっきから、これで2度目のあきれ顔になってしまう。

「右がいいよ。あまり混んでいない」

「そう？　左がいいかなって思うけど」

「じゃいいよ。お好きなように」

「でもあなたが右って言うから。いいわ。こっちに行く」

ヌムニムは立ち上がる。

「足元に気をつけてね」

「はいはい……でも左に行こうっと、彼氏があっちにいるの」とクスクス笑う。

は？　なんだよ？　もうどうでもいい。好きなほうに行けばいい、僕はどっちだっていいんだから。別れて正解だった、まったく。

30分後にヌムニムは隣の席に戻ってきたが、さっき僕があげたのとまったく同じボトルの水を持っている。どうしちゃったんだ、この女。嫌気がさしてくる。それに、現在進行中のショーがまるで面白くない。ただただ退屈。

「タインちゃん！」

「ギャー出た！　……みんな頼む！　助けて！　ガードして！」

一瞬気を緩めただけで、これだ。

幸い、グリーン・スナッキキが僕に近づくことは不可能だ。一流のボディガードたちがいるんだから。スター・ギャングが僕の安全を守ってくれる。ありがたや。

「ジェームスJ、僕の手を取れ！　マリオ、もうちょっと寄れ！　ナデート、大丈夫だ約束する！」

いや、ここまでおびえるのもちょっとアレかもしれないが……。

「また？　なぜいつも、お友達があたしの愛の邪魔をするの？　どうして？」

「なんで来たんだよ。あっちへ行けよ！　自分の友達のところに戻れ！」

　グリーンは、まだにじり寄ろうとしてくる。とうとう僕の真後ろのスティーブン・コンドームの席を占拠する。とんでもなくおぞましい。

「顔見たかったの、それだけ。で……その女、誰よ？」

　ヌムニムの脇をこっそり突いて、しゃべってくれとうながす。

「この人？　彼女はね……」

「ヌムニム！　なんでここにいんのよ？」

　僕のフェイク彼女があっと息を呑んだ。

「やだ、グリーン！」

「きみたち、知り合いなの？」

「友達の彼女」とグリーン。

「なんでここにいるの？　ヌムニム」

「それは……」

　ヌムニムが助けを求めてこっちを見ると、友人たちは突然押し黙ってしまう。アウトだ。２人がもう知り合いなら、嘘は無駄ということになる。後で別の手を考えよう。

「この人、元カレ」

「うおおー！　タイン、ヌムニムが彼女だったの？　すごく希望が見えてきちゃった」

「なんで」

「だってあたしはミスコンで優勝した子にも勝ったんだもん。ヌムニムよりずっといいってこと」

「はあああ！　違うわよっ！」

　ヌムニムがわめいているうちに、ＭＣが次にステージに上がるバンドを紹介する。コンテストの休憩タイムに演奏するのだ。

「では、みんなに『Sssss...!』を紹介します」

　なんちゅうバンド名だ。「Sssss...!《シューッ》」って。炭酸飲料か。

　でもドラムの最初の音を聴いたとたん、周囲が気にならなくなった。演奏されているのは、僕の大好きなバンド「スクラブ」の曲だ。ドラムの最初のビートで、もうどの曲かわかる。

「みんな、元気かーい？」

「ワー！」と聴衆。

　ヴォーカリストの声が会場を満たす。一斉に、バンドにカメラが向けられる。ヴォーカルからベース、ドラム、キーボードへ。最初の歌詞だけで、もう胸にぐっと来た。

「すれ違う　見るのは知らない人たちばかり
　いつもの気持ち　好きなことも　いつもと同じ
　思い出そうとする　この思い出、僕だけのもの

僕だけ　いつもの　同じ自分」
――スクラブ『Together《トゥギャザー》』

ヴォーカリストは上機嫌、ほとんど陶酔したような表情を浮かべてる。僕もみんなと同じように、体を左右に揺らしながら一緒に歌う。グリーンがしつこく僕の腿に手を置いてくるのにも、ほとんど気づかない。ほとんどね。あと1秒、そしたら殴ってやる。

「1日　1か月　1年が過ぎ
でも　誰かがそれに意味をくれる」

キャアアアアア！

スポットライトが移動して、隅のほうのギタリストをとらえる。そのライトにつれてカメラも動くと、周囲がすごい悲鳴であふれ返った。それが恐ろしい轟音となる。

「1人がすべてを変えた
1人が　僕を微笑ませる　悲しいときですら。
きみだけ　僕の愛を永遠に変えた人」

「あの人すっごくカッコいい！」
「うわー！　本物の天使じゃない？」
「理由はいらない　説明も
きっと僕たちは　一緒になると決まっていたんだ」

――悲鳴――!!

あのギタリストに向け、歓声が何度も何度も上がる。カメラマンも女子の望みがわかっているのだろう、その男にカメラを向け続ける。そのたびに、周囲の女子は熱狂だ。あいつがどこの学部の「プリンス」よりもイケメンなのは、僕も認めざるを得ない。

おおかた女子は全員この後、喉が枯れてしまうことだろう。まるで何もかも忘れたように叫んでる。グリーンのやつでさえ、あんなに僕のことが好きだと言っていたのに、ギタリストに見とれているじゃないか。

「どうもありがとう！」

ヴォーカリストがお辞儀すると、学生たちが一斉に声を合わせて要求する。

「メンバー紹介！　メンバー紹介！　メンバー紹介！」

あいつは確かにすごい、と僕も認める。本当に端麗なルックスだ。

「僕らは『Sssss...!』。去年の学内音楽フェスの優勝バンドです。僕はタン、ヴォーカル。3年生」

ぱらぱらとした拍手が起こる。気の毒に。

「僕の左にいるこいつはベースのトーム。彼は2年生。後ろにいるのがキーボードのケン。彼も3年だ。その隣が、やっぱり3年のシルプ、ドラム。そして最後が……」

ギャー！！！

「実は本当のギタリストは4年生なんだ。でもちょっとしたアクシデントがあって、今日だけ特別に、新人ギタリストに来てもらった。新入生だ」

「えっ？　新入生？　同い年じゃない！　キャー！」

近くの席の女子がすごい声で叫ぶ。みんな一瞬にしてあの男に惚れちまったようだ。

「じゃあ、彼に何か言ってもらおう」

ヴォーカリストがマイクを手渡すと、またみんなが叫ぶ。

彼が何を話すか、すべての女子がわくわくして待っている。僕もちょっと聞いてみたい。

「ハイ、みんな」

ハスキーな声に、また地獄のような悲鳴が上がる。僕はじっと彼を見ている。目が離せない。

彼の声に、心臓が震える。スクラブのムエにそっくりなんだ。こんな声めったにない。

この男、照れ屋のようだ。カメラを避けようとしているのが見てとれる。

「今日はギタリストの代わりをつとめただけです。友達の助っ人ということで、自己紹介はしません。今夜は楽しんで！」

「えーっ！　なんで？」みんなが叫ぶ。

「もうちょっと話してー！」叫んでいるのはグリーンだ。

おまえ。僕が好きって言ってたのはどうした？

メンバー紹介が終わり、バンドはさっさとステージから去ってしまう。会場の女子全員のがっかり感がハンパないが、バンドがいくら急いでステージを降りても、みんながあの男の写真を撮ることまでは防げない。スター・ギャングでさえ撮っている。

グリーンの気がそれてくれて僕は満足だった。たった数分間だとしても。なんなら「Sssss...!」にもっといてほしかったくらいだ。グリーンをしばらく預かってくださいよ。

いよいよコンテストの終盤だ。薬学部の女子がプリンセスに選ばれ、プリンスの座は工学部に渡った。

「タイン、とうとうわかったよ、おまえを助ける方法」

翌朝、英語の時間が始まるというときに、プアクが新たな戦略をかかえてやって来た。僕は座ったまますばやく体をねじって、親友のほうを向く。

「マジ？　どうするの」

「ほれ。これを最初に思いついたの、実はオームなんだけど」と言いつつ、スマホを持った手を上げて、画面を見せる。20万もの「いいね」がついているページだ。

「これ、『キュートな男子中毒の会』」

「で？」

「昨日の夜から、というかコンサートから、あの名乗らなかったギタリストの情報がすごい勢いで拡散されてるんだ。このページの人間が大勢であいつを探そうとしてる。見てみ！」

「新歓ナイトのギタリストを探してます」

「彼の写真持ってたら投稿して」

「管理人さん、彼の情報を見つけるのを手伝ってくれません？　あの人の名前がわからないと、今夜寝られない」

「あのギタリスト誰だよ？　俺の彼女が夢中なんだ。助けてくれ！」

「昨夜写真撮った人、お願いシェアして」

ほとんどの投稿がこんな感じ。誰もあいつが誰なのか知らなかったようだ。それであのギタリストが僕を救う作戦にどうかかわるんだ？　わからない。

「ああ。イケメンだね。だけどそれが何？」

「マジでわからない？　こいつに助けてもらえるじゃんか！　おまえの元カノみたいな可愛い子でもダメだった。グリーンは簡単には諦めないぞ」

「つまり……？」

「そうさ！　こいつ、一番モテる男だ。こいつにおまえの彼氏のフリをしてもらうだけでいい。保証する、これでグリーンを片づけられる、こうすりゃ誰もおまえにちょっかい出してこない」

「だけどこいつ男じゃないか！　ふざけんなよ」

　僕はフォンの頭をぽこっと叩く。男から逃れるために別の男とつき合うって？　ありえない。冗談じゃない。ダメ。絶対。

「何か問題でも？　おまえ、フリをするって意味、理解してる？」

「どうやって頼むんだよ？　名前も知らないんだぞ。グリーン・スナッキキのやつ、こんなん絶対信じないぞ」

　オームがしたり顔を突っ込んできた。

「馬鹿だな。誰に向かって言ってるのかね？　僕はポープ、SNSの神だよ。なんだって探し出せる。問題は、きみにその勇気があるかどうか、ってことだけだ」

「いいよ、それで。選択の余地ないみたいだし」

　それでグリーンがいなくなってくれるなら、もうなんでもいい。そうして30分が過ぎた。

「おーい！　何か見つけたやつがいる」

オームが携帯から顔も上げずに言う。講義中だが、少しも気にしていない。僕も自分のスマホでそのページを探すと、例の男の写真がある。キャプションは……。

Cute Boy Aholic Society（キュートな男子中毒の会）ついに発見。彼は政治学部、でも名前はまだ不明。誰か知っている人がいたら連絡して！　うちの大学の女子全員、彼に夢中だから！

——管理人モエ

この投稿にはたちまち、すさまじい数の「いいね」がつく。10分間で4000人とは。たいしたもんだ！

コメント数は多いものの、誰も彼の正体を知らない。それがとうとう——。

「見つけた！　国際関係専攻。1階で彼を目撃したの！　やだもう、手が震えちゃう」

このコメントには別の写真がついている。昨日の男が大学の制服をパリっと着ている。その名札には……。

サラワット※。

これがやつの名前？

「きゃー、わたし刑務所に行きたい、彼にタイホされたい！」
「もう我慢できないわっ！」
「顔もゴージャスで、名前もゴージャス」
「サラワット、わたしはここよー」
「わたしたちはソウルメイト、直感でわかる。#TeamSarawatsWives（チーム・サラワットの妻）」

この男、噂の的のようだ。女の子たちがもう「チーム・サラワットの妻」なんて名乗ってるよ。しかし、そんなことが霞むほど重要なコメントが、ＡＣミランのシャツを着たプロフィールの男から来た。

「ワットは俺の友達だ。あいつはフェイスブックもインスタグラムもツイッターも持ってないし、人に注目されるのが大嫌いだ。彼からの依頼です。管理人さん、写真を削除してくれませんか？」

おお。僕は言葉も出ない。これこそ、自信のある男だ。敬服する。

講義が終わり、スター・ギャングの連中とともに政治学部棟へと向かう。うちの学部と近く、ほんの数分しかかからない。

ところであの男の写真がどうなったか、知りたくない？　1枚残らず削除されたよ！　サラワットの専攻がわかるやいなや、大勢の人間が大学の公式ページから情報を掘り出す。苗字がそこそこ有名で、彼のお父さんが警察でかなり地位の高い人物だということを、彼女たちはほどなく探し当てる。目ん玉が飛び出そうだ。これならグリーンがこっちに迷惑かけてくることは、金輪際なさそうだぞ！

こんなキテレツな頼みをサラワットが聞いてくれるかは疑問だが、スター・ギャングの連中が行け行けとうるさい。彼を説得してみるしかなさそうだ。

「まだここにいるのかどうかもわからないよ」

「あいつのスケジュールはチェックしてある。4時に講義が終わるはずだ」

「ええっ？　でもまだ3時前じゃないか。冗談だろ。サラワットってやつを、丸1時間も待たなきゃいけないのか？」

「じゃあこの計画が頓挫していいの？」

「よくないけど。あれ見ろよ」

僕は女子の大群を指さした。みんな床に座ってる。サラワットのことを待っているのは明らかだ。制服を見ると、政治学部の学生ではない。

「いいから。あいつらに怖気づくな」

「あの男に興味もないのに。なんで僕が怖気づくんだよ」

※ サラワットには、「警部」あるいは「検査官」という意味がある。

「わかった、でもおまえはここに、お願いをしに来たんだよ。いいから座れ」

「そりゃいい考えだ。ジェームスＪ様はもうお疲れだ」

きみたち、1分でいいから、ふざけるのをやめてくれないか。

待つこと1時間近く。3時45分に、大勢の学生がこちらに向かってくるのを発見。

「彼だわ！　サラワットよ！」

キャアアアー！


身長189センチのサラワットに向かって女子が突進する。とり残された僕は、ぼさっと彼を眺めているだけになってしまう。

「どこへ行くの？　サラワット」

「自分の部屋に戻るんだよ」

彼は明らかに女子の群れから抜け出そうとしているが、それは不可能ってものだ。

「これ、あなたのために買ってきたの」

「サラワット、あなたってすごくカッコイイ。またギター弾いてね、待ってる」

「機会があったらね。失礼、行かないと」

「彼女いる？」

「いない」

キャー!!

これは。あいつに近づくなんて無理ゲーだ。女の子たち、どうかしちゃってる。

「おーい！　サラレオ（悪党）！」とわざと間違えて呼んでやった。「あっごめんね、サラワット」

彼が僕に目をすえるのを感じ、すばやく人混みの中に切り込む。

「ちょっと話せない？」

「何を？」

「ええと、僕はその……」

なんと言えばいいだろう、思い浮かばない。周囲は女子だらけだ。

「なんだよ。忙しいんだ」

「僕は……」と言いかけたが、あのスクラブのムエに似た声がさえぎってくる。

「そんな顔して見るのをやめないと、ぶっ倒れるまでキスするぞ。迷惑なやつ」

そして彼は行ってしまう、怒ったような大股で。女子軍勢の中に、僕を置いてけぼりにして。

キャアアアア！

ちょっと！　この僕に対してそういう態度はないだろう。戻ってこい！

クソったれ！　サラワーッド※！

※ タイ語でサラワッドは「寺院の楼閣」という意味。わざと間違えて言っている。

第2章

今世で誘い、来世でデート

サラワッド、サラワッド、サラワーッド！

寮の自室に戻ってからずっと、何度もやつの名を吐き出してる。人を馬鹿にして！　しかもさっさと置き去りにして！　カッコ悪くて死にそうだ。

スター・ギャングたちは大笑いしただけ。とはいえ、心配するな、サラワットならまた捕まえられるさ、と励ましてくれた。また別案を考えるのは簡単だからと。

へえ、そう？　簡単だって？　やつらがこの案を考えたときに本当に脳みそを使っていたのか、疑わしいよ。サラワットの近くにたどり着くだけでも、僕の人生で最も困難なことかもしれない。

その上さらに信じられないことが！　僕のファンクラブを結成していたはずの女子が、フェイスブックで「チーム・サラワットの妻」に合流したのだ。非公開グループで、ひそかに無断で彼の写真を投稿するのだそうだ。この上また……。

彼の本名を探そうと、何度もグーグルで検索した。でも、学部の名と、だいぶ昔に何かクラシックギターのコンテストで優勝したという情報くらいしか出てこない。

オームは僕を「チーム・サラワットの妻」に入れた。あいつをつけ狙うためだそうだ（どういう意味だか）。こうすれば、あいつのスケジュールや住所、趣味など、ほとんどすべてを追えるわけだ。ファン女子の調査力はハンパない。いったいこんな情報をどうやって手に入れているのか、やや心配なほどだ。

ピーン！

女子からのショートメールだ。女の子が僕と話したがるのは別に珍しいことではない。でも残念ながら、どの子もグリーン・スナッキキの撃退をお願いできるほど美人じゃないのだ。うう、あいつの名を思い出しただけで寒気がする。

Nara Thanatip タイン。

僕はまだ新入生だというのに、ただごとでないモテ方だな。

Tine TheChic（タイン）何？

Nara Thanatip あなたは女が好きなの、男が好きなの？

なんちゅう質問だ。なんでこんなことを聞く？

Tine TheChic 女だよ、当たり前だろう。
Nara Thanatip よかったー！
Tine TheChic どうして？
Nara Thanatip だってあなたが「チーム・サラワットの妻」に参加したから。ビックリしちゃった。
Tine TheChic ああ、友達がふざけて入れたんだよ。あいつのことなんか全然知らないし。笑
Nara Thanatip じゃいいわ。よかった、彼にアプローチしてほしくないもの。
Tine TheChic 妬いてるの？
Nara Thanatip まさか。彼が取られたらイヤじゃん。それじゃ。バーイ！
Tine TheChic （気絶スタンプ）（怒りのスタンプ）

なんだよっ！　この女の子と出会ったころのことなら覚えてる。何かしらプレゼントを持って毎日会いに来てくれたんだ。ご飯やデザートをおごってくれたり。それがなぜ突然こうなった。いや別に、こっちが気にしているわけじゃないけど！

オームに電話する。

「オーム、あいつの電話番号調べて！」

「タインよ、LINE見ろ」

「なんだって？」

「いいものが待ってるよ」

オームは電話を切った。スマホでLINEを開いて彼からのメッセージを見る。文字が画面に現れる。サラワットとコンタクトをとるには、これが唯一の方法のようだ。すごいぞ、ポープ！


Sarawat_Guntithanon@gmail.com

Eメール？　MSNの時代に戻ったのかい。はぁ。そのメアドに、ちゃんとした自己紹介のメールを送る。まるで就職の応募みたいな気分だよ……。

Tine_ChicChic@gmail.com
To: Sarawat_Guntithanon@gmail.com
タイトル：こんにちは！
こんにちは。僕はタイン。法学部の学生だ。一度会ったことがある。ちょっと困ったことになってて、きみの手を貸してほしいんだ。明日、会えないかな？　場所はそっちが決めて。

これでよし。メールを送信し、10分後、通知が入った。サラワットからのメールだ！　開くと、こうだ。

Sarawat_Guntithanon@gmail.com
To: Tine_ChicChic@gmail.com
おまえ、どうかしたのか？　俺の手を貸せ？　やらしいな。セックス頼むのに、わざわざメールか。どこでもいいだ？　犬とでもしてろ！

$%&○#▲!?$%&●!!!!!!!!!
底抜けに腹が立つ。最大限の罵声を並べて、クソ野郎に返信する。ところが送信ボタンを押したとたんに、どうなったと思う？

ピン

メールが送れなかったと。僕のメアドをスパムに登録したに違いない。だぁぁぁ！　たった今、僕は完全に闘犬ピットブルだ。この瞬間にしたいことは、あの野郎の足に喰いついてかかとを噛みちぎることだけだ。

昨夜のメール事件は屈辱だった。今、一緒にいるのはスター・ギャングたち。次にどうするか相談中だ。サラワットに繋がるものがなくなった。電話番号もフェイスブックもインスタも。ツイッターすらない。やつはどこにもアカウントを持たず、メールはブロックされた。どうすればいいんだ。

「おまえの言うことが本当なら、かなりイヤな野郎だな」

フォンもあきれている。

「イヤな野郎じゃない。クソ野郎だ」

僕は答える。それが彼に対する偽りない意見だ。

「あいつに近づくのは相当難しいぞ」と、プアクがうなずく。

「全員、例のグループに入れておいた。今できるのは、とにかくもっと相手の情報を集めることだ。もし誰かがあいつの番号を投稿したら、また新しい案も浮かぶよ」

４人のストレートの男がファンの女子会に参加。それはちょっと、こっぱずかしくないか？

「もうちょっとマシな、手っ取り早い方法はないの？」と僕。

もし女子の誰かがやつの番号をゲットしても、それをフェイスブックのグループでシェアしたりしないだろうと思うのだ。

「そうだな、あいつの講義と課外行動のスケジュールをつきとめるよ。まかせろ、そのうちサラワットに会えるぞ。今のところは、政治学部で捕まえるしかない」

正直言うと、勉強に使うはずの僕の貴重な時間を、全部サラワット捜索に費やしてしまったところだ。とほほ。

「心理学の時間が終わったら探しに行こうぜ。あいつは午後に向こうの学部棟で講義がある。それからは中央棟で英語だ」

オームには本当に感心する。まさに探偵だ。

「タイン、俺の話、わかった？」

「当然。全部繰り返さないで、混乱しちゃうから」

「わかったよ。僕は何か食うもの探しに行く。何かいる？」

「いらない」

僕は首をふる。朝8時にはまったく食欲がないんだ。スター・ギャングたちは豚並みに食べるが。3人が戻るのを待って、サラワット問題を熟考するつもりだ。

そのとき……。

「タインちゃーん！」

まずい。助けて。すばやく、おぞましい声のほうに顔を向ける。グリーン・スナッキキから逃げなければ。しかし難しそう。やつはウサイン・ボルト級のスピードで突進してくる。

「なんでここにいるんだよ」

やつから体をひっぺがそうとしながら、きつく言う。獲物を絞め殺そうとするヘビみたいに巻きついてくる。なんでよりによってグリーンは、スター・ギャングがいないときに登場するんだ。マジであいつらの助けが必要なのに。頼むよ……。

「あなたを待とうと思って来たの」

「いや、僕は会いたくないから。あっち行って、頼むから」

「いつ気持ちを変えてくれる？」

「え？　僕はきみのことを好きじゃないんだって」

「あたしのものになってくれたら、なーんでもしてあげる。家が欲しいなら、お城をあげる。お屋敷が欲しければ、宮殿を建てちゃう」

ムナクソ！　山ひとつくれたって、おまえに惚れたりしないぞ。

「何も欲しくない」

やつの手が全身をべたべたと触ってきて、気持ち悪くてたまらん。周囲の人間がこっちに注目し始める。もう一度、突き放そうともがいてみる。

「お昼は一緒に食べましょ。おごるわ」

「ほっといてくれ。友達と行くんだから」

「タイン！　なんであたしの愛を受け止めてくれないの？」

僕は今、おまえの「つけま」しか目に入らないよ。それがあと数センチというところまで近づいてる。

「どけ。近づけば近づくほど、嫌いになるよ」

「あたし真剣なの、わからない？」

グリーンはまだしゃべりながら、僕の手を引っ張ると、自分の胸に当てる。シャツの下にある乳首がわかってしまう。キモっ！　もう限界突破だ。

「離せ」

歯を食いしばって威嚇する。

「いやよ、タインちゃーん……」

その変な声やめろ！　椅子から蹴り落とす寸前だったが、僕は紳士だ。ただやつをそこに残して、走り出す。ぎゃああ！

「またお昼にね」

グリーンはこっちに手をふる。喜んでいるようだ。こっちの手を体に触らせて、嬉しかったのかも。げろ、げろげろげろげろ。

「来なくていい！　もう予定あるから」後ろも見ずに叫び返した。

「誰と？」

「おまえとじゃない誰かだ」

「あたしも混ざりたーい！」

「僕に近づくな」

「ありがとー！」

この男、肌の古い角質よりも除去が難しいぞ。ありえないほどうざい。

それはそうと、サラワットがどこで昼飯をとるのか、どう探せばいいだろう。

さて、今回はシックな男・タインは自分1人でなんとかしなくてはならないようだ。ジェームスJとポープ、マリオが、みんなで押しかけたら標的はパニックになるだろうと言う。というわけで、代表として僕が単身で戦わなければならないのだ。近くの席にサラワットと友人たちが座っているのを見て、急に勇気がわいてきた。すみやかに近づいて、会話に聞き耳を立てる。

なるほどこの男、モテモテだ。彼らのテーブルはお菓子まみれで、手を置くすきまもない。その上、全学年の女子がしょっちゅう来ては、やつに接近する。まるで公共のエレベーターか何かのように。向こうは面白くもなさそうな真顔で通している。

へぇ。こいつのあらゆることへの関心のなさは驚くばかりだ。グリーンを撃退することの最大の難関は、サラワットに近づいて、共犯者になってもらうことのようだ。

「サラワット、キャンディ買ってきてあげたわ」

「ありがとう。キャンディは好きじゃない」

「あら、じゃあ何が好き？」

「何も好きじゃない」

「何か特別な物、ないの？」

「人に物を買ってもらうのは好きじゃない」

僕はあっけにとられた。女の子が気の毒だ。人の気持ちも考えず、よくもずけずけと言えるものだ、信じられない。自分に魅力があるから何をしてもいいと思っているんだろう。

サラワットの追っかけをして丸2日、気がついたことがある。こいつ、まったく何も意に介さないのだ。

まず、友人たち以外には人とほとんど話さない。次に、愛想ってものがない。女子がどんなものを持ってこようが、断り続ける。3番目に、話しかけるのがとてつもなく難しい。唯一の道はあいつと1対1になることだ。電話番号を手に入れるなんて、宝くじに当たるくらい大変そうだ。

4番目に、あいつがどんなに鼻持ちならない態度をとっても、筋金入りのファンたちはそれでもくっついてくるということ。ちょっとばかりイケメンだからというだけで。

現に、1分もすると。

「サラワット、写真撮っていい？」

「今、食べているんだ」

「それでもいいわ。1枚だけ、お願い」

「いいよ。スマホ貸して」

彼はそう言ってスプーンとフォークを置き、わくわくして震えている女子からスマホを受けとる。あれ、ファンを喜ばすのが嫌い、と言ったばかりだが。

「笑って。１、２、３……」

カシャ！

サラワットがスマホを返し、また食べ始める。周りの友達は笑いすぎて呼吸困難だ。あの子はサラワットと一緒に写真を撮りたいと言ったのに。あいつは彼女だけの写真を撮ってやったんだ。僕も吹き出さずにはいられない。正直笑える。サラワットに撮ってもらった写真、きれいに撮れてるかな？

次の事件はほんの３分後。

「友達に頼まれたんだけど、土曜日、課外活動の新歓イベントどうするか聞いてって。どのクラブに入るの？」

１年生の女子で、名札がアイスクリームの形をしている。キュートだな。

「まだ決めてない」

サラワットは、フライドチキンから目も話さずに答える。

「そうなんだー。じゃあ、どういうことが好きなの？　会えない？」

女子の頬は赤く染まってる。

「どういう？　うーん……。サッカー、アーチェリー、ムエタイ、フェンシング……かな」

これじゃ、あの子ができそうもないことばかりじゃないか。サッカーもアーチェリーも、サンゴ礁保全も、スパも、料理やガーデニングもしなさそうなタイプだ。例によって、サラワットは自分の周りに壁を作ってる。僕がどう彼に近づくかなんて、聞かないでほしい、だって無理だ。もうそろそろ、僕と同じくらい、みんなもわかってきたと思うけど。

さっきの女子が去って、サラワットが友達だけとの会話に戻るのを待つ。これが僕のチャンスだ――彼に近づく。

「ワット、おまえ食べ終わった?」と友人が言っている。

「ああ。行かないと。クラスで会おう」

「女子に気をつけろよ! 喰われるな。面倒くさいことになるぞ、はは!」

長身のあいつが学食から出ようとするのを見て、あわてて自分のトレーを持って後に続く。別に何かしようってわけじゃない、食器を返却するだけさ。

「やあ、僕のこと、覚えてる?」

食器を返してからサラワットに向かって言う。彼はさっとふり向いて僕を見た。何、この顔!一瞬だが、脳みそをむさぼり喰われるのかと思った。

「なんだ?」

は、ほんといい性格してるぜ。

「話があるんだ。2、3分で済む」

「知らないやつとは話さないんだ」

　実に友好的だ。

「昨日会ったよ、つまり知らないやつじゃない。頼む、5分くれ」

「時間の無駄だ」

「3分は？」

「やめろ！　うざいんだよ」

　そして去る。またか。え？　ここまで人を見下す野郎に会ったことがない。なのに、やつに逃げられるたびに、なんだかますますあいつを追いかけたくなる。みなさん……グリーンに憑いてる悪霊が僕にもとり憑いたみたいです。

「1分でいいから頼む。助けてほしいんだ」

「……」

「サラワット！　10秒！」

　もうこのころには、みんなが僕らを見物している。ほとんどが女子だ。もし僕がここまで魅力的でなかったら、きっと彼女たちにフルボッコにされていたに違いない。

「わかった。じゃスタート」

「助けてくれないか。頼む、フェイクで——」

「終了。じゃ、もうつけ回すのやめろ」

そしてやつは去った――またた。そしてまた。そしてまた。あいつときたら、まるで自分が風みたいに透明なんじゃないかという気分にしてくれる。なんなんだよ。

しかし、お気の毒様、僕は容赦ない。これが僕のラストチャンスなんだ。走って追いかけ、やつの後ろポケットの iPhone に手を伸ばす。奪い取ることに成功した。

「何すんだ⁉」

おおーっと！　怒ったぞ、ついに僕に話しかけてる。

「番号教えて」僕は要求した。iPhone を持った手を高く上げる。彼はイラついている。

「いったいなんのまねだ？　怪我したいのか」

「頼む。まず電話番号を教えて」

「ふざけてるのか？　なんで俺がそんなことを」

「教えてくれないの？　じゃあこれ、返さないよ」

僕は彼より少しだけ背が低いから、携帯を取り戻そうとする相手の手を逃れるには、つま先で立たなければならない。この騒ぎで、みんなが本気でこっちをガン見している。僕はやつの手をかわし続ける。

「返せ。返さないのか？」

「番号くれって」

「そうか、こうやってジャレたいってことだな。わかったよ……」と猛然と僕の手をはらう。

不意をつかれ、手からiPhoneがするっと抜けた。悲劇になりそうな予感。周囲の人も僕同様、あっけにとられている。

ガシャ！

何かが床に激突して壊れる音。

サラワットのiPhone。やってしまった……。

「あ、その、僕……」

「おまえ！」

僕の言葉はさえぎられる。サラワットは激おこのスズメバチみたいだ。頭を下げて、額を僕の額にくっつけてメンチを切ってくる。そのままぐいっと押してきて、こちらはほとんど倒れそうになる。この体勢で押され、ずーっとトイレまで後ずさりさせられるかと思った。

「わざと壊すつもりじゃなかったんだ」

額をこすりながら謝る。

「人のポケットから盗んでおいて、何がわざとじゃないんだ」

「でもそっちが僕の手を叩いたじゃないか」

「やめろ……」

「何？」

「言い訳はやめろって」

「責任はとるよ。ちょっと母に電話させて、お金がいるから」

僕はビクつきながら、母の番号を探そうとする。

「その必要はない」とぞんざいに言って、やつは僕の手からスマホをひったくった。

「えっ！　何するんだよ⁉」

「こいつが人質だ。おまえが逃げるかもしれないからな」

「僕が逃げるなんて思うのか？」

「おまえのスマホにはさぞたくさんの女子の番号があるんだろう。だからおまえに連絡したければ、その子たちにメッセージ送るから」

「よせよ！」

思わず大声を上げてスマホを取り戻そうと手を伸ばす。新たなスマホ戦争が、学食のど真ん中で勃発。なんとか、やつの手の中にあるスマホをロックすることには成功した。

「ロックしたぞ！　へっ！」

「関係ない。おまえのスマホは俺の iPhone が正常に動くようになったら返してやる」

「ええ、なんで？　やめてよ！」

「黙れ。うざいんだよ」

「サラワット！　おまえから目を離さないからな！」と僕は怒鳴った。

彼は去った。僕のスマホを持った手をふりながら。こちらはこのぶち壊れた、弁償すべき高価なiPhoneとともに取り残された。これで彼の電話番号は手に入れたが。ここまで高くつくとは思わなかった。そんな価値ないっ！　あいつの番号をゲットするだけで、とんでもない借金を負うことになってしまった。


サラワットの壊れたiPhone問題は終わりじゃないけど、その話はちょっと置いておこう。戦争は始まったばかりだが、今は、とりあえず腹が減った。今日は夕方から、学生メンターたちと会う予定だ。集まりはこれが2度目になる。近くの日本料理店で会うんだ。残念ながらスター・ギャングたちは一緒に来られない。みんなそれぞれ自分のメンターがいる、僕も1人で行かなくては。

「タイン！　なんでこんなに早いの？」

と言ったのは僕の2年生のメンター、歯科矯正器具をつけた、小柄で可愛い女子だ。名はフェンさん。初めて彼女に会ったときには、ちょっと誘ってみようかと思った。でもすでに彼氏がいることがわかった。

「いや、ただ、お腹が空いていて」僕は笑う。

「そう。まず4年生と3年生のメンターが来るまでちょっと待ってね。あ、ほら。来た来た」

このグループはこぢんまりして、いつもお互いを大事にしている、いい関係だ。3年生のメンターが全員のためにたくさん注文してくれ、料理が来るのを待つ間、日々の生活について話をする。

そこへ新たなお客のグループが入店してくると、いきなり場の雰囲気が活気づいたようだ。

「あれ、今すごい人気のサラワットじゃない?」

フェンさんが興奮して僕をつついてくる。ふり向いて、入ってきたグループを見た。

おっ。本当にサラワットだ、他の3人は彼の学生メンターだろう。

「すんごーい！　こんなに近くに座ってる！」

フェンさんがクスクス笑う。あれ、ちょっと待って。もう彼氏がいるんじゃないんですか?

サラワットは僕たちから遠くない席に着き、僕をじろっとにらんでくる。

「会計はまかせて。なんでも好きな物を頼んでいいよ」

一番年上と思しき人物の声が、僕の耳にもはっきり入ってくる。2年生の先輩は見慣れない男子だが、全員きちんと学部の制服を着ているのは見てとれる。

「まかせます。俺はなんでも食うから」

「それはいい、サラワット。このグループに好き嫌いの多いやつはいらないからね」

ずいぶん厳しいな、監督生か何かか。サラワットの4年生のメンター、そうに違いない。

僕らのテーブルに料理が運ばれるまで、緊張感を追い払えない。サラワットはすぐ近くにいるし、みんなの目が彼に向いている。

「これで全部来たな！」

僕の4年生メンターが言ったときはビクっとしてしまった。

「じゃあ、食べましょうか」

僕は笑みを作る。

「待った、俺たちの伝統を忘れた？」

「あっ！　忘れてた」と僕は笑う。本当は忘れてなんかいない。ただ、マジでやりたくないんだ。

「じゃどうぞ」

僕は全員の前で立ちあがるが、近くに座るあの男が目に入って、女の子みたいに赤面してしまう。よりによってなんで今日、と内心自分に問う。サラワットと監督生メンター、それに不屈のサラワット・ファンが集まっているときに。

「やれよ、タイン」

「は……はい」

「……」

「こんにちは！　メンターのみんな！　僕はタイン、シックな男。僕は新入生、僕はキュート、とってもキュート！　前でも後ろでも、なんでも来いだ。あは！　あははは」

このアホなセリフとともに、ちょっとしたダンスまで踊らねばならないのだ。周囲の人がこっちを見て、みんな笑ってる。サラワットですら。僕はそそくさと席に着き、料理に食いつき始める。恥ずかしくてこの場で死ぬかも。

1時間ほど後、フェン先輩から借りたスマホを手に、トイレに急いだ。プアクを呼ぶ。

「プアク！　会ったぞ――」

そこでストップした。あいつが、目の前にいるではないか！

「どうした？」

「なんでもない。後で電話する」

電話を切って、上背のあるあいつを見上げる。小便器を使用中だ。

「夕食会？」と言いながら彼に近づく。

「……」

「サラワット！」

「小便してるんだよ。来るな」

「ふん！」

こっちを向く。「なんだよ」

「なぜ僕を笑った」

「いつ？」

サラワットが近づいてくるが、こちらはたじろがず、一歩も引かない。負けるものか。

「僕が自己紹介していたときだ」

「ああ、シックな男・タインな？」

「だったらなんだよ」

「別に」

「……」

「カワイイ」

僕の頭をそっと撫でると、立ち去った。

げげ。人の髪に触る前に、手を洗え！

自室に戻ったときには、かなり夜も更けていた。靴を脱ぐとまっすぐ、万一のときのためにと母が置いていってくれた携帯に向かう。自分の番号をタイプし、反応を待つ。

「はい」

「僕のスマホのパスワード、もうわかったのか」

「おまえいかれてるの？」

「そっちがだ！　そっちがいかれてる！　言っておくが、僕の電話に誰かかけてきても、出るなよ。僕のスマホをいじる権利ないからな！」

「わかった、けど、チョンプーの声はすごくキュートだねぇ」

「なんだって！」

以前、チョンプーという女の子にちょっと声かけてみたことを思い出す。でも一緒に出かけたとかそういうことは一切ない。

「それだけか？」

「マジで頼む、電話に出ないで。出たら、おまえのＳＩＭカードで女子全員に電話するぞ。すごい騒ぎにしたくないだろう」

「脅迫するな」

「かかってこい」

さっさと電話を切り、勝った気分になる。誰か女の子とチャットしようと、ノートパソコンの電源を入れた。僕はＳＮＳ中毒だ。開いてみてまず気づいたのは、いつもよりかなり多い通知が届いていることだ。なぜだ？

Tine TheChic なんて美味しそうなオトコ。サラワットを食べちゃいたい。

なんじゃこりゃあ。

第３章

きみを想う、その心を疑うな

ときおり、不思議に思わずにいられない。いったいなぜ、いつも僕にこういうハプニングが起こるのか。Ｆ５ボタンでリロードし、フェイスブックをログアウトする。そしてまたログインしてみる。

同じだ！　クソっ、サラワットの野郎。恥知らず。僕のスマホのロックを解除しただけでなく、就寝前にこんなステータスをアップデートして嫌がらせしてくるとは。これ以上ひどいことになって女の子たちに誤解されては大変だ。メッセンジャーで必死に自分の名前を探して、怒りのセッションを開始する。

Tine TheChic（タイン）クソワット。サラレオ。どうやってパスワードを見つけた？

向こうがタイプしているのが見え、すぐ返事が来る。

「見たから」

これは現実なのか？　サラワットが僕のフェイスブックのアカウントを使ってタイプし、こちらが同じアカウントで返事している。まるで1人でしゃべってるみたいじゃないか、違うんだこれは。

「パスワードは6桁だぞ。どうしてわかった？」

「123456はアホが使うパスワードだ」

なんと……。おまえは色なし水牛※だ。ハンサムかもしれないが、中身は最悪だ。頭の中でやつに、最大級の罵声を浴びせる。実際の返答はそれに比べれば、可愛らしいものだ。

「サラレオ」

返ってきたのは、答えではなく……。


「⊙～⊙」

「今後絶対に僕のフェイスブックをいじるな。これは警告だ」

「⊙ε⊙」

「わかったのか？」

「⊙◁⊙」

「くっそ。手に負えない」

「╭◉ ͜ ∝ ͜ ◉╮」

「その顔文字スタンプやめろ！」

「E(⊙_⊙)E」

「Ƹ(◉‿◉)」

「⊙_⊙」

「わかった、もう終了する」

「┌(⊙∀⊙)┘」

「ぐあー」

「(ㆆ_ㆆ)」


こんなに顔文字スタンプをダウンロードしなけりゃよかった。あの馬鹿、ほとんど全部使ってきた。この会話はまったく意味をなさない。メッセージを削除し、サラワットのスタンプに悪態をつく。

ピンポン！

３分もしないうちに、新たな通知が来た。

※ タイ語で水牛は相手を馬鹿呼ばわりする言葉。タインはサラワットを色の抜けた水牛みたいなアホと呼んでいる。

Tine TheChic 急げ！ アダルト限定クリップ、ハイウェイで暴力男が女の子にあんなことやこんなことを……。消える前に見てね！

な、なんというゲス野郎！ 18禁動画を見ただけでなく、僕のフェイスブックにウイルスをはびこらせているではないか。これは本気でまずい。どこまでこのクリップが広がることか。僕にできることは、下劣な画像を全部消すことだけだ。正気の沙汰じゃない。

僕に一度もメッセージをくれたことのない人たちでさえ、「いったい何ごと？」と聞いてくる。

「そんなにムラムラしてんの？」サラワットのことを思うあまり興奮してしまったのだと考える人たちまで。実際に僕が考えていたのは、どうやってあいつをとっ捕まえて脚をへし折り、どこの水中に深く沈めるかだけだ。

最初は明日まで待って始末をつけようと思っていたが、もう限界だ。怒りにまかせ、やつに奪われたスマホの番号を押す。長々と待たされる。なんで今そんなに忙しいんだよ？

不在着信に終わる。次も不在着信。3回目……おっ、繋がった。いとしのサラワットはなんてすばらしい人間だ。さてしゃべろうと口を開けたとたんに、向こうからのメッセージを聞いてほとんど泣きそうになる。

「おかけになった番号は、電源が入っていないため、かかりません」

あいつ、電源切りやがった。

翌朝はもう、晴れなのか雨なのかもわからない。目がかすんで、まるで何も見分けられない。一晩中眠れなかった。この睡眠不足はすでに、グリーンの悪夢にはなんら関係ない。すべてはサラワットに悩まされ、感情がひっかき回されているせいだ。

朝日が顔に当たって、僕は枕から頭を上げる。シャワーを浴びてから、大学へと向かう。後であのクソに飛びかかって、頭を地面に押しつけてやるつもりだ。グリーンを追い払うのを頼むなんて、もうありえない。今、本当にはらわたが煮えくり返ってる。

「おいタイン、宿題コピーさせろよ」

「今はダメだ」

僕はプアクに歩み寄り、リュックをテーブルにどさっと置いて、しかめっ面を見せる。

「なんでそんなに機嫌悪いんだよ。ここに来るまでに誰かになんかされたんか？」

「それよりひどい」

「ああ、あれか。フェイスブックの飢えたステータスの件で頭に来てるんだろう。サラワットがカッコいいのはわかるよ、けどそれをああやってばらまく必要あったか？　そんなに欲情してたん？」

「欲情じゃないっ！　もうどこかに永遠に引きこもりたい」

「じゃあ、なんであんなもん投稿したんだよ」

「僕が投稿したんじゃないんだ」

「じゃあ誰だっていうんだ。おまえのセク友？」

「ほっとけ」

会話をぶった切って立ちあがり、梅ジュースを買いに行く。金を払ってテーブルに戻ると、ちょうどオームとフォンも到着した。

「タイン、よかった来て。さっきグリーンがここにいたぞ。おまえのことをしつこく聞いてた」

オームが真面目な顔で言う。悪いことがやって来る圧倒的予感に襲われる。

「で、あいつになんて言った？」

「おまえはまだ来てない、たぶん部屋のベッドでお忙しすぎるんだろうと言っておいたよ」

「クソ」

「いいじゃん。グリーンのやつ、きっとどっかに身を投げに行っちゃったよ。昨夜はおまえ、なんか濃厚だったみたいじゃんか」

「その話はするな」

僕は歯ぎしりする。僕は3人を眺めて、ちょっとした世界の終わりのような表情を浮かべる。学部に行くのに人にじろじろ見られないようにすることでさえ、すでに困難だ……。

「わかったよ」

「そのことは、もう話したくない」

「きみにどれほど傷つけられたか――」

「もし俺がここにとどまれば」

「あと少しだけ――」

「もし俺がここにとどまれば」

「胸のうちを、聴いてくれるか？

ああ、俺の胸のうちを」

――クレイジー・ホース『I Don't Want to Talk About It（もう話したくない）』

スター・ギャングは、さらに歌を続ける。

「ねぇ知ってる？」

「何？」

「……くたばれよ！　そういう気分に見えるか？」

そうは言ったが、実は歌に合わせてほとんど最後まで歌ってしまった。ちぇっ。この3人というのは、ときとして助かる。よくまとまった4人だ。未来永劫にではないかもしれないけど。というか、僕の大学生活は壊滅だ。その中で、少なくともこいつらは僕のストレスを軽減してくれていると思う。

急いで昨夜の問題を解決しなければ、ただ心配しているだけでなく。解決すべきことは山積みだ。あの名前を口にするのも恐ろしいサラワット卿は、すでに政治学部の棟にいるだろう。

「宿題コピーし終えたら、僕の分も提出しておいて」

と立ちあがり、水のボトルとバッグを持って去ろうとする。

「どこ行く?」

「サラワットを探すんだよ」正直な答えだ。

「いやん。彼を思って胸が痛いの?」

フォンが芝居がかった震え声を出し、眉を上げてからかう。顔に僕の足蹴りを食らいたいようだ。

「あいつを求めてるのは僕の胸《ハート》じゃない、足だ! 蹴り入れたくてうずうずしてる」

「暴力ふるうのか?」

「まさか。でもみんながそうやって詮索してくるなら、おまえたちにふるう」

「好きにしろ。でも足は歩くために温存しとけ」

僕は怒りながら法学部棟を出て、近くの政治学部へと向かう。一歩外に踏み出すや、みんなの視線が突き刺さり、まるで凶悪犯にでもなったようだ。上級生も他の新入生も、全員が信号を探すレーダーみたいにさーっと僕を見るのだ。

くううう。いてはいけない場所にいる感じ。タインは何も悪いことをしてない。お寺の供え物を盗み食いしたこともない、なのに、なんでこんな目に遭わなくちゃいけないんだ。ただイライラしていたって、らちが開かないのは事実だ。きっと前世で、おせっかいな詮索好きの罪を犯したのだろう。おそらくそのお陰で、今世では償いとして、みんなが僕のごたごたに顔を突っ込んでくるのだ。

大理石のテーブルが並んだあたりを過ぎるか過ぎないかのうちに、すべての問題の根源を発見する。ここから20メートルもないところで、テーブルに着いている。ためらわず、やつに近づく。

「なんで電話に出ないんだよ」

近寄るやいなや、やつに怒鳴る。サラワットは手にしたコミック『ＯＮＥ ＰＩＥＣＥ』から目を離してダルそうにこちらを見る。

「おまえが電話に出るなと言ったろう、だから出なかった」

「アホ、それは他の人間からの電話という意味だ、僕からじゃなく」

「おまえはそうは言わなかった」

「わざと神経に触ることを言おうとしてるな？　なぜ電源を切った」

「ウザかったから」

耳に蹴りを入れてやりたい。

「もうスマホ返せよ」と言って手を差し出し、スマホを戻すよう要求する。ＳＮＳへの、つまりは僕の自由へのカギを握るデバイスだ。

「俺のはどうなった？　もう直したのか？」サラワットはイラっとしたように答える。

「直ったらちゃんと返すから」

「いや、俺の iPhone の修理が終わったら、おまえのを取りに来い」

なんでこんなに強情なんだ。ただ人と会話するだけで、これほど忍耐力が必要だったことはない。しかしサラワットが本気で僕のスマホを返してくれそうにないことは明らかだ。

こうなっては仕方がない、僕の最終兵器を使うしかないようだ。この武器で、女子をバタバタと落としてきたのだ、つまり、僕の抵抗し難い魅力だ。とっておきの魅力的な声で言う。

「ねぇ、そんなに夢中にならないでくれる？　僕のスマホ、丸1日持っていたじゃん、まだ返してくれないの？」

「子供のころ、誰にも教えてもらわなかったのか？」

「教えてもらうって何を」

「くだらんことをしゃべるなってこと。でかい図体してまだそんな話し方して」

「そんなって、何が？　そういう扱い、やめてほしいな」

「そう、今のそういう感じだ。あっちへ行け、おまえウザい」

「ウザいウザいって。その言葉買い取らせてよ、ゴミ箱に捨てるから」

「おまえに買えるわけない。俺の言葉は高いぞ」

ほほー。なんて人を惹きつける男でしょうね。美しい顔に鋭い銀の舌かい。

「いつまでそういう顔して見ている気だ。マンガ読むの邪魔するな」サラワットは続ける。

あいつにちょっと説教してやろうと思っていたのに、冷酷な言葉を浴びたのは全部こっちだ。

「僕のスマホで、もう変な改ざんしないって約束してよ」

「おまえがウザい電話さえしてこなければ、あんなことしなかったさ」

「わかった、それで約束だ」

と宣言し、同時に怒りがすーっと消えていく。次の手は、なにげなくやつのテーブルに着いて、自然に話を始めることだ。

「きみのニックネームはワットっていうんだね」

「それは友達が呼ぶときの名だが、違う」

答えながら、全然こっちを見ない。おいサラワット、少しはありがたく思え。僕はこんな人懐こい笑顔を野郎に見せたことなんか一度もないんだぞ。おまえは僕の最高の、輝く笑顔に初めてあずかる男なんだ。というのにこのヤロー、たかだか50バーツ（約170円）のコミックのほうが僕より重要のようだ。

「じゃあ何がニックネーム？」僕は続ける。

「ない」

「え？」

「ニックネームはない」

「ないの？」

※ タイの名前は非常に長く、普段はニックネームが使われることが多い。

「ああ」

「きみの親って何を考えてるの？　子供にニックネームをつけないなんて、よくそんなことができるね※」

「下の名前があれば十分と思ったんだろ。変な質問するな」

それでどうやって子供時代を生きのびたのだと聞きたくてたまらないのをおさえる。自己紹介のとき、ただ「はじめまして、僕はサラワットです」と言ったのか？　親がニックネームをつける手間を惜しんだから持ってません、それだけ？　ヘンだ。こいつの家族は本当に、変わってるにもほどがあるんじゃ？　僕は混乱する。こんなことは初めてだ。

「きょうだいはいるの？」

「おまえに関係ない」

「ちょっと知りたいだけだよ」

「弟が2人」

「なんて名前？　もしも会ったときのために」

「おまえみたいなやつと知り合いになりたくないってさ」

「なんでそんなことわかる？　弟もニックネームないの？　家族全員、下の名前で呼び合ってるの？」

やつの世界中にうんざりしたような顔を見ると、吹き出しそうになる。僕が新たに目覚めた、関係ないことにぐいぐい首を突っ込む才能は、オスカーに値するね。

「プーコンとフームーワッド」※とうとう降参した。

「じゃあ弟にはニックネームあるんだ」

「親がそのことをやっと思い出したのさ」

もし彼の両親が子供の名づけをうっかり忘れるような人間なら、きっとムカつく態度は血筋だな。これは骨が折れるぞ。僕はなんてクソな変人野郎と友達になろうとしているんだろうか。

「僕はタインっていうんだ」

「誰がそんなこと聞いた？」

「きみに言いたかったんだ」

「あ、そう」

2人とも、しばらく黙る。確かに、こうしてサラワットを間近に見てみると、恐ろしく美形と言わざるを得ない。そもそも、だからスター・ギャングがグリーンから僕を守るのにこいつを選んだのだ。サラワットは引き締まった長身の男だ、つまり僕がいつも女子に求めるものと正反対だ。

「何をじろじろ、人の顔を見てるんだよ」

急に聞かれてビクっとする。静かに顔をそらして、決まり悪さをごまかそうと頭をかいた。

「僕は……別に……見てないよ」

「俺、カッコいいだろう？」

※ プーコンは「警察のチーフ」、フームーワッドは「警部補」の意味。どちらも本名ではない。

「自信家だな。僕はただ、ストーカーしているやつをまくのに、協力してもらいたいだけ」

話題を変えてみる。

「ブスだから嫌いなのか？」

「男だからだ」と言うと、向こうはしばらく黙ってから、疑うように顔をしかめる。ちょ、やめて。僕はゲイじゃない。

向こうは平然とした調子で言う。

「それが何か？　誰かに興味を持たれるのは、いいことじゃないのか？」

「それなら言わせてもらうけど、大勢の人間がきみに興味を持っているよね、なぜその人たちのことを好きにならないの？」

「俺が誰かに興味を持つ必要があるか？　誰にも自分の生活を乱されたくないんだ。うっとうしい」

「そのとおり！　その答えが、僕の今の気持ち」

「……」

「でも言っておくけど、きっとある日、誰かに自分の人生に干渉してもらいたくなるよ」

「ああ、それなら今いるよ」

「どこ？」

「今ここに座っているやつ、誰かの人生に干渉している」

やつは力強い両手でがしっと僕の頭を掴んで荒っぽく揺すったかと思うと、さっさと自分の持ち物をまとめて立ち去った。

今度はどこをどう間違った？　とぐるぐる考えながらその場に残される。そんなに「干渉」していただろうか？

課外活動の日、僕は小ホールに集まった大勢の新入生をかき分けて進む。みんながここにいるのは、どのクラブに所属するかを探すためだ。卒業には課外活動の単位も必要だから。僕はまるでヒルのようにくっついてくるグリーンに邪魔されて、まだどこに入るか決めかねていた。

実際あいつから逃走できたことはほとんど奇跡だ。僕がクラブを決めるどころではない一方で、プアクとフォンはろくに考えもせず選んでいる。結局それぞれ「香草リキュール作りの会」と「フットマッサージクラブ」に落ち着いた。オームは「カバーダンス・クラブ」に入ることを決めたようだ。女子のパンチラが見られそう、という理由で。

３人はさっさと帰ってしまい、まだクラブを決められない僕だけぽつんと残ってしまう。やっと「ピンポン・クラブ」というのを見つける。

「こんにちは」

「もう定員に達しちゃったよ！」

問い合わせの余地すらなく、たった今思い描いた将来は奪われてしまう。それでは、とクラブのリストを手にしたまま、長蛇の列のひとつに入り込むことにする。工学部の学生が数人、近くの小さなステージでギターを弾いていることから、このブースは軽音部だろう、と当たりをつけた。新入生を何人入れる予定なのかはわからない。

「ねえ」と前に立っている人の肩を叩いた。もし少人数しか入れないのなら、並んでも時間の無駄だからだ。

「はい？」とぽっちゃり目の女子が僕を見上げる。

「ここって何人、部員を入れるの？」

「最初は50人って言ってたの、でもすごい人数が入部希望しちゃって、4年生が選別することにしたみたい」

「毎年こんななのかな？」その子に聞くというより自分につぶやいたのだが、工学部の制服を着た4年生の女性がふり向いた。

「毎年じゃないわ、でも今年は新入生が1人入った後で、女子がかたまって入ってきちゃって」

「新入生って？」

「サラワット」

けっ。それがこの列が永遠に続いている理由か。このクラブに入れることはまずなさそうだが、グリーンへの目くらましのために、僕も名前を書き入れておこう。今のところ、やつの姿は見えないが、いつなんどき、忍び寄ってくるかわからない。

1人ずつ、申し込みをする。渡された紙に、名前と専攻、そしてなぜ音楽を学びたいか理由を書く欄がある。正直言うと別に学びたいわけではない。ただあの、イっちゃってるしつこい男から逃れるため、サラワットを捕まえたいだけだ。それがここまで難しいとは、予想だにしていなかったけど。僕はギターもドラムも、なんならベースだって弾けない。楽器は何もできないんだ、でもここはうまく嘘の理由を並べて、かわいそうだから入れてやるかと思ってもらおう。

ついに、応募者全員が待ちかねていた、運命の時間がやって来る。何やら仰々しい上級生の一団が小ステージに上がり、結果を発表する。

「今年の軽音部は新入生のみんなから大注目されてる。喜んで全員に入ってもらいたいところだけど、決まった人数しか入れられない。楽器の数も、教える人も限られているから」

待っている間に知ったことは、軽音部は今年あまりに人気が出て、応募シートがなくなってしまったほどだそうだ。去年この部はまったくこんな盛況ではなく、キャンパスで何百ものクラブと、新入生を奪い合うのが普通だったのだ。こんなことになるとは、誰も予測していなかった。

「選ぶのは、すでに楽器が弾ける人だけじゃない。楽器を弾いたことがなくても、意欲十分な人には入ってもらう。ということで、これから軽音部への新入部員の名前を読みあげる。最初は、ジラチョート、工学部。次は……」

4年生が名前を呼び続けるのに、長い時間がかかる。

「……24番、サラワット、政治学部」

彼の名が発表されるや、待っている応募者がすごい奇声を上げながら立ちあがる。たまげた。これは音楽の部活なのか、宝くじの結果発表か？　たぶんサラワットさえいなければ、みんなとっくに立ち去って、もっと楽しいことをしに行ったのだろう。

「……49番、クニャラート、経営学部……そして50番……」

ティパコーン来い。ティパコーン。ティパコーン。

ただの音楽クラブの結果なのに、ミス・ユニバースの予選にいる気分。

「……ブサバ、社会科学部」

外した。僕はたくさんの可愛い女子たちの中に座って、心の底から落胆した。もうサラワットに頼もうとするのは諦めたほうがいいようだ。これじゃあ誰か本当に好きな人を探すか、あっさりグリーンを殺すほうが、よっぽど簡単だ。

新しいクラブを探そうと立ちあがる。グリーンに出くわす危険があるが、仕方ない。立ち去ろうとしたときに、誰かにさえぎられる。

「サラレオ」僕は目の前に立った人間に言う。

「何？　おまえ、選ばれなかったからって動揺してるのか？」

「ああそうさ、見下せばいいさ。こんな、軽音部になんて別に入りたくなかったんだ。タイ東北地方料理のクラブのほうが、ずっと面白そうだ」料理はさっぱりできないが。

「じゃあ行けよ」

「行こうとしてるんじゃん。なんで邪魔するんだよ」

「馬鹿たれが……おまえ、顔はいいが、頭が足りないんだな」

サラワットがあざけってくる。

「はいはい、ミスター・嫌味さん。非情なホワイト・ライオン様※」

いろんな変な名で呼んでやろうとしたが、向こうに手を掴まれて引きずられる。僕をステージ裏まで引っ張っていく。部長も含め、上級生が何人か立っていた。

「あれ、どうしたワット？」その中の１人が驚いたように聞く。

「友達も入りたいんだそうです」

サラレオが僕の横に立って言う。僕はさっき、別に入部したくないと言ったばかりじゃないか、なのにこいつ、突然介入しようと決めたらしい。

「もう満員御礼だよ」

「こいつも考慮してほしいんです」

「そうか、タイン、法学部ね」部長が僕の名札を見て、ふいに尋ねてくる。「どの楽器をやりたい？」

「ギターです」

「ギターは弾けるのか？」

「いいえ」

※ タイの大学では政治学部の学生は「ライオン」を自称する。色はどの大学に所属するかを示し、白はチェンマイ大学を表している。

「ギターに触ったことは?」

「一度も」

「Cメジャーって、わかるか?」

「いいえ」

「Eマイナーは?」

「それもわかりません」

「アコースティックとクラシック、エレキギターで、どれが好きなんだ?」

僕は頭をふった。

「タカミネは?」

「なんですか?」

「ギターのブランドで知っているのは?」

「何も」

「正直、何か知ってることとあるのか?」

「僕が?」僕は自分を指さして聞いてから、混乱して隣に立っている男を盗み見た。

「……」

「僕はサラワットの知り合いで、彼の影響でギターを弾きたいんです」

今日は軽音部の最初のセッション、つまり新入生と上級生たち全員の、初めての顔合わせだ。部屋は活気にあふれている。新入部員は隅にかたまって座るよう言われる。みんなは最初から何を弾きたいか決まっていたようで、もうすでに自分の楽器を持ってきている。

いまだに注目の的のあいつもそうだ。もちろんサラワットのことだが、こいつは実際女子だけでなく、女子以外にも憧れの存在のようだ。まだ初回だというのに、高価そうなクラシックギターを持参している。おおかた自分の人気度を確かめたいのだろう。

「やあみんな。まず、全員、演奏する楽器別に分かれてもらいたい。ではギターから、左側に移って。ドラムの人は、部屋の後ろのほうへ。ベースは右ね……」

そう言って部長は全員をグループにまとめていく。

ギターはいかにも奇妙な寄せ集めだ。この人たちは本当にギターを弾きたいのだろうか、それともサラワットを追いかけてきただけだろうか。おそらくほとんどは、後者だ。ま、僕もだけど。

「グループ分けが済んだ人たちは、それぞれ部屋に案内するから続いて。きちんと列を作れよ」

と部長は言い、今座ったばかりの僕たちも立ちあがる。

案内されたのは、だだっ広いリハーサル室だ。10人以上が軽く入れる。待たされている間、ほとんどの人が互いに自己紹介などし始める。どうしたわけか、例の人気者の隣に座ってしまい、2人とも黙っているわけにもいかなくなる。

「手がきれいだね」と僕は始める。

「みんながみんな、おまえみたいな荒い手じゃないんだよ」

「なんだよ、褒めているんじゃないか。感じよくしているのに、失礼だな」

「正直なんだ。嘘ついておまえの手は美しいとか言わないとダメなのか、厄介もん？」

「そんな名前で呼ぶな」

「厄介もん」

「サラワット」

「厄介もん」

「クソったれ」

「厄介もん」

「このポンコツ」

「厄介もん」

「そこの口論してるカップル、ちょっと立て」

ヤバい。もう終わりか。こいつのお陰で、みんなの前で立たされた、しかも後ろにこいつを従えて。

「なんだか言い合いしていたようだが。これから仕上げの仲直りゲームだ。みんな、このキャンディ、見えるか？」

「はい」

これが課外活動になんの関係があるんだ。

「女子はやる必要ない、そうだな、おまえ、一番前の。これ取って」

僕は長身の上級生をまばたきもせず注視している。彼が最前列の新入生の1人にキャンディを渡すと、嫌な予感に体の中にぞっと冷気を感じる。

「包みから出して」

「は、はい」

「舐めろ」

まずい、すでに、逃れようのない死が襲ってこようとしているのを感じる。

「やだあああ」察した女子が叫び声を上げる。

男子だけで、ラッキーだったたな。逆に僕にとっては最悪のめぐり合わせだ。お願い、やめてください、上級生の方々。みなさんを愛してる。まさかこんなゲーム、本気じゃないですよね。

「じゃ、そのキャンディを隣に口移ししていけ」

この言葉で、ほぼ吐きそうになる。心臓が足元まで落っこちかけたが、それでも立ったまま、みんながキャンディを口から口へと移していくのを見守った。やだよぉ……。自分は最後のほうだ、と気づく。

「さっさと受け取って、これでみんなぐっと仲良くなるから」

例の4年生が声をかける。

さっきまでタフな顔をしていたみんなが、怖れおののいてゲロしそうな顔になっている。僕の番が近づいてくる。その頃キャンディはすでに、アリのアレくらいの大きさになっている。

ところが、とうとう運が向いてきたようだ。僕の前の男がうっかりキャンディを床に落としてしまった。いいぞ！　助かった。あまりにも嬉しくて、横のサラワットをぎゅっと抱きしめたくなったくらいだ、が。4年生の声が降ってきた。

「落っこちたか。あと残りはおまえたち2人だけだ」

「……」

「心配するな、やり直せばいい。法学部のタイン、口開けて」

クソ。こんなことを考えついたやつはいったい誰だ。専制上級生のふざけた命令に従わないという道は閉ざされている。彼は僕の口にキャンディを3個も押し込み、サラワットのほうへどんと突く。サラワットは退屈しきった表情だ。

「きゃ、いやーん！」女子が数人、でかい悲鳴を上げる。

「歯の下に入れて隠せ」

サラワットが小声で言う。いや、これ3つもあるんだけど、どうすりゃいいんだよ。

「うう？」

「外に突き出せ。どうするか教えなきゃダメなのか？」

「やああくれええ？」やらなくていい？

「飲み込むな、もっとひどいことさせられるぞ」

もう泣きたいがどうしようもない、僕は彼の手で顔を掴まれるままになってる。やつの鼻が僕のに接近し、僕は本能的に息を止める。

「きゃあ！　サラワットとタインが！　やめてー！」

僕らを見ているみんなは、面白くてしょうがないようだ。僕はどうすればいいかわからず、目を閉じる。僕の口にやつの唇が押しつけられ、後退する。僕は涙目になって床にへたり込んだ。

ドスン！

「えっ！」

キャンディ3つ、まだ僕の口の中にあるじゃないか。というか4つになってる。サラワットが追加してくれたやつが。こういうことをして僕を助けたつもりなのか、あいつを問いつめたい。人をコケにしやがって。クソったれ。心臓がぁ。

第４章

音楽はコードへの窓

「タインくん！　タインくん！」

　誰かが僕の顔を叩いて目を覚まそうとしている。やっと身じろぎした僕は、心配そうな目にとり囲まれていた。どれだけ床に寝ていたものやら、いつ目を開けたかもさっぱりわからない。ついに死んだな、と思っただけだ。今この瞬間に。

「ただのゲームじゃないか。なんでみんなそんなにショックな顔してるんだよ」

　このゲームを始めた4年生が腕組みして立っている。僕みたいな下っ端新入生のことなど、どうでもいいようだ。

「大丈夫？　タイン」

　ありがたいことに、別の上級生が介抱してくれる。

「はあ……」

「目が回るの？」

「え、あ」

僕はずっと、女の子にキスして生きてきた、それは完全にノーマルなことだ。今回僕が派手なチューをしてしまった相手は美女じゃない、大男だ。本当のキスとは言えなくても、ひっくり返るには十分だ。

「おい！　ちょっと！　聞こえる？」

聞こえていますよ。ただ、今は誰にも答えられないんだ。キャンディがまだ口の中にあって、本気でゲロを吐きたい気分なんだ。

「タインくん、気分はましになった？　みんな、そんなとり囲まない！　どいて、彼を隅に運ぶんだ」

４年生の１人が指示し、部屋の隅に動かされるのを感じる。誰かが笑っている。馬鹿野郎！クズ！　死ね！　頭の中で悪態をつく。

このクラブに入ろうと決めたのは、自分史上あまりいい考えじゃなかったようだ。料理クラブに入ったほうが、全人生がはるかにましだったろう。ああ、心臓が――。

「誰か、嗅ぎ薬《ヤードム》ない？」

いるのはゲロ吐き袋なんだ！　袋！　吐くー！

「ほら。吐き出せ」

神々よ、このヘンタイ・サラワットを送り込んで僕のキャンディ戦争を終結させてくれてありがとうございます。ちっくしょう！

サラワットがティッシュを手渡してくれ、僕はすばやくキャンディを吐き出す。

「人をいたぶりやがって！」

「そんなことしてない」

「本当か？　じゃあ誰が僕の口にキャンディを押し込んだんだ」

「強制されたんだ」

「じゃあ、地獄に行けと強制されたら行くのか？」

「それについては考えてみる」

「ただの皮肉だよ」

「皮肉？　真面目に言ってると思った」

「たわごとをやめろ。失せろ！」

どつくと、彼は誰か他の人のほうへ歩き去った。その後すぐに、上級生の誰かが嗅ぎ薬を手渡してくれた。

「理由はさまざまでも、15人がぜひギターを弾きたいと言ってくれている。なので、全員を2つのグループに分ける。まずはギター経験のある人、手を上げて！」

一握りの人が手を上げる。7人ほどだ。

「オーケー。7人がもうギターを弾けると。じゃあ後の人はまだだね。きみもだろう、タイン」

みんなが僕のほうをふり向く。

「今日みんながすることは、まず正しいギターの選び方を知ること、それから基本的なコードを弾くことだ。いいかみんな、向こうの隅に、ギターを持っていこう」

指示を受け、みんなが隅っこに集まる。

「急いで」

「おい、タインくん、大丈夫か？」さっきの人が聞いてくれた。

「はい」

「じゃあ、急ぐ！　まだその脚、使いものになるんだろう」

何、その感じ悪い口調。アホなキャンディひとつで気絶しちゃうようなチョロイやつ、ってことか。僕はよろよろと1本のギターに近づく。部屋にたったひとつ残ったものがやっと手にできた。どうやらみんなこれを避けていたようだ。どうしてだろう？

「じゃあみんな、2つのグループに分かれるよ。弾き方を知っている人は向こうへどうぞ。初心者はここに俺と残って」

半分の人がいなくなり、部屋がずいぶん広くなったように感じる。他の7人の初心者と一緒に、僕は床に座る。女子が大半で、他の男子2人は明らかに僕よりイケてない。しかし今は誰かと友達になるタイミングじゃないだろう。上級生が教えてくれるのを待たなくてはいけないようだ。保健科学学部の女子でとてもきれいな人がいるが、彼女はサラワットしか眼中になさそうだ。僕など存在しないも同然だ。

「じゃあまず、俺から自己紹介する。俺はミックス、そして横にいる、最大限にブリっ子しているのがエアさんね。ギターの弾き方の初歩を手ほどきする。まずは正しい持ち方からだ」

みんな、なんとか自分が持ちやすいようにギターをかまえる。僕も、ギターを習う意欲は満々だ。だってギタリストはいつだってカッコよく見えるから。女子にモテるための近道だ！

エアさんが言う。

「力を抜いて、みんな。リラックス。ノークくん、背筋を伸ばしてね」

「はいっ！」

この2人の上級生は、とってもいい人たちだ。あの感じの悪い4年生が僕らの先生じゃなくて、ラッキーだな。

「次に、指を弦の上に置いてみて。ほら、こうやって」

慎重に、弦に指を置いてみると……。あうっ！　痛いよ！　このギターに張ってあるのは弦か、それとも剣？

「タインくん、大丈夫？」

「う、はい！」

だけど、なんでこんなに鋭いの、この弦？　初心者はみんなそう感じるのかもしれないが、でもだったらなぜ、他の人たちはみんな平然としてるんだ。

「ああ。その弦は相当きついの。それ、初心者向けではないと思うわ」

なんだ、変なのに当たってしまったのか。つまり、自分で新しいのを買うか、このギターの弦をとり替えない限り、この痛みに耐えなければいけないってこと？

「ええええ、これを使い続けないとダメなんですか？」

「後で新しい弦を買ってあげる。今日のところは我慢してみて。最初はちょっと大変かもしれないけど。とにかく続けてみて」

「何かおすすめの弦はないですか？　自分で買いに行くんで」

「そうねえ、軽い音が好きなら、エリクサーがいいと思う。重厚なサウンドがお好みなら、ダダリオね」

「え、なんですか？」

「軽いのと重いディープなの、どっちのサウンドが好き？」

「ええと……ディープなのがいいかな」

「じゃあダダリオが一番」

いやちょっと、その変な名前やめてほしいな。

「さて、ではメジャーコードから始めるよ。5つあって。CとD、E、G、Aね。まずCから」

僕は必死に努力する。僕の手はこのコードには大きすぎた。今の瞬間、完全に自分が嫌いになってる。ゴージャスな男、けどでかい手！　ああ、心臓が……。

さっきから「心臓が」ってなんだと思うかもしれないけど。これはひどい目に遭ったときについ言ってしまう口癖なんだ。そして実際、今僕はひどい痛みに耐えている。

心臓が！　心臓が！　心臓が！　あうっ！　心臓が！

「あなた大丈夫？」

「い、今頑張っているところで」ああ、心臓がー！

「次はEね。みんな、ミックス先輩の手をよく見て」

ちょっと！　待ってよ！　まだCもちゃんとできてないんだけど。もっとゆっくりお願いします！　僕は何も言わず、内心自分だけに毒づいている。めげずに頑張っていると、突然誰かに肩をとんとん叩かれたのを感じる。

「わたしのギター使って。こっちのほうがいいんじゃない」

あの可愛い保健科学学部の女子だ。ファーという名の彼女、天使みたいだ。

「いや、いいよ。こっちを使ったらきみの手が痛くなっちゃうよ。僕が痛みを耐えたほうがいい」

僕はそっと彼女の手に触れる。手を戻した後、匂いをかいでみる。いい香りだ。彼女は人間なのか、ヴィクトリアズ・シークレットのエンジェルか？

「俺のを使うか」

荒っぽい声が割り込んでくる。隣に座った、いかつい男だ。

「いや、大丈夫だよ。なんとかやってるから」

僕はさっきファーに向けたのとまるで別の声で言う。僕が感じいいのは女子に対してだけさ。

とはいえこの男がもうひと押ししてくれないかなぁ、とも思う。そっちのギターを貸してください、お願いだよ！

「そっか。それならいいけど」

僕の願いはかなわず。もう一度くらい、言ってくれてもいいじゃないか。頼むよ！　もう一度、聞いて。残念ながら、これは一度だけの申し出だった。

そして僕はその後20分もの間、拷問のような時間を過ごす。痛いのなんの！　痛みに耐えながら、必死でやり続けていると、指導係たちが10分の休憩を言い渡す。僕はトイレに急いだ。自分たちの部屋に戻る途中、他のグループのわきを通り過ぎる。みんな、練習に集中している。聞こえてくる会話によると、きたるべき音楽フェスティバルのコンテストに出る予定のようだ。

「では今日はこのくらいで。明日また、6時に会おう！」

「はい！」

え？　もう終わりなの？　サラワットのグループはみんな、持ち物をまとめ始める。自分のグループに帰り、同じなのだろうと思ったが……。

「みんな、用意はいい？　練習を続けるよ」

「あ、もう時間なのかと思いました」

「きみらはまず、基本コードを全部さらったほうがいい」

なんだぁ。指がバラバラにちぎれそうだ。だが選択の余地はない、言われたようにしなければ、と思って気分が暗くなる。

「タインくん、そのAマイナーは違うわよ。中指で4弦2フレットを押さえないと」

「はい」うう。

「そうそう、じゃあ軽く鳴らしてみて」

やってみる。

「違う」

「あ、はい」

なぜ彼女が「違う」と言ったか、説明するね。それはギターを弾くとき、弦を正しく押さえなかったために、鳴った音が変になったからだ。初心者にはつきものだ。

「もう一度やってみて。できるから」

ええ。もう嫌だよ、これ。どんなに頑張っても、何度やっても、僕の音はきれいに出ない。もう本気で帰りたい。

「もっと強く押さえないとダメだ。おまえ馬鹿か？」

サラワットの声だ。なぜか知らないがまだ居残って、僕がギターと格闘しているのを見ている。

「そうだよ！　指がついていかないんだ」

サラワットが自分のギターを僕のと取り替える。名が入れてあるのが見えた。

「何？」

「俺のだ。それでやってみろ」

「やってみろって。いいギターを使うと、やる気が出る」

「え、いいよ」

「もうやる気は失せたよ」

「本当だって、厄介もん」

「その呼び方、マジで気に入ったんだな」

「Cコードをやってみろ」

覚えているのは、Cが2弦の最初のバーのところということくらい。サラワットがもどかしそうに僕の指を取って正しい場所に乗せた。

「しっかり押さえろ」

「……」

「まだ痛いか？」

「いや」

高価なギターはまったく感触が違う、とすぐに気づく。

「よし。続けろ」

1人、また1人とみんなが部屋を去っていく中、僕はサラワットのギターを弾き続ける。

「続けろ」

「もう指が壊れちゃうよ！」

「いいからやれ」

「他のコードも弾きたいよ」

「やれ」

「くっそ」

「タイン、サラワット、俺らはもう行くから。出るとき鍵を閉めていくようにね」

サラワットと僕はうなずいて、またギターに向かう。

「Eをやってみろ」

「待って！」

「Eだ」

「わかってるよ！　考える時間をくれよ」

「え？　忘れちゃったの？　おまえ本当に脳あるの、それとも耳の間にあるのはほら穴？　何も入ってないんだな」

「僕の脳が耳の間にないんだったら、どこにあると思うんだ。腹か？」

「憎まれ口はよせ」

こんなやりとりを何度か続け、そのうちまた基本のコードへと注意を向ける。

「これでいいかな」

「それはEマイナー。ったく何やってる」

というきつい声が聞こえたかと思うと、やつが隣に腰を下ろす。不機嫌な雰囲気をまき散らしながら、僕の指を掴むと1本ずつ、弦の上に置く。

「これがEのコードだ」

「あ、そうか」

「じゃ、弾け」

僕は彼にしかめっ面を向ける。僕はこの壊れた手で1時間近くも練習を続ける。筆舌に尽くしがたい痛みだ。

「今日はこのくらいでいい」

ああ、天にも昇るような言葉。

「もう行っていいの？　はい、きみのギター」

「待て」

「何？」

「なぜみんな、こんなふうにギターを置き去りにしていった？　これは軽音部の備品だろ。これじゃあ全部、傷んでしまう。あのギターを整頓しろ」

「なんで僕がやらなくちゃいけない？　僕がやったんじゃないよ！」

「だっておまえも将来使うことになるだろう。いいからやれ、俺は部屋を片づけるから」

片づけると、おっしゃいました？　やつがしているのは、ただ椅子に座って、僕がギターを全部きれいに整頓するのを眺めることだけだけど。

「終わったよ！」

「ほれ」とサラワットが何かを投げてよこす。

「何これ」

「ばんそうこう」

「いいのに」

「おまえ、クッソ下手だな」

「誰のことを言ってるのさ」

「……」

答えない。なぜみんながこいつのことを無口なシャイなどと言うのか、解せない。僕にはいつもソッコーで口撃をしかけてきて、こっちの頭をおかしくさせるのに。

「もう行かない？」

もうこいつとケンカするのが嫌になる。

「ああ、行けば」

「まだ帰らないの？」

「ああ。1曲演奏したいんだ」

「どの曲？」と僕は近づいて、彼が手にしたノートをのぞき込む。

「おまえの知らない曲だよ」

「僕を甘く見るなよ。音楽中毒だよ。バンドだってみんな知ってる」

「デスクトップ・エラー[※1]」

う……わかったよ、それは初耳だ。なのに、なんとなくまだ僕はここにいる。部屋に帰らず、サラワットの横に座ってる。

2人で話をした。大学中の女子が熱愛するこいつが、いったい何を好きなのか知りたいと思う。

「それは、名前も聞いたことないや。でも――」

「ハーモニカ・サンライズ[※2]」

「……」

「DCNXTR《デコネクスター》[※3]」

「……」

「モーニング・アンド・カット[※4]」

※1 タイのポストロックバンド。　※2 ロカビリーバンド。
※3 電子音楽ユニット。　※4 インディーズバンド。

「これは知ってる！」

「すでに知ってる曲以外を聴くようにしたほうがいいぞ」

「そうするよ！　でもおまえみたいな変人になるかもって心配だな」

言葉がとぎれると、やわらかいギターの音が数分間、部屋を満たす。

「そんなに音楽が好きなら、専攻に選べばよかったのに」

サラワットが自分の勉学のことや、政治学部のことですら全然話さないのはなぜなんだろうと思うのだ。

「大好きだから、それを専門にしないことにしたんだ」

彼は、ちらっとこちらを見る。

「それは面白い矛盾だね」

「なぜ？　最愛のものを憎むようになったりしたくないだけだ。音楽を研究するというのは本当に難しい。音楽史だのなんだの、そういうのはまったく興味がないんだ。ただ好きなものを好きなときに弾きたい、試験のことなんか心配しないで。わかった？」

「きみは変わってるよ」

「じゃあおまえはどうなんだ。なぜ法律を学ぼうと思った？　本当に好きなのか？」

「いや。僕はなんでもできるのさ、法律以外は」

「じゃあおまえだって俺とたいして変わらないじゃないか」

「まあいいけど……今弾いているその曲は何？」

「これは『Sleep tight（03:00 A.M.）（午前3時のお休み）』、ソリチュード・イズ・ブリスの曲」

「へぇ」

「彼らの書く曲は、哲学的だ。アルバムにラブソングなんかないぞ。YouTubeで見られる。まあ、おまえは午前3時にはお化けを見るんだろうけどな」

「なんだよ、馬鹿たれ」

「お化け、怖い？」

「ほら、僕の口を見ろよ」

「何？」

「こ・わ・く・な・い」

「それだけ？」

「うん。それだけだ。僕は法学部のプリンスだぜ、顔がゴージャスなだけじゃない、心も寛大なんだ」

「おまえ、なんの話してんの」

僕はため息をつく。僕を的確に言い表していると思ったんだけどな。

「サラワット」

「なんだ？」

「取引しよう――ねぇ」

サラワットは目も上げず、ノートに何か書いている。僕は黙る。やがて向こうがやっと頭を上げて僕を見るのを待った。

「何を言いたい？」

「僕の彼氏になって」

「……‼」

「フリだけ！　フェイク、わかった？　頼む、助けてほしいんだ。グリーンにビクビクするのはうんざりなんだ。そのために僕がここにいるって、知ってるだろう。僕を救えるのは、きみだけなんだ！」

「やだね」

「サラワット～！　助けて！　お願い！」

「自分のまいた種は自分で刈れ」

「僕は何もまいてない！」

「嫌いだと言ってやれ」

「言ったよ、でも聞かないんだ」

「それはおまえの問題」

「じゃ、じゃあ、グリーンをきみにあげる！　代わりにきみについて回るようにさせるぞ」

「そんな冗談、面白くないね」

「あいつに、きみがあいつを好きなんだって言ってやる」

「おまえ、怪我したいのか」

「そうだよ！　おまえのことなんか怖いと思うか？」

言い合いの最中に立ちあがった、そのとき。

ずしん！

ドアノブから何かが落ちた。

「すげっ！　おまえのファンの女子たちだ、またか」

床にはお菓子が散乱している。ひとつひとつ、全部にサラワットの名が書いてある。いや、ただひとつ――。

<3 Tineタインさん、
これ食べてね！

「おい！　それは僕のだ！」

床からカラフルなバッグをさっと奪った手に向かって、僕は怒鳴る。送り主の子の名前もまだ見ていないのに！

「だから？」

「きみにはもう山ほどお菓子があるじゃないか。自分のを取ればいいじゃん」

サラワットは答えない。代わりに鉛筆を見つけて、僕の名が書かれたメモ用紙に何やら書き加えてる。そしてバッグを返してくれる。でも悪筆すぎて、何を書いているのかわからない。

「いいよ」

「いいって何が」

「いいって言ってるだろう！」

「何がいいって言ってるのさ」

「いいよ。つき合ってやる」

「……!!」

「じゃそれでいいな？」

待てよ、どうした？　正確に言ってこいつ、何を言っている？　やつが書いたメモを読みながら頭が真っ白になり、何も思い出せない。

<3 Tine タインさん
~~これ食べてね！　プリームより♡~~
こいつにはもう恋人がいる。サラワットより。

第５章

サラワットリスム過激派

Tine TheChic（タイン）みんな、いいニュースだよ。

Thisispope（ポープ＝オーム）サラワットが助けてくれることになったって言いたいんだろう。

Tine TheChic え？　なんで知ってるの？

Thisispope 当てずっぽう、でも当たったな？

Tine TheChic 宝くじも当てられそうだな。

Taroman（プアク）どうやって説得した？　カラダを差し出したん？

Tine TheChic キモっ。

Fongchinaboy（フォン）お祝いしないか？　自由は目の前だ。

Tine TheChic お祝いどころじゃない。明日、講義あるだろ。コカ・コーラでよくない？

Fongchinaboy 知らないのか？　俺、コカ・コーラやめたんだ。

Tine TheChic なぜ？　ヘルシー志向になった？
Fongchinaboy 違う、ペプシに替えただけ。
Tine TheChic なんだよ。
Thisispope で、僕らに何をしてほしいんだ？
Tine TheChic グリーンに一発かましてやってほしいんだ。サラワットと僕がつき合ってると思うように、何か言ってやって。
Taroman ウソつきゲームの始まりだな。
Tine TheChic シーッ……。
Fongchinaboy ここは俺たちにまかせて、おまえはそのつもりでいろ。
Tine TheChic ありがとう！（キュート系スタンプ）

グループLINE「無敵ハンサム隊」を閉じ、僕は内心ほくほくしながらベッドの端に座っている。これでよし。グリーン追放のミッションは形をなしつつある、一番のキーパーソンであるサラワット・ガンティサノーンがついに作戦に参加してくれたのだ。今まで強硬に断ってきたのに、ここへ来てなぜ急に同意したのかは、はっきりしないけれど。

彼に手を貸してもらったって、僕のイメージが損なわれたりしないだろう。僕らがどこかへ出かけても、誰もまさかカップルだなんて思うまい。ただの背の高い男２人、共通するものもない。

僕らを見て友情以上の何かを疑う人もいなそうだ。

ただ1人、あのさかりのついたハンサムなグリーン、僕を「上の」彼氏にしようとしているやつだけを別として。でも、ちょっと願いがかなったと思うかもしれないな、僕が男とデートしているのだから（まぁ偽装だけれど）。やつが失恋したいというなら、僕の出番だ。サラワットの完璧な容姿であいつをノックアウトしてやる。

僕はノートパソコンをぱたっと閉じると、着替えをしようと立ちあがる。何か食料を調達してから、サラレオのiPhoneを修理屋に取りにいかなければ。没収された自分のを早く取り返したくて、そのへんの修理屋で安く直してもらうことにしたんだ。

ところが困ったことに、ショップに着くと担当者が、無理でしたと言ってデバイスの残骸をよこしてきた。

「できると思うって、言ってましたよね」

「やってみたんだけどね。こうなると正規の修理センターに送ってみるしかない。でも調査費で1万バーツ（約3万円）取られたあげく、結局新品を買うことになるよ。こりゃ救いようがない」

「どうしようもないですか？」

「SIMカード抜いておいたから、電話と一緒に持って帰って」

彼は僕の質問には答えず宣言した。

「ああ、ダメか……」

「待って、代わりにいいセール品がある。サムスン、500バーツ（約1700円）にしとくよ」

「ええ、本当ですか？」

「本当さ、無料ケースもつけて」

一瞬喜んだ、箱を開けてみるまでは。500かー。心臓が。

サムスン・ヒーロー……。こんなもので、ぬか喜びさせられてしまった。あーあ。どん底気分で寮まで車を飛ばす。部屋に着いてサラワットのSIMカードをサムスン・ヒーローへ入れると、間もなく大量のメッセージが到着し始め、着信も鳴る。電話がガンガン鳴り続け、とうとう耐えられなくなる。いったいなんだ。

こっそりサラワットのメッセージを開けて盗み読んでみる、何かあいつの秘密でもあばけるかも。しかし、すべて不在着信の通知。がっかりだ。その上、ひとつとして同じ番号がない。こいつの人気ときたら、ケタ外れだ。誰にも電話番号を教えないと言っていたはずなのに、だったらこの人たちはどこから手に入れた？

リリリリリーン
やれやれ、サムスン・ヒーローがまた鳴ってる。今度は運試しに、電話をとってみる。

「はい」

「もしもし。サラワットさん、ですよね？」

「ええと……」

「きゃーっ。すごーい。サラワットでしょう。電話に出てくれてすごく嬉しい。あなたが本当に好き。いつもあなたにお菓子を渡そうとしてるのよ。友達が言ってたけどフリーなんでしょ、だから……」

彼女が話し終わるのを待たずに割り込む。

「ごめん、僕サラワットじゃないんだ」

「え。これサラワットの番号じゃないの？」

「彼のだよ」

「じゃ、あなた誰？」

「友達」

僕は飽きあきした口調で答える。向こうは何ごとかモゴモゴ言い、電話を切った。数分後、僕の愛するノートパソコンからフェイスブックの通知音が聞こえ、ただちに何か災難がやって来るのを予感する。

#TeamSarawatsWives（Secret Group）（チーム・サラワットの妻〈非公開グループ〉）

Mena Chupoo 今さっき、サラワットに電話したの。誰か出たんだけど、誰なのかわからない。男性で、友達と言っていたけど、嘘だと思う。

彼女の投稿の下には、他のメンバーが大量にコメントしている。

「男だった？　男子ならきっと友達でしょう」

「いつもの友達の1人に違いないわ。でも電話をとってもらえたなんて、あなたラッキーよ。わたしが電話したときは電源切られてたわよ」

「ここのところずーっと切られてた。何が起こったか知らないけど、でもこれでひと安心よね」

女子たちはこの問題は片づいたと考えたようで、議論は終わった。僕は安堵のため息をつく。だってサラワットのファンたちはリアリティ番組『ザ・リアル・ハウスワイヴス・オブ・アトランタ』の女性たちより恐ろしいから。

しかし平和は長続きしなかった。ただの嵐の前の静けさだったようだ。最後のコメントの直後から、サムスン・ヒーローはうるさく鳴り始める。電話がひっきりなしにかかってくるのだ。電話は鳴り続ける……。一晩中。

午後に講義のない時間が2時間あるので、スター・ギャングたちはグリーン対策の作戦会議を開始する。やつに言ってやるあらゆるパターンの話を考えておくんだ。あのけばい男、午後は1日おきにはやって来ていたので、今日も来るだろうと予想される。

「もうそろそろかな、ポープ?」

「と思うよ、マリオ。おまえどう思う、ジェームスJ?」

「カウントダウンしようか、5、4、3、2、1!」

「タイ〜ン!」

ひっ。恐ろしいほど正確なやつ。僕のカウントダウンが合図のように、グリーンのねちっこい声がした。

「何やっているんだ」

グリーンが嬉しそうに隣に座るのを見て僕は口走る。

「もう知ってるでしょ、あたしって首尾一貫してるの。永遠に、やって来るわよ」

「おまえにはうんざりだ」

「その気持ち、もうじき愛に変わるから」

「誰か別の人間にとり憑いたら?」

「あたし、一途なタイプなの。そのときつき合う人は1人だけ。一度に1人ずつよ」

「おまえ、誰か他の相手を見つけないといけないみたいだぜ」

オームがグリーンの甘ったるい声をさえぎる。

「どういうこと?」

「なんでもない。知ってたほうがいいかなと思ってさ」

「そうだ、ちょっと中央棟に行ってくる。また戻る」と僕は立ちあがる。

作戦スタートだ。グリーンの顔を見て笑い出したいのを抑える。そのがっかりした顔、まるで二日酔いのブルテリアみたいだ。フォンがすばやく演技に加担する。

「おっ、なんであっちに用が？　誰かと待ち合わせかな？」

「別に。トイレだよ」

「クソするのにそんな遠くまで行かなくちゃなのか？　カレに会うんだって認めろよ」

「バカ言うな。すぐ戻る」

「あたしも一緒に行く」

グリーンが口をはさんできて腰を浮かせる。

「ダメだ。こいつらの幸せの邪魔になっちゃうぞ。座れ」

とプアクが命令し、芝居がかった動作で僕に行けと手ぶりする。まったく、もっとマシなウインクできないかな。プアクのまばたきはあんまり激しくて、目に火の粉でも入ったみたいだ。

「誰に会うの？　タイン」

「知らなくていい」したり顔、ちゃんとできているかな。秘密を隠している感じ、声にも出さないと。

「誰かと待ち合わせ？」

「トイレに行くんだ……本当に」とつけ加える。嘘が信用できそうで、同時に疑わしく思わせるようにするためだ。

シックな男・タインの戦術は鉄壁だ、それを思い出せ、もう決して何も怖れることはない。魔法のように効くはず。グリーンは即座に立ちあがって僕を追いかけようとする。オームとフォン、プアクが一斉に動いてやつを座らせ、僕をうまく解放してくれた。

厳密にいうと、３人と離れてしまうのは最初の計画にはなかった。でも、実際に彼に――サラワットに会いたいのだ。サムスン・ヒーローを渡さなければいけないから。彼の英語の授業はそろそろ終わるころだ。向こうの棟へと急ぐ。サラワットの教室に着くと、ドアに貼り紙がしてある。きれいな手書きのメモだ。

「菓子類や飲み物を教室の前に置かないこと」

サラワットの教授、できるな。チーム・サラワットの妻の攻撃がよっぽどすごかったのだろう。やっと僕にも少しは笑えることができた。

ドアが開くまで教室の外に座って待つ。学生がばらばらと、アリのように教室から出てくる。みんなの顔を見渡し、やっとサラワットと仲間が見えてくる。肘でつつき合ってふざけていたが、そのうち僕に気づいた。

「ここで何している？」

サラワットが聞いてくる。

「きみを待ってたんだ。携帯を返してもらいたい」

「ワット、下の階に行くぞ。インサニン・カフェで待ってる」

仲間の1人がそう言って、僕の横を通り過ぎた。

「オーケー。すぐ行く」

サラワットはそう答えて、廊下を歩きながら僕のほうを見る。

「俺のは直ったのか?」

「修理不可能だって。こうなった」

僕は、彼のトップブランドのスマホだったみじめな残骸を取り出す。

「……」

サラワットは僕を見て、何も言わない。かなりこちらの気力がくじかれる。

「その……母に言って少し送金してもらうから……」

「それはどうでもいい」と彼は携帯を僕の手から奪うと、ポケットにしまう。別のポケットに手を入れ、何かを僕に差し出す。

「これ、おまえの」

「僕の大事なお宝!」

毎日なくて困っていた懐かしの自由、つまりスマホの姿を見て、僕は喜びの声を上げる。

「おまえを笑顔にするにはこれが一番か」

「だって、スマホ愛してるもん」と僕。

「で、どうすればいい？　今はお金がないんだ。きみのはアップル・ストアに送った、お陰でお菓子を買う金もないよ。ああ心臓が……」

「どうでもいいと言っただろう」

「でも、じゃあきみはどうする」

「もう別のがある」

「なんだって？」

この鉄面皮が！　ここまで本気で申し訳ないと思わせておいて、今になって新品の、さらにいい iPhone を見せてくるとは。なんちゅうムナクソ野郎！

「番号変えたの？」

「おまえがあれを落としたその日に新しいのにした、心配するな」

け。おまえのことなんか心配すると思ってるのか。

「で、その番号を教えてくれないの？」

「いちいち要求が多いんだよ」

彼はため息をつき、うんざりした顔になる。

「グリーンのことで言っておくことがあるんだ。今日、友達に頼んで——」

そこで言葉を切らなければならない。サラワットが僕を置き去りにして、大股でどこかへ進んでいく。聞くフリさえせず。シックなタイン、ここはどうする？　ついていく以外、どうしようもないよね。

待ってよ！　どこ行った？　あいつは人間か、幽霊か？　現れてはまた消えて。そして今、僕は間抜けにも階段の前で5分も放置されている。

やっと再び現れたあいつが、僕の肩をとん、と突く。表情は読めない。

「きみ、足速すぎだよ」

「おまえがトロいんだ。そろそろ黙れ。こっちは友達に会うんだ」と言って、僕の手にいっぱいのお菓子を持たせる。

「何これ」

「おやつ」

「それはわかるよ、でも、なぜ自分で食べないの？」

「人にもらったんだ、おまえにやる」

「へー、きみのファンは実に気前がいいね」

「ああ」

「それじゃ、もらっていいんだね」

「好きなようにしろ。おまえのだ」とサラワット。

「夕方、部室で会おう」

「わかった」

僕はうなずき、背の高い彼が去っていくのを目で追った。彼が視界から消えたとたんに、彼の友人の1人が顔を出し、僕を見てとまどった顔になる。

「おまえ、タイン？　ワットはどこ行った？　ここにいたと思ったんだけど」

「あっちのほうに行ったよ」

「そっか、サンキュ。あいつのファンの女子たち、すげーよ。あいつに渡せって、食い物を押しつけるのをやめないんだ」

友人の手には、大量のお菓子やドリンクが抱えられている。

「あれ、これはファンからのじゃないの？」

と言って、僕はサラワットにもらったばかりのスナック菓子を見せる。

「え、なんの話？　それは、あいつが自分で買ったやつだ。今さっき、金を払うところも見たよ」

「へぇ……」

「じゃ、俺はもう行くよ。バイ」

「うん。バーイ」

少しの間、混乱して立ち尽くす。これは、彼のファンクラブの女子からのものではないんだと？女子たちから、埋まるほど大量のお菓子をもらうとわかっているなら、なんでわざわざ自分で買う必要が？　サラワットの考えていることは謎だ。

足どりで。

　とにかく、僕は最初の袋を開けながら歩き出す。「シック」な人間だけができる、スマートな

「今日のクラスを始める前に、2つ、言うことがある。まず、ギター・クラスのみんなは自分の演奏を動画に撮って上級生に送ること。それで上達の度合いを見ていくから。経験者は簡単な曲を演奏するくらいでいい。始めたばかりの初心者は、8つの基本コードを弾いてその動画をメールして。アドレスはこの黒板にあるとおりだ」

「えええ……マジ？」

　部屋は不満の声でざわつく、僕も特別大きな声を上げた。軽音部での2日目、上々な滑り出しだよ。始めたばかりというのに、早くも宿題か。

「はいみんな、静かに。動画を送らない人は、活動停止にするからな」

　ディッサタートト！　ディム！　この独裁者！

「みんな死んじゃいます」

「そんなことはない。ギターが弾ける姿を女子に見せびらかすことには、苦労してなかったようだぜ、だからめそめそ言うな」とディム部長。

「フェイスブックを使っているなら、動画を投稿して俺にタグ付けしてくれてもいい。それにコメントするから。手加減してやるよ、約束する」

この部長の口の悪さと僕のひどいテクが出会ったらと思うと、おぞましい。一般公開なんかする根性はないよ。サラワットくらい上手な人間だって、そんな危険は冒したくないだろう。もっとも彼にその選択はないけど、なにせフェイスブックは使ってさえいないようだから。

「2番目、アルタ・マ・ジェーブ・フェスというオルタナ音楽のイベントがある。これについてはクラスの終わりに話す。さぁ、上級生はみんなを連れて練習開始して！　俺は腹が減ってるんだ！」

ディッサタートは大声で言うと、機嫌の悪い顔をサラワットに向ける。

シックな男・タインが最も怖れていたときが来た。例のギターの、古い弦でコードを練習しなければならない。とほほ。上級生たちの僕への愛情をひしひしと感じるぞ。新しい弦をくれると言ったのに、なんにももらえない。完全無視じゃないか。また運に見放された。

10分が30分になる。30分が1時間となり、僕の指はスポンジみたいにへこんだ跡だらけだ。このセッションが早く終わりますようにとだけ祈る。

「タイン、手が痛いなら休憩していいわ」とエアさんがやっと、1時間近くも苦痛が続いてから言ってくれる。

「ほんとですか？」

「ええ、休憩しましょ」

「ありがとう」

「みなさん今日はよく頑張りました。レッスンは終了です」

え？　じゃあなぜわざわざ僕を引き合いに出した？　ぐぬぬ……こいつら不条理音楽族、大嫌いだ。まるでわざと僕をおもちゃにしているみたいに。新入生を神童か何かのように上げておきながら、その実、みんなを馬鹿みたいに見せるように仕向けて。

上級生たちがレッスンの終了を宣言すると、すぐにディムさんが部屋の真ん中に進んでくる。そして胸の前で腕を組んだ。

「2番目のことだが」

何ごともなかったかのように、1時間前の話の続きを普通に始める。

「来週、大学の全音楽クラブ合同で行うイベントがある。そのため明日は、新入り全員でカフェテリアに行ってイベントの宣伝をして、寄付を募ってもらいたい」

「何を弾くんですか？　誰が歌うの？」

誰かが挙手して質問する。

「特別にフォークソング・チームを組む。リード・シンガーは建築学部のターム。ドラムグループからはブームがカホン※をやって、ギターはサラワットとイアーンだ」

名前を呼ばれた人たちがうなずく。担当楽器の基礎をよく知っているメンツだ。みんなきっと、サラワットが入っていることに感謝するだろう。このイベントが例年になく人気になるのは予想にたやすい。

「他の人たちはチラシを配ったりして、そのエリアの学生に宣伝してほしい」

全員の声が嫌々ながら、理解を示す。

「明日は昼前に講義が終わったらできるだけ早く来て、楽器を運ぶのを手伝えよ」

「……」

「みんな、わかったか？　質問がなければ、とっとと解散。腹減った。じゃ」

ディッサタートは言うことを言うと、最後のあいさつはぼそっとつけ加える。そして去った。

みんなも帰ろうと立ちあがる、サラワット以外。どうやらアホな歌を書くのにすごく忙しいようだ。

「行かないの？」

もう答えは知っているが、一応聞く。たっぷりじらしてから、あの不愉快な顔がとうとうこちらを見て「もう答えを知っているなら、なぜ聞く」と言うに違いない。

「もう答えを知っているなら、なぜ聞く」

ほらね！　僕はいつも正しいんだ。

「質問していい？」

「どうぞ」

「ギターの、ダダなんとかって弦、どこで買える？」

「ダダリオ」

※ 木製の太鼓。

「そう、それ」

「このへんには売ってない」

「ええ？　どこにも？　じゃあどうすればいいんだ。この古い弦で僕の指が死にそうだ」

僕は愚痴って、指の先のくたびれたばんそうこうを見下ろす。

「俺のギター使うか？」

「え？　でもじゃあきみはどうするの」

「2本ある」

なぜそれを今まで黙ってた？

「ええ？　じゃあ借りていい？」

「ああ、でも俺の部屋まで取りにきてもらう」

「いいよ。寮はどこ？　後で行くよ」

「先走るな。これから俺が連れていってやる」

心臓が……この意地悪い声、とどまることを知らない。

サラワットが練習し終えるまで、永遠かと思うほど長い時間待たされる。日も暮れ始めるころになってやっと、荷物をまとめてバッグに詰める。

それから僕らはこのゴージャスな、他人のことは関係ねぇ主義の男の寮をめざして歩き出す。

　大学のすぐそばに、彼の寮はあった。後について、5号棟の5階、部屋番号555※にたどり着く。サラワットの世界に一歩踏み込んだとたん、僕が見たものはというと……。こいつの部屋は基本的にがらんどうで、全部黒いってことだ。壁紙すら黒か。

「これ本当におまえの部屋？　それともお化け屋敷？」

　白黒しかない部屋を見回して、僕は慎重に聞いてみる。

「幽霊ならベッドのそばに1人いる」

「クソが！」

「俺と一緒なんだから、怖いことは何もない」

　気楽に言いながら、長身のあいつはベッドのほうへ歩いていく。どさっとリュックをベッドに下ろすと、自分もどさっと寝転び、なかなか満足気だ。

　机にちょっとだけ勉強の跡が見える以外、あとは音楽についての本だらけだ。部屋中に、紙が散乱している。

「それで、ギターはどこ？」

「本棚の横」

「ああ……これか」

「俺のギターは誰にも触らせるなよ。大事にしてくれ。高いんだぞ」

「そんなに心配なら、ずっとプチプチで包んでおけばいいじゃん」

※ タイ語で「5」は笑い声と似ているため、ネット上で「555」は「www」や「草」のように笑いを表す。

「じゃあおまえに貸さないほうがいいのか？」

「冗談。ありがとう。じゃあもう行くね」

ギターを掴むと、そそくさとドアへ向かう。

「まだチューニングしてない」

「じゃあさっさとやってよ。お腹空いたし」

サラワットは手を伸ばしてギターを取り、背筋を伸ばして座ると、すぐにチューニングを始める。僕は突っ立ったまま、彼の作業をじっと見ている。

「冷蔵庫にパンあるぞ」

彼が目も上げずに言う。

「え？」

「腹減ってるなら、何か食え。これ、しばらくかかると思う」

「そんなに長くかかるの？」

「ああ」

彼のチューニングの速度については問いただすまい。その百万倍も、今は空腹のほうが問題だ。サラワットも何か食べろと言っている。この際、遠慮は置いておくことにし、冷蔵庫へと向かう。

うう、心臓が……ホットドッグ用のパンが冷凍庫にあるだけじゃないか、石みたいに硬い。こんなもの噛めるか。

「上級生になんの動画を送るか、もう決めたの？」

僕はベッドのサラワットの隣にあぐらをかいて座り、パンを齧《かじ》ろうとしてみる。

「まだ。おまえは何か思いついたのか」

「スクラブの『Close《クローズ》』はどうかな。好きな曲なんだ」

「ダメだ。コードが難しすぎる」

「僕のじゃなくて、きみに弾いてもらいたいんだ」

サラワットはちょっと手を止めると、紙と鉛筆をとって何か書き、僕に手渡す。

DM9　DM9　AM7　A6　A6　C#m7　C#m7　F#7sus4　F#7

ひえっ！　これはコードか、拳銃のモデルか？　見ているだけでめまいがする。

「何これ？」

「おまえが弾きたい曲のイントロだ。話見えた？」

「わかったよ。こんなに混み入ってるなんて、誰が予想つく？　ねぇ、もう終わった？　待たされすぎて、このパン、べちゃべちゃになってきた」

「まだ全然」

どう答えていいかわからないので黙ってサラワットをしげしげと見ながら、適当に彼のギターの弦をパラパラといじる。最初は熱心に見学していたものの、すぐに退屈してきて、コミックを見つけて読み始める。

食べた。読んだ。トイレで大もした。それでも彼のギターのチューニングは終わらない。これ以上どうやって時間をつぶそうかと考えをめぐらせた末、今のうちに宿題の動画を撮ることにした。

「こんにちは、上級生のみなさん。僕はタイン、シックな男、お洒落な、どーにもこーにもキュートな男。今日はみなさんに基本コードの演奏を見てもらう絶好の機会です、ということで、聴いて」

今や僕が使っていいサラワットの貴重な、彼の名入りタカミネはチューニング中なので、彼の普段使いのギター、マーティンを手に取って、ショーを始める。レコード・ボタンを押す。さて、しみひとつない僕のイメージを壊さないようにしなくては。

「ではCからいきます」

ボロローン

「違う」

「おい。邪魔しないでくれない？　録画中なんだ」

「違うって」

「どこが？」

「ここに座れ。教えてやる」

サラワットが言うので、僕は一時停止ボタンを押す。彼はコードのやり方を見せてくれる。教え方がわかりやすくて、楽にうまくできるようになった。彼のギターの知識は認めざるを得ない。部屋の隅で、また録画を始める。

すっかり終わって戻ると、チャーミングな馬鹿たれはまだ僕のギターをチューニングしているではないか。マジでまだ途中だ。頭に来て、やつのベッドが壊れるまで踏みまくりたくなる。

「真面目にやってるの？　なんでまだ終わらないの」

ベッドに寝転がってわめく。

「できた」

「じゃあ貸して。もし自分で弦を見つけられたら、返すから」

「まず動画を撮るのに、俺が使う」

「おまえ本当に面倒くさいやつだな。わかった。好きにして。僕はもう疲れた」

もう彼の部屋に来てかれこれ2時間だ、まだ当分出られそうもないじゃないか。僕はベッドに上がると、あいつのヨダレ跡のついていそうな枕に頭を乗せ、自分のスマホをイジり始める。

しばらくするとギターのやわらかな音が耳に入ってきて、スマホからすっかり注意がそれる。僕は後ろから、この魅惑的な顔の一部をじっと眺める。

頭に山ほどの疑問が湧いてくる。イントロで、すぐにわかった。サラワットが弾いているのは2時間前にけなしていた曲じゃないか。なんで結局これを弾いている？

「近すぎて　何も言えない
近すぎて　他に誰も見えない
2人がこんなに近くて　息を止めたくなる
近すぎて　今日　きみと僕しかいないよう」
——スクラブ『Close』

僕はスクラブが大好きだ。好きすぎて、サラワットの深い声に合わせてつい、一緒に歌ってしまう。理由はわからないけど、この曲は、人生ってめちゃくちゃキュートだ、と思わせてくれるんだ。「カワイイ」ってやつ。リラックマ級だ。

「きみと偶然会ったからかも
今ここに　こうして2人でいるからかも
きみはまだ　これがなんなのか気づいていないから
そして僕はこれが続くものなのか　わかっていないから
もしお互いに話さなければ
たぶん今日　僕らは理解できないだろう

あの日きみも　僕も　これがなんなのかわかっていなかった
なぜためらってしまったのか……」

サラワットのような野郎が歌っているのでも、リラックマみたいに可愛く聞こえる。心臓が……。


翌日、僕はカオスの真っただ中に放り込まれることになった。

午前中の講義が終わると、ただちに軽音部のある棟に向かう。機材をカフェテリアに運ぶ手伝いをするためだ。僕は機嫌よく食事中のスター・ギャングたちを残してくるが、グリーンには捕まらないよう用心する。

知ってのとおり、大学のカフェテリアってところは、宇宙で最も混沌とした場所だ。これよりぐちゃぐちゃなのは僕の感情くらいかも。上級生が新入生全員に分厚いチラシの束を渡している。僕らはカフェテリア中に散らばる。アタマジラミよりしつこいぞ。入り口近くには小さなステージがあり、サラワットたちが短いショーをすることになっている。その時間になった。

5…4…3…2…1。

「やあ、みんな」

「きゃー」

「何？　何が始まったの？　あっ、サラワットだわ！」

「サラワット！」

　これだ。女子ってマジで怖い。こんな遠くからでも、全員彼がわかってしまうとは。目に望遠鏡でも埋まってるのか。

　モダンドッグの『タ・サワング（明るい瞳）』が女子の悲鳴と混じり合う。女の子たちは食事なんかほっぽり出して、ステージへと走る。みんながみんな、スマホで録画している。動画の目玉はもちろん、この大学のセレブだ。

　ヴォーカルだって目立つ容姿だよ、なんで誰も彼に注目しないの？　ギタリストの片割れだってキュートなのに、なぜしつこくたった1人の、こんがり日焼けしたノッポ野郎しか目に入らないんだ。いや、僕が彼女たちの視野の狭さを批判するのは筋違いかも、自分だって彼の姿ばかり見つめているのだから。この距離からでさえ、群を抜いているのが見てとれる。

　曲が終わるやいなや、建築学部のタームが興奮してマイクを握る。

「ありがとう！　僕らは軽音部の代表です」

「サラワット、好きー！」

「きゃーーーー！」

「俺らの友達、超人気だね」

　ステージ上のメンバーはサラワットをからかう。しかし問題のその男、周囲で起きていることをガン無視している。

「音楽イベントのアルタ・マ・ジェーブ・フェスの宣伝に来ました。このイベントを主催するのは今年で8年目、開催日は22日の日曜です！　音楽の好きな人なら誰でも、午後5時から10時の間、来てほしい。音楽以外にも、美味しい食べ物もたくさん用意するよ」

「サラワットも食べていいー？」「ウォー！」最前列の男子たちがどなっている。

サラワットへのイジりがひどくて、とうとう彼はうつむいて顔を見せなくなった。僕はステージでの宣伝が続く間、チラシを配り続ける。全部終わると、みんなさっさとそこを出る。軽音部のメンバーはみんな笑顔を浮かべている。ようやくランチにありつけると思い、みんな嬉しくなっているんだ。

「おまえ、どこに座ってる？」

こっそりとステージから降りたサラワットが、僕の横に来て言う。

「ここだ、バッグで席取っておいた」

僕が言うと、彼は静かにうなずいて、いつもの好きな料理の列に並びにいく。アンラッキーなことに、僕も同じ列の後ろに着くことにしてしまった。何が起こるか深く考えずに。

ドドドドド！

まだこっちが列にもたどり着かないうちに、女子の大群がサラワットめがけて進撃を開始。みんな料理の列に並んでいるフリをしている。その列があまりに長くて、郊外の空港まで届きそうだ。やっと最後尾に並ぶが、腹がぐーぐー不平を鳴らす。幸い飲み物は持っていたから多少の慰めにはなったけれど。延々と待たされる。あまりに長くて、これはもう永遠にありつけないなと思ったほどだ。

サラワットが自分の食事を手に入れて列を離れると、僕の目は飢えた犬みたいに彼のトレーにはりついた。彼はこちらのほうまで歩いてくると、自分の皿を僕の手に押しつける。代わりに僕のドリンクを取った。

「何飲んでるんだ？」と聞かれ、僕は一瞬答えに手間取る。

「えっと……ブルー・ハワイ」

「うまい。取り替えようぜ」

彼はそう言ってさっさと戻ってしまい、取り残された僕は、チーム・サラワットの妻の連中に不審な目で見られる。

飲みかけのブルー・ハワイがいいって、どういうこと？　オーダーした食事を僕にくれてしまって、なんで自分で食べない？　何をたくらんでるんだ。頭の中で悩むしかない、だって答えはもらえないに決まっているから。

グリーンはどこにも見えない、だからなぜ「僕を好きなフリをする」ためにここまでしてくれるのか。さっぱりわからん。ま、いいや。食べよう！　することがいっぱい、カオスもいっぱいだ。ああ疲れた。

部屋に戻り、ベッドに倒れ込む。もうへとへとで、実際即座に爆睡してしまった。もう外が暗くなったころ、切れ目ない通知音の嵐で起こされた。明かりもつけず、寝入ってしまっていたようだ。

起き上がる代わりに、スマホのスクリーンを使ってあたりを照らす。鳴りやまない音でおかしくなりそうだ。僕はいつだってハンサムなんだ。1日に「いいね」を集中させないでくれないかな。

ピンポン、ピンポン、ピンポン……

うるせー！　マーチングバンドよりうるさいくらいだ。眠りを邪魔されて、僕は不機嫌だ。スマホに手を伸ばす。音を消してまた寝ようと思ったのだ。するとすべての通知がインスタのものだと気づき、急に疲れよりも好奇心に駆られる。指が勝手に動いてアプリを開く。しばらくスクロールが必要だったが、そのうち15秒のビデオクリップに行き着く。軽音部のアカウントだ。

「いいね！」4266
音楽同好会
「Sarawatlism（サラワットリスム）を見て……」

僕は動画を再生する。『Close』を演奏するサラワットだ。別にぶったまげるようなものじゃない。スクロールして、コメントを読む。最初のコメントは見知らぬアカウントからだ。まさか！　そうなのか？

Sarawatlism インスラてどうやて飛行下位にする？

サラワットのやつ、人間の言葉さえタイプできないのか。きっと「どうやってインスタを非公開にすればいいのか？」と聞いているのだろう。ボケ。こんなにたくさん打ち間違いしろと、僕が教えたか？　ちょっとの間、彼の名を見ていたが、突如、暗闇が明るくなるように感じる。冷静になり、眠気は失せた。

サラワットが！　インスタ始めたのか。

Lalita_vista @Sarawatlism サラワット、お願い非公開にしないで。
Morkpeeisreal @Sarwatlism サラワット、公開にしておいて、お願いー。
Beebehoney サラワット、インスタには非公開ってオプション、なくなったのよ。

数秒のうちに無数のコメントがついている。でもそれが一番重要なことではない。重要なのは、サラワットのクリップになぜ僕がタグ付けされたのかということだ。さらにコメントをスクロール、とうとう僕をタグ付けしているコメントを発見する。このお陰で、さっきの通知の嵐が起きたのか？

Fern1012 クリップにいるの、タイン？ @Tine_chic
Arisapam @Tine_chic もう歌ってる人に集中できないんだけど。いつからこんな仲なの、この２人？
tumcamel サラワットの友達ですら彼の部屋には入ったことないそうよ、なんでタインがここに？
por_pang 知りたーい。 #SarawatsWivesClub

彼の部屋？　え？　何ごと？

しまった。僕はあわてて上にスクロールしてクリップをもう一度見てみる、そして……そして……そして……。あいつのヨダレつき枕でゴロ寝しているやつが映ってる。

僕だ！　幽霊の影くらいに見えるが、やっぱり僕に違いない。

Sarawatlism とうしたら弾こう海にできりゅ？

このどアホが、まだプライバシー設定のことを聞いてくる。いったい誰が彼のためにアカウントを作ったんだろう。あいつは全然わかってないんだ。彼のフォロワー数はすでに１０００に達しているのに、まだ非公開にしようってのか。

Tine_chic @Sarawatlism 誰にインスタを設定してもらった？

Boss-pol（ボス）@Sarawatlism @Tine_chic 俺がサインアップしてやったんだ。

Tine_chic @Boss-pol @Sarawatlism 歌の動画を投稿するため？

Boss-pol @Tine_chic 違うよ、おまえに接近するのに必要だからってさ。

第6章

ティパコーンの架空のカップル

スマホに表示されたインスタの写真を呆然と見る。目の前の言葉をなんとか処理しようとする。一瞬、幻じゃないかとさえ思う、が、そうではない。これはリアルだ。サラワットの友達の襲撃だ！

Nii1987 サラワットってタインのこと好きなの？　ウソでしょ？　イヤ〜!!

最初のコメントが現れるやいなや、僕は消毒薬を買いに行こうかと考える。今度ばかりは、チーム・サラワットの妻集団は僕をボコボコにするだろう。どうする？　どうやって？　電源を切ればいいのか？　スマホをポケットにねじ込もうとしていると、ドアがガバっと開く。僕は押し込み強盗に対面する心の準備をしたが、部屋に転がり込んできたのはオームだと気づいた。

彼、目の不自由な人に服を着せてもらったみたいだ。こんな虹色のパンツを誰が許したんだか。

ノートを何冊か抱えている。正直、彼ならいつなんどき、僕の部屋に飛び込んできてもいい権利がある。なぜなら、以前僕自身が彼にスペアキーをあげたんだ。宿題をコピーさせてもらうのに、彼の部屋まで行くのが面倒くさいから。

「お手上げポーズで、何してんの？」

オームはドアを蹴って入ってくるや、人をからかい始める。

「もう、みんなとは終わった。もう気がヘンになる」

「は、なんだよそれは。おまえ生理中？」

「SNSのセレブであるきみが、今何があったか知らないのか？　僕はインスタでリンチに遭ってるんだよ」

「サラワットのこと？　心配するな」

彼は自信ありげに言って、僕の顔にノートを投げつけるとベッドに寝そべる。

ピンポン！

「おまえのインスタだ。見てみよう」とオーム。

「いや。見たくない」

「じゃ、とっとと宿題やれ」

ピンポン！　ピンポン！　ピンポン！　ピンポン！　ピンポン！

「マジで。頭がおかしくなる！」

僕はうなり、イラっとした拍子に持っていたペンをノートの上に落とす。

「ちょっとスマホ貸せ。僕がなんとかしてやる」とオームが言う。

「よろしく頼む！」

顔も上げずにオームにスマホを放り投げると、その後10分ほど彼は何やら僕のスマホをタップしている。実際に宿題をするしばしの平穏を与えてくれた。

「これでよし！」

満足そうな声で、オームはスマホをベッドの上に落とす。

「ありがとな、ポープ」

「よきにはからえ」

「かなりひどかった？」

「心配無用、すべて順調。明日には全部正常に戻ってる、怖れることはないぞ」

「恩に着る」

感謝してスマホを取り上げ、平静を期待するが、すぐに再びどん底に落とされる。

ブブブブブー！

サイレントモードにしてあるが、クソなスマホが絶え間なくブルブル震え続ける。永遠に続く地震のようだ。あう！　いつ終わるんだ？

Boss-pol（ボス）@Tine_chic 違うよ、おまえに接近するのに必要だからってさ。

Tine_chic（タイン）@Boss-pol やだ赤面しちゃう >//<

オームが僕のアカウントで打ったコメントが表示される。

え？　赤面て、なんで？　よしよしタイン、落ち着け、もうちょっと読めば説明があるだろう。

Tine_chic @Boss-pol 彼、他に何を言った？

Boss-pol @Tine_chic おまえをフォローするにはどうしたらいいかって。

くっそ。オーム、なんでよりによってこのタイミングで、おおっぴらに好奇心丸出しにする？

これは僕じゃない！　ハメられた！　なんてことだ。

Tine_chic @Sarawatlism 僕をフォローすればいいよ、フォロー返しするから。

とほほ。オーム、馬鹿たれ。

CheryCheerup なんなのこれ？　冗談でしょ？　タインたら、面白い人ね！　あははは。

Chaemfriendzone ただふざけ倒してるだけよね？

Love-Sarawat でも2人、同じ部よ。くっつけちゃおう！　面白いじゃん。あははは。

この人たち、僕に対してカンカンなのかと思ったら、そうじゃない。あははは、じゃないっての。僕らがふざけてるだけだと言う人もいる、2人が気心知れた仲で、だからこうして人をかつごうとしているんだと言う人も。でもこれは僕じゃないのだ。オームなんだ。

Tine_chic 彼に愛されてるんだ、テヘっ！

Momomoko サラワット、あなたの意見は？ @Sarawatlism

心臓が！　神様助けて。いったい彼がどう反応するかわからず、神経がはりつめる。あいつが内にこもりがちなのを知っているから、心配なのだ。こんなふうに興味の対象になるのは嫌いなんだ。気の毒に。

ピンポン！

やっぱり。あいつからメッセージだ。僕が心配しているのを感じたはずだ。

Sarawatlism （サラワット）おまえ、ヒマ？

え？　僕はどういうことかわからず、けげんに思って黙っている。すると……。

Sarawatlism ナンバー1、オンライン宝くじサイト。登録無料、２人で８３０バーツ。無制限で賭けられます。24時間年中無休で賭けるチャンス、速くて１００％安全。

いったいいなんだっ！


「よう、人気者」

翌日、スター・ギャングたちが早速からかってくる。

「なんの話？」

「WatTine（ワット・タイン）が拡散するぜ。女子がおまえらをくっつけようとしているのを聞いたよ、インスタのコメントのせいだ」

「あれは僕じゃないんだ、オームなんだ！」

Sarawatlismと Tine_chicの話でみんな持ち切りだが、オームの介入のお陰で、そこまでひどいことにはなっていない。チーム・サラワットの妻も、僕らがただふざけてるんだと思ってくれた。ほとんどの人は面白がってくれているようだ。そう考えることで安心したいのだろう。

サラワットがいったい何を考えて友達に、僕のためにインスタのアカウントを作ったと言わなくちゃいけなかったか、まだ解せない。そんな必要はまるでないじゃないか。彼の任務は、グリーンがつきまとわないようにしてくれることだけだ。他のみんなを巻き込むことはない。今後僕が誰か女子とつき合おうとするときに、変な邪推されるじゃないか。クソヤロー。

「で、今日はギターの練習あるのか」

フォンは、何か腹に一物ありそうな顔をしている。

「ある、けど長居はしないよ。その後チアリーディングのリハーサルがあるから」

「そりゃ残念。『マズいが安い、おすすめレストラン』ページで見たところに連れていきたいのに。ポークを食べたらイヌ肉が無料でついてくるってプロモしてるんだ、お客を1人連れていっていいんだ」

「イヌ肉？　どういう犬だよ」

「ここらへんのだろう、そんなん知るか」

「じゃあきみたち3人、そのへんで見つからないようにしないと、料理されちゃうよ」

「おい！　俺たちが犬に見えるってのか？　おまえと違って、俺らはゴージャスすぎるんだよ！」

「気をつけろ！　僕をブサメンともう一度言ったら、国外まで蹴り飛ばすぞ」

「へ！　おまえの尻、蹴り返すぞ。もうとっくにグリーンに蹴り回されてるだろうけどな！　へへ！」

くっ！　グリーンと言えば、ここしばらく見ていない。前回、僕が立ち去った後スター・ギャングがあいつに何をしたのか知らないが、そこからまだ立ち直ってないのかも。

僕が一日中スター・ギャングと過ごすうちにも、チーム・サラワットの妻の女子が続々と現れ、スナック菓子を持ってくる。僕のインスタのフォロワーは突如として1000人を超えた。サラワット・パワー、尋常じゃない。

ギターのクラスの15分前、僕は早めに部室に行って他の人を待つ。サラワットのタカミネを片手に、もう片手にはスマホを持って、なんの気なしにインスタをスクロール。上級生が、新入生の15秒クリップをアップロードしている。僕のは一番人気だが、それは背景がサラワットの黒っぽい部屋だからだ。コメントには僕のことなんか全然触れられていない。ここまで無視されるとは、かなりの精神的ダメージだ。

サラワットが昨夜開設したアカウントに行ってみる。非公開設定の方法はまだわからないらしい。まだ誰もフォローしてないのは驚くことじゃないが、彼をフォローする人の人数を見て、絶句する。まだ1枚も写真を上げていないというのに、1万人のフォロワーがついてる。ひええ、自分をフォローしてもらうのに、金でも払ったのかね。

途方もないフォロワー数がすでに腹立たしいというのに、彼のプロフがさらに悪い。きっとこれも、彼の友達が代わりに書いたのだろう。

「友達にアカウントを作ってもらった。写真の投稿の仕方は知らない」

バン！

突然誰かがドアを開けて、僕の静かな苦しみは乱された。早く来たのは、早めに終わらせてチアリーディングのリハーサルに移ろうと思っていたからだが、ここに1人っきりというのは、ちょっとばかり寂しかった。

見上げると、サラワットがいる。顔を見ただけで、うんざりする。彼は政治学部のサッカーチームのTシャツを着ている、試合に出るのだろうか。いつもは普通に制服を着ているだけなのに。

「きみ、なんだか今日は様子が変だね」

あいさつ代わりに言う。

「なぜ。空飛ぶ絨毯にも乗ってないぞ。ヘンなのはおまえだ」

「まったく、ムカつくやつ」

向こうはふふふっと低く笑い、それが手にしたレジ袋がカサカサいう音と混じる。

「誰かがこれをおまえにって」

「誰？」

「おまえの追っかけファンだろう」

おお！　これはステキだ！　手を伸ばして袋をもらおうとする。中身はなかなかいい、食事やお菓子だ。その1個ずつに、自分の名前だけ書いてあればよかったんだが……サラワットの名も一緒だ。「ワット・タイン」てなんだよ？

「おっ！　バラマンディ（白身魚）のサンドイッチだよ！」

一度も食べたことないやつ。

「ふうん」

「美味しそうだよ！　でも、2人の名前が書いてある」

開けていいか、と確認するために、彼を見る。

「だから？」

「たぶんきみ、これ嫌いだろう。だからきみのために、僕が始末してあげるよ」

まだお菓子の袋があるのに気づく。中はチョコレートで一杯だ。

「……」

「これも、好きじゃないんじゃない？」と、3番目の袋を手に取って言う。

「……」

「これも……」と4番目へ。

「それ全部欲しいなら、俺も一緒に欲しくないか？　おまえのものになるぜ」

何を言ってるんだ？　サラワットの言葉に、僕は手にしたお菓子をバラバラと落とし、拳を握りしめた。殴るためだ。

「怪我したいのか？　いつもは自分のファンからのもの、全然食べないじゃないか」

「そんなことを言った覚えはない」

彼は近づいてきて、僕の隣に座る。僕は食べるのに忙しい。なーんだ！　これ、ツナじゃん、バラマンディじゃないや。

「昨日、誰かにインスタのアカウントを作ってもらったんだよね」

口をいっぱいにしながら聞く。

「うん」

「誰に？」

「ボス、でもあいつ、非公開にしてくれなかった。どうやってやるんだ？」

「そんなの知らないよ。どうせきみにはできないだろう。フォロワー数がすでに多すぎるよ。それに、きみの友達ってウザいな。なんだっていつでも物事をかき回すんだ」

「ごめんな」

サラワットがただそう言う。

「とにかく、ボスに、僕とつき合いたいって言ったんだね？」

「いや」

短い答え。そうですか。もうこれについて質問するのはやめるよ。僕はギターを取り上げる、みんなが来るまでに弾きたいから。チアリーディングのために早く終わらせる分、少しやっておきたい。サラワットはギターを持っていない。

「おまえさ……今まで一度も恋愛したことないやつが、ラブソングを書けると思う?」

突然サラワットが聞いてきた。僕は彼を見て、ため息をつく。

「いや。気持ちがわからないだろう」

この分野に関しては、僕は経験豊富だからね。今まで一度も恋で苦労したことがない人は、どんな感情なのかわかるはずもないと思う。

「そうかな」

「最近、書こうとしたわけ?」

「うん」

「カントリーソングでも書けばいいんじゃね? はは。そしたらあの女子たちから逃げられるよ」

「なぜそんな嫌味を言うんだ」

彼はきつい口調でさえぎり、僕をにらんでいる。

「じゃあ、ラブソングを書いていたんだ?」

「そうでもない。でも……うん、そうだと言ってもいい」

「つまり、ラブソングを書きたいと、だから僕とつき合うことにしたんだ」

そうかそうか。このせいで、折れてくれたのか。

「まあそういうところ」

「僕は特別な人間だよ、そんじょそこらにいない」

そうさ、僕は男だからな、チーム・サラワットの妻みたいに可愛い女子じゃないんだ。

「おまえは特別だよ、だから惚れることにした」

「え、LGBTのラブソング書こうっての？」

ぞわーっと、寒気がしてくる。やめて、本気で来ないで！　僕は貴重品だぞ！

ずっと沈黙が続き、気まずい。そろそろ誰か現れてくれ、と真剣に思ったが、あいにく誰も来ない。

シックな男・タインはギターの練習を続けるよりない。しまいに、好きな曲を歌うことにする。

「僕の目に涙を見ても　これは埃だ　泣いてなんかいない
　ふり向かないで　心配しないで」
——アトム・チャナカン『Dust《ダスト》』

「おまえ、それ歌ってるつもり？　何をモゴモゴ言ってるのかと思った」

「ほっとけ、サラワット！　モゴモゴで楽しいんだ！」

「ギターよこせ、俺が弾いてやる」

「きみのはどこ？」

「持ってきてない。サッカーチームの入団テストに行くんだ」

彼の口から専攻のことや勉学についての話が出たのは聞いたことがないが、趣味は充実しているようだ。

「僕も、チアリーディングのリハーサルがあるんだ」

「そうか、見に行ってやるよ」

今の口調といい目つきといい、なんかイヤだ。どういうわけか、アホみたいに心臓がバクバクするのだ。サラワットは僕のギターを取る。弾いているのは僕の知らない曲だ。彼は歌わないが、メロディだけで優しく甘い。

「これ、好きか?」と聞いてくる。

「どういう歌? よくわからないや」

「音楽はみんなが理解できる、唯一の言語だ。意味はわからなくても、感じるだろう」

「どういう感情さ」

「これを聞いて、どう感じた?」

「腹減った」

サラワットが僕に向かって顔をしかめる。

「わかった、もうやめる」

「……」

「じゃあどう感じてほしかったんだ」

「愛を感じるんだよ、ラブソングなんだから」

きみの歌は、どっかよそでやったほうがいい。僕は恋してないから、どっちにしろ理解できないだろう。でも、どうして手が震える？　心臓もだ。いったいどうしちゃったのかわからない。ああ、心臓が。

3分後、部屋は人でいっぱいになった。練習中、サラワットと僕は別のグループだが、同じタイミングで早退するため立ちあがる。ドアまでもう少しというときに、突然ディッサタートが入ってきた。彼は1人じゃない。数人の女子と、でかい魚みたいなものが、彼の横にくっついてる。

グリーンだ！

「新メンバーだ。親切にしてやってくれ、もめるなよ」

ディッサタートはそれだけ言うとまた出ていってしまう。僕らのところにその生き物が残される。新しいメンバーはもう入れないって話はどうなった？

「さぁ、自己紹介して」

エアさんがみんなを見てにっこり笑う。

僕は「タスケテ」という文字を貼りつけた顔をサラワットに向ける。

「は〜い！　あたしはグリーン、人文学部です。ここに入れて、とっても嬉しいでーす」

助けてくれ！　グリーンがこっちをねっとりと見てる。

「初めまして。ペアです。医学部です。よろしくお願いします」

次の女子が自己紹介すると、大変なカオスが起こった。僕は彼女のきれいな顔をボーッと眺める。輝く笑顔、白い肌。惹きつけられる。これは、恋だきっと。

「ハーイ、わたしはアン。建築学部」

もう1人のギターを持った女の子は、ちょっとクールでラフな感じ、見たことのないタイプだ。スタイリッシュで、かつきれいだ。

「みんな、早く友達になって、仲良くしてね」

グリーンが僕のすぐそばに来て座る。やだ、やめて！　こいつ人間か、コバンザメか？

「2日も顔見なかった！　寂しかったわん」と鼻声で言う。

もう諦めてくれたと思っていたのだが、甘かった。

「僕はおまえがいなくても寂しくないよ。だいたいなんでここにいるんだ？」

「ギター弾きたいだけ」

よく言うよ。

「近くに来ないで。あっちへ行けよ」

部屋の反対側を指さす。

「タイン、1＋1は、なんだと思う？」

「あっち行け」

「うふっ！　１＋１は、２よ！　今度は、タインとグリーン、足したらナ～ンだ？　愛かしら？　ヒュー！」

タイン・プラス・グリーンは、おまえのケツをぶっ飛ばす、だよ。もう本当にこいつと話したくない。うあああ！

きっぱり背を向けると、誰かが目に入る。ペアだ。僕を見て優しい笑みを返してくれて、体中がとろけそう。

「僕はタイン、法学部」

「あ、わたしペアです。よろしくね」

「で……」と何か質問しようと口を開けるが、とたんに誰かが僕の手をぐいっと掴む。

「チアリーディングのリハーサルの時間だろ。行くぞ」

サラワット！　彼は僕の手をきつく掴み、ずるずる部屋から引きずり出す。グリーンでさえも、彼を止める暇はなかった。

「何するんだよ」

「練習に行け」

そして彼は去った。

チアリーディングのリハーサルは、みんな真剣そのものだ。僕らは同じルーティンを何度も何度も繰り返し練習し、やっと上級生に休憩を許される。手早くエネルギーを補給しようと、食べ物をほおばる。

何やら周囲で騒ぎが起きた、と思うと誰かがこちらに近づいてくるのを感じて、僕は頭を上げる。サラワットだった。

「サラワットくん、何か用？」

「タインに会いに来ました」

「きゃあ！　好きな人を見に来たの！」

サラワットは僕の正面の椅子に座り、僕の食料と僕の顔、交互に見ている。

「何を見てるんだ」

「何も」

「なんで来たの？」

「行くって言っただろう」

「サッカーの入団テストは終わり？」

「うん」

「そっか、落ちたか」

「そういうくだらないことを言ってないで、こっちを見ろ」

「じゃ、きみのチームが負けるところを見るのを楽しみにしてる」

なぜかわからないが、こいつを見るたびに挑発したくなる。始めはこっちが頼み込んだのは忘れてないけど。今となっては、もうさっさとおさらばしたい。いつもいつも、癪《しゃく》にさわって仕方ない。

「タインくん、こっちに来て！　頼みたいことがあるの」

上級生の誰かに呼ばれ、僕は立ちあがってそちらへ行く。何やらごちゃごちゃと書いた紙きれを渡される。

「なんですか？」

「わたしたち、サラワットのことをもっと知りたいの、だからこの質問を彼にしてくれない？」

「僕が聞くんですか？」

「そうよ！　彼に聞いて、答えをわたしたちに教えてね。彼のスポンサーになりたいのよ」

1人が笑う。やれやれだ！　ご執心なことで。

「今ですか？」

「早く行って！　タインくん。お願い！」

もう泣きたいよ。先輩の要求は断れない、僕はサラワットの元に戻る。

「ちょっと聞きたいことがあるんだ」

「その食いかけ、ちゃんと食べてしまえ」

「僕はマルチタスク上手なんだ」

「食っちまえ」

機嫌をそこねたら質問に答えてくれないだろう、しょうがない、僕はおとなしく食べる。

「あそこにいる先輩が、質問したいんだって」

「いいよ」

「いい？　すべて2択だよ。1、ルイ・ヴィトンか？　グッチか？」

「なんだよそれ？」

ううう。これが最初の質問だっていうのに、すでに疲れる。難しい質問でもないじゃないか。

「あ、そう。アディダスかナイキか」

「オニツカ」

「言っただろう、2択だって」

「だってどちらも好きじゃない」

「わかった。もう好きにしろ。じゃ、iPhone かサムスンか」

「サムスン」

「でもきみ、iPhone 持ちじゃないか」

「サムスン使ってるよ」

彼は言って、僕が500バーツで買ったサムスン・ヒーローを出して見せる。もうとっくにゴミ箱に捨てられたものと思っていた。

「わかった。『ONE PIECE』か『ドラゴンボール』か」

「どっちも」

「選ばないとダメだよ」

「ドラゴンボール」

「ワルツかポストロックか」

「ワルツ」

「ギターかドラムか」

「ドラム」

「テレビドラマか映画か」

「テレビ、特に恋愛もの」

おかしな回答ばかりだ、嘘なんじゃないか。確認のためにつけ足すことにする。

「音楽か、絵画か」

「絵画」

「おい！　馬鹿言うなよ！」と叫ぶ。サラワット、人をコケにするのはやめろ。

「嫌いなもののほうを答えた」

好きなものを選べって言ったろうが！　そうだ、名案を思いついた。何が一番嫌いか、質問してやろう。

「わかったよ、じゃあね、韓流ラブコメと僕では、どっち？」

「おまえ」

「やっぱりね。僕が嫌いなんだ」

「いや。今度は大好きなほうを選んだ」

「……!!」

「これで質問終わりか、厄介もん？　腹が減ったんだ」

「う、うう。どうぞ」

立ち去ろうとする直前、向こうから質問してくる。

「おまえはどうなんだ、ハンサムか、そうじゃないか」

「誰？　僕が？　当然ハンサムだよ」

「わかった」

「わかったって、何が」

「俺がハンサムだから、俺を選んだんだろ」

そして再び、僕は混乱の中で置き去りだ。ワクワクした様子でこちらを凝視する先輩たちの視線が首に痛い。ミッション失敗しました、と言うのは嫌だ。心臓があ……。

部屋に戻ったのは夜8時だ。リハーサルが長引いて家に帰れなかったのではない、サラワットについて尋問してくる上級生たちに時間を取られたんだ。彼女たちは、彼にシューズを買おう、という話で盛り上がり始めた。

僕はベッドに倒れ込む、へとへとだ。11時、再びインスタに起こされる。自分のフィードを見て「?」だらけになる。1時間前にサラワットが短いキャプションつきの写真を投稿した。

「1か2か」

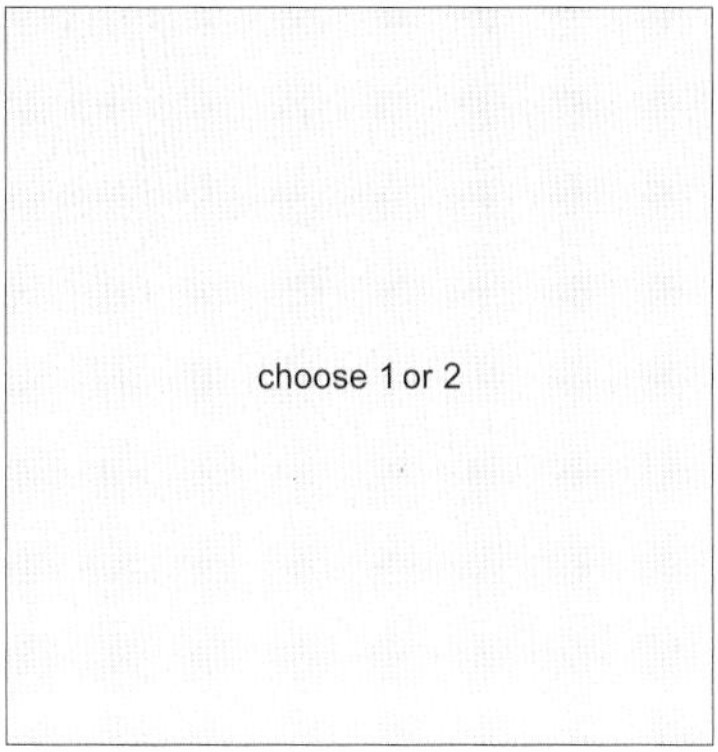

Sarawatlism 何フォもなおしたのにまだ違う旗たつ。
Momomoko わたしは2がいい！
Prem_Kanin これどういうこと、サラワット？
Apple09me 1がいい！　だってあなたはいつもわたしのナンバーワンだもの >///<

サラワットが答える。

Sarawatlism 1は非公開にすること、2はこのアカウントの削除。
FC-sarawat @Sarawatlism やめてー！　お願い。冗談やめて。

チーム・サラワットの妻の大抗議に、僕はゲラゲラ笑う。

ブブブブブー
スマホが鳴るが、知らない番号だ。

「はい」

誰だろう、と出てみる。返事がない。「もしもし？」ちょっとイラっとして繰り返す。

「タイン……」

すぐにわかった、世界的スーパースターの声だ。

「僕の番号どうしてわかった？」

「おまえの電話を持ってたじゃないか、忘れたのか？　とにかく、これが俺の新しい番号だから」

「どうせまた明日、変えちゃうんだろう。いったい何が起きてるんだ？　つい先日は、教えてくれなかったじゃないか」

「今電話しているのは、明日グリーンが現れたときに作り話をでっちあげなくちゃいけないからだ」

え？　今？　変なやつだな！　でも切りはしなかった。結局2時間もしゃべることになり、しまいには会話の途中で寝落ちしそうになるほどだ。

「ねえ、もう眠いよ」

「寝ろ」

「電話切ってよ」

「1か2か？」

「何？」

「おまえが選べ」

「ああ、きみのアカウントを消すか、非公開の設定にするかって問題か。じゃあ2だよ！　ウザすぎ。アカウント消しちゃえ！」

「今回は違うことを聞いてる」

「あ、そう、何さ」

「1は俺」

「じゃあ2」

「2も俺だ」

「じゃあどっちが、きみじゃないんだよ」

「おまえが選ぶのは、常に俺だ。お休み」

第7章

インスタグラム

僕は今、シス・トゥーンのカフェにいる。ここの女性オーナーである彼女は元建築学部の学生で、3回留年してやっと卒業したという人物だ。スター・ギャングはよくここに集まる。今日は朝の講義が休講になった。これはささやかな日常における、最大の喜びだ。人生ってすばらしい。

このごろ、みんな講義をサボるのがクセになっている。ありがちなことだ。そして僕らはしょっちゅう、農学部の前にあるこのカフェで気取って座っているのだ。

自分たちの学部棟にばかりいるより気分転換になるから、というのもあるが、主として僕らは好きな場所ができると、そこがつぶれるまでひいきにする傾向がある。ただしこのカフェに入りびたるには、かなりの根性が必要でもある。

というのも工学部のガラの悪いやつらが、わが物顔にふるまう場所でもあるから。みんな色違いの制服を着て、いつもお互いに渋面を見せ合っている。幸い、法学部の制服はそんなのじゃない。なので農学部も工学部も、僕らのことはかまわずにいてくれる。

「おまえら何頼む？」

ソファに座ったプアクが質問を投げるが、みんなは向こうのテーブルを眺めるのに忙しい。僕らの目に足があったら、あっちのテーブルの女子の元へ駆けつけているだろう。

「なんでも」僕は答える。

「なんでも」とオームも言う。

「なんでも」フォンも同じだ。

僕らは人の言葉を繰り返すだけのアホウになり果ててる。

「わかったよ。すいません、なんでも、を4つください」

4番目のアホウが大声で注文すると、周りの人がこっちをじっと見てくる。あまり褒められた場面じゃない。

「はい、ちょっと待ってね」

ウェイターがにっこりして答える。ここはバリスタがいるわけじゃない、全部オーナーが仕切ってる。他に働いているのは、ボランティアの学生たちだ。

大きな家庭的な店で、スタッフは少人数。オーダーには長い時間がかかる。あまりに待たされるので、やっと来たときにまずかったらがっくりしそうだ。

待つ間、いろんな他愛ないことをしゃべる。女子をチラ見し、誰かの彼女についてジョークを飛ばし。しゃべっていないときは、手にはスマホもある。

突然僕のスマホに通知が入り、振動し出した。フェイスブックのフレンドに僕を追加したいという人からだ。友達リクエストがいろんなところから来るのは珍しくないが、普通はプロフィール写真に見覚えがない。でも、これは知っている。

「わっ」と思わず小声が出てしまう。秒速で友達リクエストを承認。クラクラしそうなのを顔に出さないよう用心する。

女性からのたびたびの誘惑には慣れている。ヴァージンじゃないって？　ノープロブレム。恥知らず？　ノープロブレム。僕が好き？　大事なのはそれだけ。

「何ビックリしてるんだ？」プアクがすぐさま聞いてくる。

心配するな。たった今、僕と友達になった女子は、他でもない。もう話したこともある、軽音部の新入生だから。医学部のペア、僕の新たな意中の人だ。遊び回るのをやめる覚悟もある。今回は真剣になるつもりだ。そしてもちろん、彼女のことはグリーンに知られたくない。

「なんでもない。女子が僕をフレンドに追加しただけ。どうやってフェイスブックで見つけたのか知らないけど」

「そんなん、難しくないじゃないか。おまえ、非公開の新入生グループに、文字どおり自分を売り込んだんだから」

「気分萎えるからやめて。ウザ」

「で、誰よ？　そっちが彼女の話を始めたんだから、もったいぶられちゃ困る」

オームがそう言いながら、僕のスマホの画面に向かって首を伸ばす。

「部活の新しい友達だよ」

「グリーン？」

「げっ、まさか。医学部の女子だよ。めちゃ可愛いんだ」

「サラワットはどうなる？　あいつに言い寄っておいて、もう別の子と二股か？」

何それ、オーム、まるで僕がクズみたいじゃん。サラワットになんの関係がある？　彼はグリーン対策用のフェイクにすぎない。それ以上でもそれ以下でもない。

「これは、あいつには関係ないの」

「へぇ、本当かな、どうなるか楽しみ」

僕はうるさくかぎ回る3人を横目で見ながら、またスマホに注意を戻す。どう会話を始めようか、うまい話題を頭の中で探す。どうも思いつかない。女子と話すことにかけては、毎回そうだ。まだまだひよっこだな。

「やあ、タインだけど」とかなんとかでいく？　それでオーケーかな。すばやくタイプする。5分後、通知音が鳴った！

「きゃあああ。サーラーワーット」

そのとき、カフェの人々が一斉に奇声を上げ、僕ら4人は何ごとかと入り口を振り向く。昨日寝落ちするまで電話で話していた相手が登場だ。

あいつが入ってきたとたん、全員の目がそちらを追う。サラワットの後ろからついてくるのは、いつもの面々、みんなシャツをだらしなく着ている。サラレオのやつがこんな服装なのは見たことがない。ネクタイすらせず、髪もぐしゃぐしゃだ。いったい何やっていたんだ、と思わずにはいられない。政治学部にはいつから墓掘り科ができた？

「あんたどきなさいよ。テーブル片づけて。ここ、空いてますよ！」

一瞬にして、僕らの横にあった２つのテーブルは切り離され、新しい客のためのスペースができる。女子って、怖っ。

サラワットはそのテーブルにちらっと目をやるが、まるでまったく聞こえていなかったかのように、静かにカフェの別の隅の席へと行ってしまう。せっかくテーブルを空けてもらったのに、ずいぶん失礼でクソな対応だが、誰も彼に本気で怒ったりしないのはわかっている。というより、彼がこうすると、さらに好かれるのだ。

「サラワットってほんとにミステリアス」

へ……。どこがミステリアスだよ。僕だってお望みなら、あの程度のミステリアスにならなれるぞ。

「おまえの思い人」フォンが人をからかって、眉をぴくぴく動かす。

「は？」

「じゃ、おまえの『都合のいい男』。サラワットだ。あいさつもしないのか」

「なんで僕が。グリーンはいないし」

「いつ来てもおかしくない」

「言うなって。ぶん殴るよ。誰かがあいつの名前を出すたびに、登場するんだから」

グリーンはまるでサイキックだ。のぞき魔の幽霊でも味方につけているみたいに、なんでも察してしまう。あいつがサラワットと僕の演技を信じているのか、まだ確信がない。

「アメリカーノください」

サラワットの涼しげな声が静かに響く。上背のあるあいつがカウンターに立っているだけで、全員の目を惹きつけている。

「サラワットがアメリカーノ飲んでる！　覚えとこ、次は彼におごれるように」

隣のテーブルの女子たちがクスクス笑っている。

「彼、ポークチョップも好きよ。注文しているのをいつか見たわ」

「ブルー・ハワイも好きだと思う。カフェテリアで飲んでいるところ見たもの。嬉しそうに飲んでた」

ああ、あのときのね、元は僕のだったんだ。あいつはあのドリンク、別に好きでもなんでもないんだけど。

「そんなに必死に聞いていたら、耳もげるぞ。妬いてるの？」

オームの声は低いが、それでもドヤ顔になっているのがわかる。

「あのさ、ときどき思うんだよね、僕の人生にはおまえらがいなくても快適だって」

「冗談じゃん。何怒ってんの？」

「いいから黙れ」

「なんでも、が4つできましたよ！」

オーナーがサラワットの立っているそばで、僕らに取りに来いと怒鳴る。

「ジェームスJにはストロベリー・ミルクにマースのケチャップ。ポープにはマウント・フジの日本茶。マリオには、ううむ……ちょっと待って」

ボランティア学生はそう言うと、ヘンテコな飲み物をカウンターに残してちょっと引っ込む。

このカフェを手伝っている上級生、マジで嫌いだ。やりすぎ。これは人間の食べ物じゃない。でたらめだ。

「ああ、俺のはもうできてる。マースのトマトな！」

この脳なしは、スタッフと同じくらいガキだ。友人たちはみんな立ちあがってカウンターに飲み物を取りに行く。

このカフェの支払い方法は決まっている。注文するにはカウンターへ行き、できたらそれを取りに行かなくてはならない。食べ物に手をつけたら即、払うことになっている。問答無用だ。

オーナーのシス・トゥーンに、この方式にした理由を聞いてみたことがある。あまりに多くの人が払わずに帰ってしまうから、ということだった。でもこうすれば、もうその問題はない。そして誰か払えない人がいたら、帳簿にきっちり書かれる。この帳簿、おおかた今ごろ『パーリ仏典』くらいぶ厚くなっていることだろう。

「マリオ！　一番高いメニューだよ、コロンビア・マンゴーのパッピンス（韓国風かき氷）」

フォンができる限りの小さい声で、「つけにして」と言っているのを見て、笑いをこらえる。

「もちろん。シス！　法学部のフォンが、つけでだって」とスタッフは威勢よく答える。

フォンは泣きそうな顔で僕らのテーブルに戻ってきた。彼の手にあるのは、メニューの中で一番高い品だ。パッピンスなんかに見えない。どちらかというと、10バーツの安いかき氷だ。カモられたな。でも僕は何も言わない、友達への愛があるから。これ以上、間抜けっぽく見えたら気の毒だ。

僕はもうずいぶん待たされている。いつまでかかっているんだろう。

「アメリカーノ」

シス・トゥーンの声と同時に立ちあがる。きっとこれが僕のだろう。カウンターに行くと、僕は転びそうになってしまう。長身のサラワットの体がのそっと僕を追い越して先に行こうとしてきたからだ。競争心が湧いてきて、僕はぐいっと再び前へ出た。

「50バーツですよね」と僕は言いながら、ポケットから財布を出そうとする。ストローを取ってドリンクに差し、ごくっとひと口。うげ。マジ苦い。苦いのは嫌いだ。

「タイン、それ、あなたのじゃないわよ」

「……？」

ええ？　現行犯で捕まった犯罪者みたいな気分。

「それ、サラワットの。あなたのはこっちでしょ」

シスはサラワットと僕を見てびっくりしながら言う。彼女が持っているのは、ストロベリー・アイスクリームだ。

「どうしよう」

「新しいのを淹れたげる。サラワット、ちょっと待ってね」

彼女は苦心の末らしき誘惑的な眼つきで僕の隣の男を見ている。

「いいです。これ飲むから」

サラワットはそう言って、僕からカップを奪い取る。ウインクすると、コーヒーをごくりと飲んだ。

また！　やつがこういうことをするのは2度目だ。

「じゃ、50バーツ」

「こいつが払う」彼はこっちを指さす。

「なんでさ？」

「おまえ飲んだだろ」

「ちょっとだけだよ。ほら、2バーツあげるから」

僕は彼に2バーツ硬貨を渡す。

「これじゃ足りない」

「なんで足りない？　2口も飲んでないよ」

「昨日の晩におまえとしゃべった時間の埋め合わせには不十分」

「誰も無理に電話させたんじゃない」

「わかってる。好きじゃないだけだ」

「好きじゃないって何が？」

「おまえが他の人間としゃべるのが好きじゃない……夜はダメだ。睡眠にとるべき時間を奪ってしまうだろう」

「そうだな。そっちが電話してきて、僕の時間を奪ったんじゃん」

僕は電話を切りもせず寝落ちして、翌朝まで起きなかったくらいだ。

「だからこいつが払う」

サラワットが一方的に議論を打ち切る。僕の質問に答えず、自分の仲間のいるテーブルに戻ってしまった。僕は仕方なく、やつの分まで払うハメになる。

アイスクリームのボウルとへこんだ心を抱え、席に戻る。まだ2、3口しか食べないうちに、誰かが僕の腕をつつき、スマホを手渡してきた。

「なんだよオーム？」
「あいつ戦争を始めたぞ」
僕はわけがわからず眉をひそめながらも、差し出されたオームのスマホの画面に注目する。インスタのそのページを見ると、本当にサラワットが宣戦布告したようだ。目的は僕の精神崩壊だ。

Sarawatlism（サラワット）おごってもらった

さっきのアメリカーノの写真だ。今やインスタ上で、彼のファンたちの間で話題沸騰。彼の友人たちもコメントしている。僕の背後で誰かがブーイングしている。きっと、やつのテーブルだ。

Boss-pol（ボス）おまえよっぽどアメリカーノが好きなんだな。
Bigger330（ビッグ）誰からのおごりか、知ってるよん。
KittiTee（ティー）あっちのテーブル、すごくキュート。
Man_maman（マン）@Sarawatlism タグ付けていい？

僕は左を見、右を見、ぐるぐる周囲を見渡す。キュートって、どのテーブルのことだ？　ここはあまりに女子の数が多くて、全員がサラワットを狙っている。ウェイターたちですら、サラワットのテーブルを飲み物攻めにするというミッションを遂行しているようだ。

「みんなが、きみにアメリカーノを注文してくれたよ、サラワット」

「え？」

女子たち、マジやりすぎだ。少なくとも5、6杯ある。全部飲めるはずもない。彼の友達ですら、サラワットのファンたちの徹底ぶりには驚いてる。僕はオームのスマホを返し、自分のスマホを手に取る。

サラワットがスタッフと話をしている、きっと誰がオーダーしたのか聞いているのだ。別に羨ましいってわけじゃないが、そうは言っても、あんなふうに気前よくおごってくれるファンがいたら楽しいだろうなとは思う。ただし、いまだに悩みの種のグリーンとあいつの赤いクッキーの箱は別だけど。

「おまえの都合のいい男、みんなにじゃんじゃん金を使わせるのがうまいなあ」

と僕の友人の1人が言う。こいつはずっとしゃべり続けていないと死ぬとでもいうのか。

「馬鹿馬鹿しい。あいつのハンサムな顔で腹がいっぱいになるわけでもなし」

僕は小馬鹿にする。

実のところ、ハンサムな顔は「おごり」という形でしょっちゅう報われるのだけど。それもあって僕も日々、ハンサムとして過ごしたい。ただサラワットばかりそんなに褒めたくないだけだ。あんまりいい気になるなよ、と言ってやりたい。

「ええ？　おまえの腹はふくれるのか、見てみたいわ」

「キショ」

「グリーンはどうした？　部活にまで追いかけてきたんだろう」

「うう、そうなんだよ。サラワットがあいつから遠ざけてくれて助かってる。けど、どのくらい持つかな。ストーキングがやまないんだ。どうすりゃいいんだ」

「価値ある者が生き残るんだ。おまえは大丈夫だよ」

「バニラケーキとオレンジケーキです」

ウェイターが僕らの会話をさえぎって、テーブルにケーキを２つ置く。

「頼んでないけど」

「他の人が注文して支払い済みだよ」

「誰が？　で、誰に？」

「タインだよ。俺に聞かないで。言わないって約束しちゃったんで」

彼はそう言って、去ってしまう。誰だろう、と店内をきょろきょろ見回したが、疑わしい人物はいない。

「もしかして、ペアだったりして？」僕はこっそりつぶやく。

「ペアって、誰それ？」オームがすぐ聞きつける。耳いいなこいつ。

「医学部の子、さっき言っただろう」

「もうケーキ買ってくれる関係なのか」

「ただのファンかも」

僕は法学部のチアリーダーでもある。顔は悪くない。だからきっと、僕のことを好きで、でも表だって言うのは恥ずかしいって人もいるはずだ。

今の時点では、すべての可能性を考えてみよう。ファンかな。ちょっと誘ってみたことのある女の子か。グリーンかもわからないが、まずそれはなさそうだ。あいつは秘密にしておくタイプじゃない。そのくらいはわかる。

「すげーな、タイン。誰でもいいから、食おうぜ。ちょっとひと口いい？」

「待て、まだ触るな」

「え？　なんで」

「まず写真撮らないと」

まるで自撮り中毒の元カノみたいだな。誰がケーキをくれたにしろ、インスタに投稿してありがとうと言いたい。クールなキャプションを考えなくちゃね。

Tine_chic（タイン）　今日これをくれた人、誰かな？　次は僕のおごりね。

友達みんなに、いじりコメントを入れられる。フォンはこの謎の人物の候補をあぶり出す理論を構築するのに忙しい。僕はいろんなコメントに返信する。またコメントが来る。また誰かのコメントが現れた。これは意味を理解するまで、何度か読まなければならなかった。

Man_maman 次があるの？　うほー。

Boss-pol @Tine_chic 可愛い。俺の友達が、おまえのこと可愛いって。

頼む、この人たちがサラワットの友達って言わないで。自分に言い聞かせようとするが……。

Thetheme11（テーム）ケーキ美味しかった？

僕は答える。

Tine_chic @Thetheme11 うん。

「ヒャッハー！」

サラワットのテーブルが騒がしい。あいつの友達、どうやら僕のインスタで楽しく遊んでいるようだ。「Thetheme11」って誰だ。でしゃばりなやつだな。まさかこいつが僕にケーキを買ってくれたとか？　これを謎のまま放置するわけにはいかない、僕は立ちあがってサラワットのテーブルに近づく。

ホワイト・ライオンたちがみんな、顔を上げてこっちを見る。そのうちの1人が、しれっと「何か？」と聞く。

「僕に何か文句でもあるの？　ちょっかいを出されてるように感じるんだけど」

と単刀直入に言う。みんな、僕に微笑む。はり倒してやりたいわ、そのツラ。

「そんなことしてない。友達になりたいだけさ」

「どうして？」

「おまえがサラワットの友達だからさ。それとも、お高くとまっちゃって、俺らとまでは友達になりたくない？」

「友達になりたいなら、こっちに来て『こんちは』とかなんとか言ってよ、ああやってインスタにスパム入れてないで。おまえもだ、なんとか言えよ」

最後にサラワットに向き直ると、彼も頭を上げてこちらに目を合わせる。

「俺はなんて言えばいい？」

「なんでも好きなこと言えばいいだろ」

「おまえ、カワイイ」

「……」

「これでいい？　テーブルに戻れ。そこに立たれると向こうが見えない」

僕は自分のテーブルに戻る、たった今言われたことで、頭がぐちゃぐちゃだ。あいつの「おまえ、カワイイ」以外に思考をまとめることができない。

ダメだ。あまりに容赦なく打ちのめされ、この世から抹消されてしまったみたいだ。心臓が……あのクソリラックマがぁ。


僕らは、シス・トゥーンのカフェに、だらだらと居座り続けた。昼ごろに、午後の講義の前にどこか別の場所に食べに行こうということになる。フォンとプアクはコピーした宿題をバッグに詰める。オームはスマホを片づけ、そして僕は、みんなと離れてトイレへ向かう、ちょっと大のほうがしたくなったんだ。個室に座っていると、誰かが入ってくる音がする。

気づかれないよう、できる限りそーっとすかしっ屁をし、お上品にブツを投下しようとする。すると、今入ってきた人物がギターを弾き出した。僕は思わずキャー！　と叫びそうになり、必死でこらえる。全速力で用を足す。怒りは爆発寸前だ。

そして実際に怒りを投げつける。サラワットは手洗器のあるカウンターに、ギターを抱えて座っている。

「おまえか。サラレオ！　なんでこんなところでギター弾くんだ。ウザいだろ」

「おまえに関係ない。俺はどこでも、好きなところで弾いていい」

「なんなんだよ」

議論しても無駄だ、僕は手を洗うため、カウンターに向かう。すると、彼の片手が出血しているのが見えた。

「おまえ、どこにいたんだ?」

と尋ねる。彼も友達も、今日は一日中、講義がないみたいだ。

「ギターの練習」

「そんなに練習したの、手をつぶすまで?」

「ばんそうこう、貼ってくれない?」

「ダメだ。赤い血を見たら倒れちゃう。白いおっぱいなら大丈夫なんだけど」

できないこともないけど、やりたくない。こいつにはファンが山のように、そして友達だって腐るほどいるじゃないか。そのうちの誰でも、喜んで傷の手当てをしてくれるさ。

「貼ってくれたら、お礼におっぱい見せてやる」

僕はふり返る。

「おまえ、とことん馬鹿だな、そう言われたことあるだろ?」

「一度も。ゴージャスって言われたことしかないね。そう言われるとちょっと赤面だが、真実だから」

「……」

うええ。こいつが？　赤面する？　アホか。この男に会って以来、少しでも赤くなったところなんか見たことがない。

「俺、部屋の壁を塗り替えようと思うんだ」

こいつはいつも急に話題を変えてくる。会話の作法ってものを知らないのか。

「それがどうかした？」

「手伝ってくれない？」

「誰かに頼んでやってもらえば？」

「何色がいいと思う？」

まだギターの弦の上で指を動かしながら、聞いてくる。音楽室にいるんじゃないことを、わかってないようだ。そこ、トイレのカウンターだから。

「僕が手伝うって言った？」と言い返す。

「グレーがいいな、それともおまえは白のほうが好きか？」

「待てよ、サラワット。僕の話、聞いてる？」

「ああ。で、どの色がいいと思う？」

「僕はおまえじゃない。知るか」

「そっか、じゃ、５時に俺の部屋な」

「……」

「時間どおりに来たら、タダで俺のおっぱいを触らせてやる」

確かに僕はおっぱいが好きだと言った。しかしそれはこいつの平たい胸じゃない。この、アホ面。こいつと話すたびに、どっと疲れる。

今日、僕の頭はずいぶんとカオスを処理してる。講義。サラワットの友達。そして、チアリーディングの練習にも行くことになっている。

でも一度に全部のことをするのは無理だから、スター・ギャングに頼んで軽音部の4年生に、1日休むことを伝えてもらう。そういえば今日はグリーンには出くわさなかった、つまり頭痛の種はひとつ少ないってこと。これは多少の安心材料だ――あくまでも多少だけど。あと数日でアルタ・マ・ジェーブ・フェス、僕もグリーンも出なければならない。どちらかが破滅することになりそう。

あいつのことは後で心配しよう。今日は新しい日なんだし、今この瞬間に集中するべきは、もっと大切なことだ。

社会学部棟での講義の後、僕は下の階へ向かった。チアリーディングの練習のため、先輩たちを待つのだ。待つ間、医学部のペアにメッセージを送って、くたびれた心を癒やそうとする。

上級生たちが何人か現れた。僕はあいさつに忙しい。下級生なので仕方ない。さらに別の上級生たちグループがやって来る。

「タイン、サラワットは今日は来ないの？」

サラワットにシューズを買おうとしていた人たちのこと、覚えている？　それがこの人たち。

「いえ、来ませんよ。何も用ないし」

「あら！　彼ってあなたを落とそうとしてるんだと思ったのに」

「え？　友達ですよ」

「サラワットの友達がインスタであなたをからかってるのも見たわ」

きいいいっ。

「なんでもないです、冗談です」

「じゃ、今はサラワットには、友達以上って人いないの？」

「知らないです」

「聞いてみて、お願い」

「はい」僕はうなずく。

早く練習を始めてほしい。もう夕方だ、そしていかに僕のように美しい男でも、腹は減る。さっさと練習を終えて、自室のベッドで眠りたい。ここにいつまでもいる気はないんだ。蚊がそこら中にいるし、灼熱の暑さだ。

曲のルーティンは複雑ではないが、歌の量がハンパない。腕が疲れて感覚も鈍ってくるほどなのに、練習はさらに2時間も続く。きたるべき大学のイベントのためのリハーサルなのだ。2時間が、3時間になる。蛍光灯が、太陽の光にとって代わる。

そして僕の胃袋は、「死ぬほど腹減った」という苦情を訴える。休憩すらないじゃないか。女子が気の毒だと思う。みんな汗びっしょりなのに、水しか口にしていないんだ。

「タイン、もっと手を意識して。動きに力がないわよ！」

だって力がないんだから。どこから出てくるというんだ？

「ゴルフ、なぜ脚を曲げてるの、それは女子の振りつけでしょ」

おっと。僕も曲げていた。ずっとゴルフの動きをコピーしてたんだ。

「集中して！」

お腹空いた……それしか頭に浮かばない。

リリリリリーン
どこかのアホのスマホが鳴り、やっと休憩となる。

「タイン。あなたの電話」

ありゃ、僕のか。

「はい」

「サラレオって人から」

上級生女子の1人が頭を上げて僕の電話をチェックする。僕はさっと列を離れ、電話を取る。サラワットに、彼の番号は絶対誰にも教えないと約束したんだ。

「何してるんだよ。何時だって言った？」

あいさつの暇さえない。

「チアリーディングの練習だよ。部屋を塗り替えたいなら、さっさとやればいい。なぜ僕が行かなくちゃいけない？　めちゃ腹が減ってるんだ」

「今どこ？」

「うちの学部」

「何を食いたい？」

「なんで持ってきてくれるみたいな言い方するの？」

「何を食いたい？」

「食える物ならなんでも。来るんなら、たくさん買ってよ、頼む。みんなも腹減ってるから」

「俺が行くって言ったか？」

「……」

こいつ、期待させて、落としてくる。まるで、アカデミー賞を獲ったと思ったらプレゼンターが間違った名前を読んでいて、結局自分じゃなかったみたいだ。きっつい。

「おまえ、泣いてるの？」

「おまえなんか嫌いだ」

「それはそっちの勝手だ」

「来てくれたら、僕のおっぱい触っていいよ」

「よし5分で行く！」

電話が切れた。

今の、何？　あいつ、とんでもなくイヤらしいこと考えてない？　ファンが聞いたらなんと思うかね。くっそ。なんだって僕はカラダを差し出すみたいなこと言ってしまったんだ。

あのノッポの姿が現れるまで、5分もかからず、やつは僕以外のみんなに歓声とともに迎えられた。みんな突然、練習のことなんかどうでもよくなったようだ。先を争ってサラワットに駆けつける。

「サラワット、こんなに食べ物持ってきてくれるなんて、なんて優しいの」

「これ、タインのおごりです。こっちは、みんなの」

サラワットはそう言ってテーブルにレジ袋を降ろす。それからさっさと背を向けて遠ざかる。

「おまえの支持率、上昇中だな」

僕は軽口を叩きつつ後に続き、彼の向かいのベンチに座る。

「いいから食え」食べ物と水をこちらに押しつけてくる。

「親切だな。ウザいとか言って、ごめんね」

「じゃ、おまえのおっぱいもんでもいい？」

「アホ、さっきのは冗談だろ」

謝るんじゃなかった。ほとんどの場合、サラワットは冗談を言うタイプには見えない。無口で、人の注目を浴びるのは嫌い。でも心を許した相手に対してはその正反対だ。よくしゃべるし、ウザいし、スケベだし。

「真面目に言ってる」

「え、怖っ……」

「いつ終わるの？」

サラワットが聞く、こっちを見る目力があまりに強く、僕を喰うつもりなんじゃないかと恐ろしい。

「わからない。おまえは？　今日は軽音部の練習行ったの？」

「いや。手が痛いんだ」

彼の指を見ると、ばんそうこうに包まれている。ちゃんと手当したようだ。

「次はやり過ぎないようにね。少し休め。人生ときどき変化をつけなくちゃ。時計は毎晩変わらず0時に始まるとしてもさ」

「そうか？　俺のは普通、24時になってるよ」

「そうやって揚げ足取るのやめてくれない？　イベントまでには治りそうか？」

「心配してくれてるのか」

「ははは。おまえのことじゃない、部のことだ」

僕らは黙る。サラワットがiPhoneでひっきりなしに通知を受けているうちに、僕はゆっくり食事を取らせてもらった。彼のインスタのフォロワー数はまだまだ伸び続けている。きっと今の通知はみんなチアリーディング・チームのせいだろう。

「サラワット、インスタでタグ付けしたわ。いいねちょうだい」

誰かがまた、みんなのお目当てを披露する。

「いいね、あげればいいじゃん」と僕は言う。

「面倒くさい」

「やってあげるよ。スマホ貸せよ」

僕は片手にスプーンを持ったまま、もう片方の手を差し出す。よこせ、と指をひらひらさせると、彼は貴重なデバイスを預けてきた。どうやらサムスン・ヒーローを使うのはやめたようだ。

「うわー」

サラワットがタグ付けされた大量の写真を目にして、驚きの声を上げる。彼が買ってきた食料の写真だけではない。彼のあらゆる動きをとらえた写真の数々がある。彼にタグ付けし、キモいキャプションをつけている。承認せず放置していた数日前のタグ付けもある。まったく気前のいいやつだな。

「このメッセージだいぶ前に来ているのに、なぜまだ答えてないの？」

「誰の？」

「おまえのファン。ほら」スクリーンを彼に向けて見せる。

「やり方知らないんだ」

なるほど。失礼した。サラワットがＳＮＳに慣れてないのをすっかり忘れていた。つい最近インスタにサインアップしたばかり、それもシックな男＝僕を口説くためにね。グリーンを遠ざけるためのただの演技だけど、そっちのほうはあまり気にしていない様子だ。

「代わりに答えてあげようか？」

と言ってみる。ＳＮＳで赤っ恥をかかないよう救ってやろうかと思っただけだ。

「いや。そのままにしとけ」

僕はスマホを彼に返す。

「そうだ、上級生から、おまえに聞いてほしいって言われてたんだ」

突然思い出して急に話題を変える。これ、サラワット流かも。

「何？」

「今は誰ともつき合ってないんだよね？」

「のぞき見根性は痛い目見るぞ」

「鼻を殴ってほしい？　真面目に聞いてるんだ」

「おまえの彼氏になると言ったろう、誰ともつき合ってないってなんだよ」

「そのフェイク交際のことは言ってない。本当に、だよ、今好きな人はいない？」

「これがおまえのやり方なのか？」

聞いちゃいない。こいつと話していると、何度も死にたくなる。彼はスマホを忙しくスクロールしまくっていて、僕は注意を引くのをあきらめる。

ブー

僕のスマホが振動した。見てみると。

Sarawatlism があなたをフォローしました。

がばっと顔を上げ、向かいに座っているやつを見る。まだ完全にスマホに集中している。

「ああ……」

「……」

「今俺がフォローしたのが、好きな人」

口を開いた彼の声はなめらかで、その言葉に誤解の余地はなかった。

サラワットがフォローしているのは僕だけだ。

第8章

アルタ・マ・ジェーブ

じっとスマホを見つめる僕の頭の中は高速回転している。言えることは……なんだってぇ！

「なんで僕だけ？　そんなに好きになってくれなくていいよ。女子に殺されたくない」

命は大事だ。チーム・サラワットの妻たちはどう猛だ。

「友達だからフォローしたんじゃないか。過剰反応するな」

なんだよその答えは。

「じゃ、なんでホワイト・ライオンの仲間もフォローしないのさ」

「質問ばかりするな。それとも、友達以上になりたいのかな？」

「ど、どういう意味だよそれ」

「俺の女になれよ」

うぇっ、とうめいて、やつにしかめっ面を見せる。これ以上は言うまい。彼は僕を無視し、

iPhoneをあちこちスワイプしている。みんなが飢えたオオカミのごとく吼《ほ》えているのなど、こいつにはまったく気にならないようだ。

「サラワット！　わたしがタグ付けした写真に、いいねちょうだい！」

「サラワーット！」

「やってあげれば。彼女、おまえに夢中みたいだよ」

サラワットはこちらをちらっと見るが、無言だ。しかしそのうちに――。

「きゃあああ！　サラワットがいいねくれた！　みんなっ。サラワットのポラロイド写真あげちゃうわよ。タダで！　明日、取りに来て！」

これこそ「幸せはどこにでもある」という言葉の見本だな。サラワットが「いいね」ボタンを押しただけでここまでハッピーになるなんて、どうかしてる。こいつはこの指で鼻もほじるんだぜ。

「おまえなんでこういう顔するの？」と彼が聞いてくる。

「何？」

「おまえのインスタ」

僕のフィードの写真を示してくる。それは自分でもいいと思う写真だ。ムードも気分も、場所もステキだ。完璧な1枚じゃないか！

「ああ、僕カッコいいだろ」

「アホみたいだ」

「は？　山ほどいいねついてるのに？」

　この写真を初めて見たときは、カメラが特別に優秀なのか、自分がここまでハンサムなのか、と思ったくらいなのに。そして５００近い「いいね」も来てる。何がアホみだいだよ。ムナクソ野郎。サラワット！

「なんでいつもポーズ取って写ってるんだ」

「みんながみんな、おまえみたいに完璧じゃないんでね。おまえなら一日中屁をこいてたって、女子が押しかけてくるんだろうけど」

「おまえには来ないの？」

「来ないよ」

「……」

「正直言うとね、僕はおまえが誰を好きになったって、全然かまわないんだ。僕のアカウントだけフォローするとかもしなくていい。グリーンの目の前でだけ、僕を好きなフリをしてくれればいいんだ。わかった？」

「その食いかけ、ちゃんと食べてしまえ」

「誰なのか、言っちゃえよ」

「もう言ったろう、俺が好きになったのはフォローしているやつだって」

「またそれかよ！　実際に好きなやつだよ。もういい、もう聞かない」

2人とも黙る。何も言うことが思いつかない、けれど不思議なことに、それでぎこちなくも感じない。こういうのが、こいつとの友達関係なんだろう。サラワットといると、急に沈黙が来ても気にならない。

「インスタを何日もいじくってやっとわかったけど、写真って保存できないみたいだな」

「ええ？　なんでそんなにトロいのおまえ。そのくらい初日にわかるだろうに」

「昨日わかったんだ。マンに言われた」

「で、今何か写真を保存しようとしてるの？」

「スクショしてる」

「え？　おまえみたいなやつが、そんなことするんだ。おいちょっと見せて、誰の写真？」

「ポーズを取るのが好きな誰かだよ」

「誰？」

「おまえだ、厄介もん」

「……」

「メモリ不足になったらおまえのせいだからな」

今さっき、友達だからいかなるときもぎくしゃくしないと言ったけど。でも、僕らはそこまで親しくないのかも、だって今現在、息が喉元で止まって、呼吸できなくなってしまったじゃないか。心臓が……。

チアリーディングの練習の間、僕らはまるで上級生の奴隷だ。僕の人生における最も惨めな部分と言える。何度も何度も練習させられる、繰り返し、同じ歌を10回以上だ。

もう夜11時近い。サラワットと僕はまだ解放されない。彼は近くに座り、練習が終わるのを待っている。疲れた様子だが、いなくちゃいけない。上級生が望んでいるから。いや、実際はただ立ちあがって去ればいいのだが、なぜそうしないのか、わからない。自分の名声に浸るのが好きなのかな。

「タインくん、腕を上げて……もっと……もっと、そうそう」

上級生の女子が背中を向けたとたん、また僕の腕は下がる。もう限界だ！

「すいませーん！　タインが腕を下ろしましたよー」

「タインくん！」

サラワット！　このクソが！　罵声を浴びせようと口を開くが、もはや声が出てこない。

「タイン、もう一度」

「はいっ先輩！」

「今さっき食べたばかりでしょ？　もっとエネルギーがあっていいはずよ」

「ああ、蚊に刺された！」

本当なんだ！

「いいわ、じゃあこの歌が終わったら、みんな帰っていいわよ。でも、もっと集中してちょうだいね」

「はいっ！」

よしっ。最後だ！　みんながベストを尽くす。上級生たちはパチパチと短く拍手をすると、さっさとみんなサラワットのほうを向く。え、冗談でしょ？

「タインくん、もう帰っていいわよ」

「バッグがいるんで」

サラワットが僕のバッグを持っているんだ、どうしろと。

「もう行かないと」サラワットが上級生たちに言い、こっちに来る。

「帰るの？」

「うん」

「じゃあね」

サラワットがうなずく。

僕は「バッグよこせ」と彼に怒鳴る。

「一緒に来い、車で送ってやる」

「僕だって車あるよ」

「じゃあおまえの車まで送る」

「僕は赤ちゃんか？」

「お子様」

やつは僕の頭を優しくぽんぽんと叩いてから、僕の手を掴む。

「部屋の壁、塗ったの？」と僕は聞く。

「いや」

「塗り替えるのはやめたの？」

「おまえが来なかったからだろう。召使いが必要なんだ」

「このヤロー！」

「明日来て、手伝ってくれよ」

「やだよ。明日は土曜じゃん。昼まで寝てるよ」

「来てくれたら、俺のおっぱいを触らせてやる」

「ぺったんこのおっぱいに用はない」

「メシおごる」

「僕はブタじゃない」

「宿題やってやる」

「同じ科目も取ってないじゃないか」

「ギターの弾き方を教えてやる」

僕は口を開きかけて、そのまま閉じる。とうとう僕が実際に欲しいものを言い当てられた。ギターが上達したら、それを利用してペアちゃんと親しくなれるかも。彼のほうを盗み見る。

「何時？」

「6時に待ってる。着いたら俺を起こせ。安全運転しろよ」

ぽかんと口を開ける。しかし言い返す前に、向こうはすでに去ってしまった。無茶言うなよ！

6時って朝の6時か？　マジで腹立つ！　しかし反論の機会はない。

自分の車の前まで来て、バッグの中をごそごそしてキーを探すと、虫除けスプレーと、『ＯＮＥ ＰＩＥＣＥ』のルフィのフィギュアをくっつけた変な鍵が出てくる。サラワットが入れたに違いない。お礼を言うべきかな？　虫除けのスプレー。ありがとう、でもどうせなら練習中に欲しかったよ。

ピンポン

運転席に座ると同時くらいに、メッセージが鳴る。

サラレオ

食べもも：10袋　３５０バーツ

のにもの：10本　80バーツ

スピレー：35バーツ

465バーツの貸しな。

はあ？　信じられない！　なんと強欲な。そしてまたこんなにタイプミスを。あんなにひどいやつじゃ、グリーンにやきもち妬いてもらうことはできないかも。ああ、心臓が……。

で、あいつが言ったとおりにしたと思う？　朝6時に来いと？

僕は7時に目を覚まし、8時に準備した。やつの部屋に着くと、マナーとしてノックする。しかし中の男は死んだかどうかしたようだ。物音ひとつない。あのルフィのカギを見つけた。ドアを開けてみると……。

「ぎゃあ、なんだ！」

僕は叫び、ショックのあまりコケそうになる。やつの素っ裸に身の毛がよだつ。僕が朝ここに来るのは知っていたじゃないか、それなのに裸でベッドに？　まったく、こっちのことなどおかまいなしだ。ハッシュタグを流行らせてやろうか。

#NakedSarawat（裸のサラワット）
#BigSarawat（サラワットはデカい）
#SarawatExpo.（露出サラワット）

向こうが起き上がったので、変な考えを頭から追い払う。やつは半分寝ぼけている。こっちは目が覚めすぎちまったよ！

「来たのか」

「このヘンタイ。なんで服着てないんだよ」

毛布をひっ掴んで、やつの体を覆ってやる。

「ベッドで？」

「おまえ寝るとき何も着ないの？」

彼は首を縦にふる。マジかい？　こっちは一瞬全身がマヒしたぞ。怒鳴り散らしてやりたかったが、できない。

「何か着なくちゃダメだ、誰かに見られるぞ」

「俺1人だし。誰が来るっていうんだ」

「今、僕が来ただろう……」

「わかった、おまえがそう言うなら、着る」

僕は何やってる、これじゃこいつのママみたいだ。

「シャワー浴びてこい」

彼はまるで小っちゃい子猫のようだ。こくりとうなずき、口答えもしない。まだはっきり目覚めていないと見える。

サラワットがシャワーを浴びている間、僕はちょっと音楽を聴く。彼の部屋を見回す。すでにいろいろな物を移動させてある。キャビネットが部屋の真ん中にあり、ギターはベッドの上だ。僕は部屋に散らかっている物を少し片づけてから、壁に塗るためにどの色のペンキを買ったのか確認する。グレーか。なんでもいいが、黒よりましだろう。

「サラワット！」とバスルームのドアに向かって叫ぶ。

「ああ？」

「何が食べたい？　外で買ってくる！」

「おまえいかれてるの？　食い物なら冷凍庫にある。今外に出たら、気温10億度だぞ」

「はいはい、わかったよ」

僕は怒鳴り返す。じゃあすることがないな。やつの身じたくが終わるまで、音楽を聴いて待っている。

あいつが水をしたたらせながらセクシーに再登場するなんて想像しちゃいけない。バスルームから、すっかり服を着て出てきた。ボクサー・パンツに、「節水第一、ウォッカを飲め」という文字の書かれた白いTシャツを着ている。そんな姿を見るのは変な感じがする。制服か、サッカー着しか見たことがなかったから。

「何見てるんだよ」

サラワットは片眉を上げる。

「何も」

「腹減った？」

「ちょっとね」

彼は冷凍庫を開けて何か冷凍食品を出し、電子レンジに入れる。

「クラパオ（肉入りの炒め物）しかないけど」

「なんでもいい。手の調子はどう？」

「やっぱり心配してくれてるんだな」

うぐぐ、という声がもれた。

「言っただろう、クラブが心配だって」

「おまえまだおっぱいを触らせてくれてないよな、だからまだ痛む」

「そっちの話に持っていくな」

2人で笑ってしまった。その後の時間は少し、食事を取り、あれこれ言い合って過ごす。

プロ並みのギター指導を受けるために今から作業するわけだが、どうも払う代償が大きすぎなんじゃないかと思う。2人だけで、でかい脚立を運んで立てるのに苦労する。もっと大勢の助っ人を呼んだらいいのにと思わない？　でも彼の友達は誰もここを知らないというのだ。この秘密の部屋のありかを知るのは僕だけらしい。

２人で壁塗りを始める。僕の作業は楽で、邪魔になる物を動かすだけ、サラワットが面倒な塗装を全部する。この共同作業は僕には大変都合がいい。ただし途中でサラワットの靴箱が倒れて、全部元どおりにしなければならなかったけど。なんで僕がこんなことまで？　僕はこいつの奥さんじゃない！

片づけながら彼の靴を眺める。ナイキにアディダス、リーボック、ヴァンズ、ニューバランス、あれっ、ちょっと待て！　チャンダオ（ゴムサンダル）？　チャンダオだらけだよ！

「ねぇ、これ全部、誰の？」

タイ製の青い鼻緒のサンダルを指さす。

「俺の」

「めちゃたくさん持ってるじゃん」

「履きやすいから」

「おまえのファンに言ってやろー。きっと、もっと買ってくれるよ」

「人からもらった物は使わない」

「ほー。プライド高っ！」

「でもおまえが買ってくれるんなら、履く」

「僕が買うとでも？」

「ドアのところにあるやつは靴箱に戻すなよ」

「僕はおまえの奴隷か？」

「うん、そうだ」

こいつ！　ありえない！

それでも言われたとおり、隅っこにあるシューズ類は靴箱ではなく部屋の真ん中に移す。シューズと言うのもおこがましい――履き減らされて、もうゴミと呼んだほうがいいんじゃないかな。それ以外のはすべて新品同様、こっちのコンバースやオニツカタイガーだけボロボロだ。たまには取り替えて履けばいいものを。


2人とも、せっせと働く。しゃべったり、音楽をかけながら進めていると、ドアをノックする音がして手が止まる。

「友達？」と聞くが、サラワットは頭をふる。

ドン！　ドン！　ドン！

ドン！

「行って、出て」と命令された。僕はドアを開ける。

「は～い！　ワットちゃーん！　あら――あなた、サラワットのお友達？」

女性が目の前に立って、驚いていた。

「母さん」

へえぇぇ。彼のお母さんか、若いなぁ。あのルックスは、お母さんからいいとこ取りしているのは間違いないな。

「あ、ええと、その、こんにちは！」

僕は口ごもりつつ、あいさつする。

「なんで先に電話してくれなかった？」

はしごの上の男はまだ塗装中、ふり向きもしない。

「先に電話したら、サプライズにならないじゃないの。それに、女の子を隠してるだろうと思って」

サラワットは憤然として首をふる。

「そういう態度はやめなさい。ちょっと寄っただけよ」

僕はプチパニック中だ。彼のお母さんは気さくそうだけれど。お母さんはまず冷蔵庫に行って果物を1袋入れると、サラワットのベッドに腰かける。息子と僕を交互に見ている。

「あなたお名前は？」

「タインです」

「サラワットのお友達ね」

「はい」

「珍しいわねぇ！　あなた、誰も部屋に入れたことなかったのにね」

「珍しくない」

サラワットはきっぱり言う。お母さんはうなずくと、静かになって、部屋を見回す。サラワットのお母さんがとても大らかなのは間違いない、けれど大人とティーンの間にはいつも、多少の壁があるものだ。無言のリスペクトというか。

「ここ塗るの手伝え！　ソワソワしてないで」

命令されて僕は反論しようと口を開けたが、すぐに閉じる。お母さんが僕のすぐ横に来たのだ。

「あなたこれ、捨てるでしょう、ゴミみたいよ」

「あの、お母さん！　それ、僕のシューズです……」

「あら！　タインくんのなの？　サラワットのかと思っちゃった」

小柄なお母さんはやわらかな声で笑った。ひどいな。あなたの息子さんのシューズのほうが僕のよりよっぽどボロですよ！

「なんでまた、部屋の塗り替えなんてしてるの？　黒以外に好きな色ないじゃないの」

「誰かさんが嫌いなんだ」

「誰？　彼女？」

「友達」

「あらそう。ねぇあなた、どうしてまだ彼女がいないの？　ＥＤか何かなの？」

「母さん……」

この人からの遺伝は美貌だけじゃないようだ。息子と同じくらい、露骨だ。

「タインくん、実はね。サラワットって一度も彼女がいたことないのよ」

「へぇ、そうなんですか？」

ちょっと驚いた。本当にいなかったのか、母親に言わなかっただけなのか。

「この人の部屋を掃除してもね、女の子の物が出てきたことないの、ポルノだけ」

「それは俺のじゃない。父さんのだ」サラワットが大声で抗議する。

「じゃあ あなたは？　タインくん、ガールフレンドはいた？」

「ええ！」

「何人？」

「ああ、たくさん！」と僕は笑う。僕はリアル・カサノバだ。

「この子に彼女ができるように、助けてあげてくれない？　音楽の他になんにも興味ないのよ……」

と言葉を急に切って、はーっとため息をつく。

「……」

「サラワット、あの日からよね、わたしの手から離れちゃったの……」

「……」

「……初めてギターを家に持って帰った日から、わたしのことなんか忘れちゃって」

僕は爆笑しないよう、必死にこらえた。サラワットのお母さんは30分ほどいて、いろいろ話していった。バンコクから飛行機で来たのだそうだ。サラワットのお父さんが、チェンマイで何か政府関係の仕事があるらしい。僕らにリンゴとキットカットを少しくれて、お母さんは去った。

そのころには部屋はもう黒一色ではなく、クールなグレーになっていた。僕好みのアメリカン・スタイルだ！

「ねぇ、聞いていい？」

「なんだ？」

サラワットは床に座ってリンゴを剥き、僕がそれを食べている。

「お母さんが、彼女がいなかったと言っていたけど、本当？」

「本当だ」

「マジ？　ありえないな」

彼みたいな男が一度も彼女がいないなんて、ちょっと信じがたい。きっと、あまりに性格が悪いせいだろう。

「じゃ、どういうタイプの子が好きなの？」

「なぜそれを聞く？」

「見つけるの、手伝ってやるよ」

「おまえに関係ない」

なんだ、傷つく言い方だな。もう慣れたけれど。

「言ってみ！」

「……」

「わかったよ、じゃあ頭を縦か横にふるだけでいい。美人がいい？」

彼は横に首をふる。

「賢くて、可愛い子？」

また横にふる。

「金持ち？」

またた。

「そうか、女子全般は」

また。

「え？　男が好きなの？」

まだ横にふってる。

「誰も好きじゃない？　おまえ、ヘンテコなやつが好きなの？」

「ああ、俺はおまえが好きだ」

はぁぁ？　なんだそのキモい答えは！

「次は僕が好きという代わりに、自分はポンコツですと言えよ」

口ではそう言ったが、心臓の様子がちょっとおかしい。今、僕に何が起きているのだろう。なぜ心臓が震えている？

週末は去った。シックな男・タインの生活はいつもと同じ。スター・ギャングとつるんで、ギターを弾き、講義に出たりサボったり。グリーンはいまだに四六時中、ノミみたいに僕を追いかけ、自分のプレゼントを僕が気に入ったと言いふらしてる。さようですか？

ペアとは毎晩話すが、ほんの短い時間だ。彼女が早寝だってわけじゃない、サラワットのせいだ。いつもあいつが電話してきて、僕らの邪魔をするんだ。

そして今や、金曜日に女の子を誘ってアイスクリーム店でデートすることもできない。次の日曜のイベント「アルタ・マ・ジェーブ」のために、部室に行って機材など運び出さなくちゃいけないのだ。ペアもいるが、彼女は医学部の用事で早めに戻ってしまう。僕は取り残される……グリーンと一緒に。

「タイン、２人でショーをしたらどうかしら……？」

「何がショーだよ。嫌だ！」

「あたしたちの愛をみんなに見せてあげるの。愛のパワーをみんなに知ってもらうの」

「そういう気分じゃない、あっち行け」

「いつ気持ちを変えてくれる？」

「いつストーカーやめてくれる？」

「無理」

「おまえにはホント疲れる」

「やーね、怒らないで」

「……」

「あなたとサラワットって、オトモダチなの？　本当に？」

サラワットのやつ、いったいどこにいる。助けてよ！

「おまえに関係ない」

「サラワットがあなたしかフォローしてないの、見たわよ。でも……2人の間はなんでもないのよねっ？」

「あっちが僕にぞっこんなんだ」

「嘘ついてもダメ。他の人にはただの友達って言ってるじゃない」

サラワットが僕のインスタをフォローするようになってから、僕は急に新しいフォロワーからのダイレクトメッセージをもらうようになった。ほとんどの人が、僕らの関係について聞いてくる。「ただの友達」をコピー&ペーストしてみんなに返している。

グリーンはそのことを言っているんだろう。もうアイデアが尽きかけてる。フェイク彼女にフェイク彼氏、そして完全無視も試してみたが、こいつはあきらめない。

そこにディッサタートの声が飛んできた。

「俺は設営のためにおまえらを呼んだんだ、座っておしゃべりするためじゃない。グリーン、ドラムを取ってこい。それからおまえ、タイン、ブースの準備を手伝え」

神の助けだ、ディッサタートがグリーンから引き離してくれた！

軽音部の毎年の音楽フェスティバル「アルタ・マ・ジェーブ」は大学でも大きなイベントのひとつだ。屋外競技場で行われる。音楽学部や、80年代や90年代のオルタナティブ音楽をやる人みんなの共同開催だ。

僕は1、2年生が作っているメインステージへと歩み寄る。ベンチ代わりに、藁でできたストロー・ブロックを置くのが仕事だ。

サラワットが僕の横に現れて、つついてきた。

「曲を選ぶの、手伝ってくれ」

「おい！　どこにいたんだ？　全然姿が見えなかったよ」

「練習。もうじきサッカーの試合があるから」

うっかり忘れていたが、僕も前日、同じ理由でチアリーディングの練習に明け暮れたんだった。

「で、なんだって？」

「曲を選ぶの、手伝ってくれ」

「曲って？」

「俺がステージでやる曲」

「なんでバンドのメンバーに聞かないのさ」

毎年、多くの学生がバンドを結成し、フェスティバルで演奏する。サラワットのグループは新入生代表だ。

「何かひとつ考えてくれよ」

まったくいつものように面倒くさい。とはいえ僕はしばし、好きな曲の中から何か探そうとしてみる。

「スクラブの歌がいい」

「いつもスクラブ、スクラブって、おまえスクラブと結婚したのか？」

「僕がスクラブ以外のなんて言うと思ったんだよ」

「90年代の曲が必要なんだ。オルタナティブ音楽のフェスだろうが」

「でも上級生が、別に90年代でなくていい、なんでも大丈夫って言ってたじゃん」

「じゃあひとつ選べ」

「スクラブ」

「いや、別の」

「スクラブ」

「他にないのかよ」

「スクラブ」

「嫌だと言ってる」

「じゃあ、アオイさんかチョッドさんに聞け」

「アオイさん？　チョッドさん？　誰？　おまえの上級生のメンター？」

ううう、もうこいつのアホ面には耐えられない。この2人が司会の、有名な人生相談番組『金曜クラブ』さえ知らないのか。

「そうそう、僕のメンター。でも彼女たちもスクラブって言うよ」

サラワットは僕のこめかみを人差し指でぐいっと押すと、背を向けて戻っていった。言い争いをするためだけに、ここまで来たのか？


アルタ・マ・ジェーブ音楽フェスティバルが始まる。大音響の音楽とロマンティックな照明、80年代、90年代の雰囲気そのものだ。そぞろ歩く学生たちの中に、僕も混ざっている。デザートや食べ物を売る、可愛く飾ったブースが並ぶ。

最初はスター・ギャングと来る予定だったのだが、都合により別れた。僕はステージ裏で音響システムをセットしなくてはならなかったし、彼らはグリーンが近くに来ないようにしてくれていたのだ。すべて準備が整うと、僕はペアを誘って食べ物を買いに行く。結局、軽音部の新入生バンドがステージに上がるまで小1時間もおしゃべりをした。

それにしても今日のサラワットの見栄えは格別だな。

彼らがステージに向かうやいなや、何やら叫ぶ人の群れがどんどんふくらんでいく。

「ヒュー!!　サラワット！」

「サラワットってほんとにハンサム！」

「こっちに来て、サラワット！　なんでも好きな物買ってあげる！」

金切り声は延々と続く。ペアと僕はどんどん後ろに押し出されてしまうが、別にかまわない。ここからでも、背の高いあいつがギターを手にステージに上がるのは見えるから。「アルタ・マ・ジェーブ」とプリントされた白いTシャツを着ている。

「やあ、みんな！　俺たちは『Ctrl S』！」ヴォーカリストで建築学部のタームのよどみない声に、聴衆はいっそう高く叫ぶ。

いったい誰がバンドに「Ctrl S」なんて名づけたんだ、と思うんじゃない？　僕もよく知らないが、聞くところによると、Ctrl+Sはコンピュータにファイルを保存するときに使うショートカットで、このバンド名はみんなの心のハードディスクに永遠に記憶を刻んでもらいたいから、ということでつけられたのだそうだ。

「僕はターム、建築学部の1年」

悲鳴～～!!

「ベースはイアーン！　キーボードはノーン。僕の右にいるのはギターのサラワット！」

「きゃあぁぁぁ！」

「サラワット！」

「ステキぃぃぃ！」

「そしてドラムはブーム」

大きな歓声はやまず、最初のコードが演奏されるなか、タームが次の曲を紹介する。

「この曲は悲しい恋をしている人に捧げます」

「それあたし！　あたしよ！　あたしフリーよ、サラワット！」

「そして、1人ぼっちな人に……」

「……」


「ときどき忘れてしまいたいと思う　でも古い物語は消えない……夏でさえ」

悲鳴〜！


彼らはパラドックスの『Summer《サマー》』を演奏し始めた。悲しい曲だがリズムは軽快で、みんな踊り出す。僕もペアと踊りたいなと思ったが、望みはかなわなかった。

「タイン」

「どうかした？」

「帰らないといけないの」

「ええっ？　なぜ？　送ろうか？」

「母が来るの。楽しんでね！　じゃ、また！」

「群衆の中　僕は呆然とする　きみが去ってしまったら　僕は1人
　空がいつもと違う
　きみがいない夏は　決して同じ夏じゃない」
　――パラドックス『Summer』

僕はしばし寂しさを感じたが、次の曲が始まると、それに合わせて踊り出した。『Summer』以外にも、Ctrl Sはデスクトップ・エラーの『Fading Smoke（消えゆく煙）』や、モダンドッグというバンドの『Before（かつて）』という曲をカバーする。

いよいよ最後の曲だ。しかし曲が始まるというときのテームの発言は、みんなの不興を買うことになる。

「実は次にサラワットおすすめの曲をやることになってたんだけど……」

「……」

「――でもその案は僕らが却下しちゃったんだ、ごめんね！」タームは笑う。

「えええええ！」

「でも心配しないで！　この曲は、初恋のことを思い出す歌だよ」


「空が晴れる前　温かい日の光の前……」


最後の曲は美しい音色と、サラワットのファンたちからの悲鳴が混じる中で終わる。女子たちはとり憑かれたように彼を撮影してる。次のバンドの出番になると、僕は助っ人としてバックステージに回った。

「みんな、お腹空いた？」

ステージから降りてくるメンバーに聞く。みんな首を横にふるが、サラワットだけは違う。

「食い物、どこ？」

「まだ何も買ってないよ。行こうか？」

「ああ」

「来いよ」

彼の手首を掴んだが、向こうは足をふんばっている。

「おまえが何していたか、見たぞ」とサラワット。

僕は眉をひそめたが、なんのことなのか、すぐにひらめかない。それから気づいた、ペアのことを言ってるんだ。僕はムッとする。

「彼女とつき合いたいってことは知ってるだろう、でもおまえは僕とつき合ってるフリをしてよ。グリーンが彼女に矛先を向けるかも」

「おまえは俺とつき合ってるんだ、他のやつじゃない」

「過剰反応しないで。そっちが僕に惚れたっていう設定なんだから、僕がじゃなく、わかった？」

「違いがわからない」

「演技だろ、あまり真剣にとらないで」

サラワットは黙っている。僕はまた彼の手を取る、謝ろうとするみたいに。いや、別にこんなことまでしなくていいはずなんだけど。こいつの許しを乞おうとするなんて！

「僕、ミートボールが食べたいな」

「じゃあ買えば」

え？　そんなにヘソを曲げなくたっていいじゃないか。おまえは僕の奥さんか？

「ねぇ、おごってよ」

「おまえの友達はどこだよ」

「フォンはタトゥーを入れにいった。プアクは食べ物の写真を撮ってる、後でシェアするんだ。オームはあっちだ」

女子に囲まれて笑っている男を指さす。みんなでグリーンをどうしたのか知らないが、やつの姿はどこにも見えない。あ、見つけた。ディム部長の横に、ドラムを抱えて立っている。

「わかった。じゃ、行こう」

僕は横目でサラワットを見る。

「スクラブの曲、やってくれなかったね」

「うん」

「いいけど。タームの声はすばらしいね、だから許してあげるよ」

「なぜ」

「え？　彼、歌うまいと思わないの？」

「なぜ」

「彼のパフォーマンス、すごくよかったと思うよ」

「なんであいつばっかり褒める？　俺がここにいるだろ！」

「はぁ？　おまえ子供か？　なんでいつもいつも、人から褒められてないといけないんだ」

彼は無関心な顔をして、僕に目をすえている。

「これ！　これだよ！」

僕はミートボールの店の前で止まり、横にいる男を突っつく。

「何個ですか？」お店の人が聞く。

「サラワット、いくつ欲しい？」

「2つ」

「じゃあ4つください」

　僕は注文し、女性店主とその友人がクスクス笑うのに気づかないフリをする。7つ、袋に入れてくれた。

「え、4つって言ったんだけど」

「ああ。タインとサラワットにはサービスよ」

「ありがとう！」

「その代わり……サラワットと自撮りしていい？」

　僕は横の男をチラ見して、自分が馬鹿のように感じる。彼はまた例の「俺は関係ありません」みたいな顔をしている。

「サラワット」

「何？」

「一緒に自撮りしたいって」

「俺、クソしたい。便所に行く」

　おい待てよ、どした？　彼がさっさと背を向けて去ってしまうと、僕はサラワットの代わりに謝らなければならなかった。パッタイ（タイ風焼きそば）の店の近くのストロー・ブロックに座っている彼を見つける。

「ほら、ミートボール。おまえのお陰で全額払わされちゃった」

「当たり前だ。物を買ったら払わなくちゃいけないだろう」と彼がせせら笑う。

「おまえは、いつも僕に恥をかかせてくれるな。ミートボールも。音楽も。いつでもだ」

「……」

「僕のスクラブの曲はどこさ？」

「知らん」

　彼に冷たくあしらわれるのにはいいかげん慣れそうなものだが、僕は慣れてない。隣に腰かけてミートボールを食べていると、そのうち、女子が1人、少し離れたところにいるのに気づく。自撮りをするフリをしているが、何を本当にカメラに収めようとしているのかは明らかだ。

「ねえ、あの女の子、おまえの写真撮ろうとしてるよ」

とサラワットに言うと、彼はそっちへ顔を向ける。

「きゃー！」女子は喜びを爆発させ、僕はしかめっ面になった。

「サラワットが笑った！　わたしに笑ってくれた！」

「なんで笑ってやった？」

「あの子が写真撮ってるって、おまえが言ったんだろ」

「でも今まではただ断ってたじゃないか」

「あの写真が欲しいんだ」

「え？　なぜ？　たくさんの人がいつでもインスタでおまえをタグ付けしているのに、いつもはその写真に興味ないじゃないか、なぜあれが欲しいの？」

「だっておまえと一緒に写ってるから」

「……」

「ポーズ取らないおまえと一緒の写真は、なかなかないぞ」

「……」

「おまえ、カワイイな」

ズガーン！


僕の心臓が轟《とどろ》いている。心臓発作を起こすところだった。サラワットみたいな友達がいるのは、ガチで疲れる。グリーンなんかいないのに、フリじゃなく本気で言い寄られているみたいだ。

僕らはフェスティバルの残りのほとんどの時間を食べて過ごした。ディム部長が率いる最後のバンドがスタンバイだ。自分のバンド「スモーキーバイト」を引き連れてステージへ上がる。サラワットと僕は、最後の曲を聴こうと人混みの中に戻る。

「やぁみんな！」

リード・ヴォーカルが聴衆にあいさつすると、大きな歓声が上がる。演奏の前にメンバー紹介があった。僕らはスクウィーズ・アニマルのビートに乗って踊り、プルーの曲のカバーに合わせてゆっくりと体を揺らす。演奏が始まってまだ10分ほどだが、僕の人生で最高の10分だ。

「次が最後の曲だ……」

ディムがなんと言っているか、聞きとれない、というのも、サラワットが僕の腕をとんとん叩くのだ。ふり向いて、彼が差し出しているイヤホンを見て眉を寄せる。

「スクラブの曲を聴きたいって言ったろう?」

「うん、言った。やってくれなかったけどね」

「メンバーに断られたんだ」

「わかってる」

「もうフェスティバルも終わりそうだし……」

「で?」

「だから一緒に聴こう、スクラブ」

彼が右のイヤホンを自分の耳に入れると、僕はもう片方を受け取って左耳に入れる。バンドはステージで演奏しているが、僕には聞こえない。周りの人たちはみんな、彼らの音楽に合わせて歌っている。サラワットと僕だけは、イヤホンの歌のリズムに合わせ、そっと体を揺らした。

僕らだけに聞こえる音楽。『Everything《エブリシング》』という曲だ。イントロだけでわかる。

「みんな一緒に!　手をふって!」

サラワットはディムが指示するように一緒に歌っているが、実は僕らの曲を歌っているんだ。

「なんでもする……きみの心が暖かくなるなら
会ったばかりなのに　きみの目を見るだけで
わかるんだ　これからどうなるか
きみが誰かを好きだってかまわない　僕を見て
それだけ　それだけで幸せだ」

僕も一緒に歌う。

「きみが誰でもどうでもいい　現実なんかどうでもいい
わかるのはただ　僕の心にいるのは　きみだけってこと」
——スクラブ『Everything』

こうして僕は、アルタ・マ・ジェーブ音楽フェスティバルでスクラブの音楽を聴くことができたんだ。

・

第９章

アルコール

思うに、サラワットと僕は、結局は一緒になってしまう運命のようだ、軽音部の部室でさえ。

「あのケーキ食べた？」と僕が聞く。

「うん、うまかった」小声で彼が答える。

「僕はそこまで美味しいと思わなかったな」

「ああ、俺もだ」

え？　どっちだよ。

「ところで僕らの間、なんかおかしいと思わない？」

そう、おかしい。今日初めてこの部室で話したときはおかしくなかったんだけど。

「そうだな」

「じゃ、こういう気持ちをどうしたらいい？」

「何もする必要ない。全部今のままでいい」

サラワットと僕は床に座っているが、2人ともややイラつきを感じるのは、この会話の冒頭でグリーンのやつが間に割り込んできたからだ。僕らの間の狭い空間にぐいぐいはさまってきて、こいつのお陰で僕は空気中に蒸発してしまいたい気分だ。

「僕の腕を離してくれない？　それとも本当に蹴飛ばされたい？」

僕は声を低くしてグリーンを脅す。

「タインたら！　そんなこと、奥さんに向かってしていいの？」

「1……」

僕が数え出すと、グリーンの顔色が青くなる。でも手は離してくれない。片手で僕の腕をきつく握り、もう片手はサラワットの脚に置いている。

「タイン、そんなこと本当にあたしにする気？　ケーキ買ってあげたでしょ！」

「……2……」

「ケーキ美味しくなかった？　気に入ったんでしょ！」

「……3！」

グリーンがきえーっと悲鳴を上げる。部屋中のみんなの耳にその声が突き刺さるなか、僕は蹴る準備をする。グリーンは立ちあがって部屋の反対側に走った。

「走るな！　ここは軽音部だ、学校の遊び場じゃないぞ。何をやっているんだ、おまえら」

部長のディムが怒鳴る。グリーンも僕も止まる。続ければ部から叩き出されかねないのはわかっているから。

「ディムさん……」

「え？　グリーン、俺が言ったことを覚えているか？」

「静かに座ってろって……」

「で、従うのか？」ディッサタートはグリーンをさえぎって叱りつける。

「みんな、座れ！　２年生、もし新入生で迷惑なやつがいたら、きみらにはそいつを退部させる権利を与える、今からだ」

と言ってディッサタートは出て行き、みんなショックでしーんとする。

やがて立ちあがってそれぞれのグループに別れ、僕とサラワットは離れた。初心者はもっと練習しないといけない。でも今日はペアがいない、誰と一緒にやればいいんだろう。

「みんな、このイントロやってみて。簡単よ、コード４つしかないから」

練習を始めようというときに、エアさんが言う。

僕はずいぶん練習してきたんだ――サラワットにも助けてもらって――やっと、上達したように感じる。

「タイン」とグリーンが戻ってくる。

「あ？　クソなこと言ったら、ディムさんに言いつけるぞ」

「あなたとサラワットの関係って、なんなの？」

「おまえになんの関係がある？」

「本当に両想いなの？」

「そうだよと言ったって、どうせ信じないんだろう。僕が彼を好きでも嫌いでも、おまえに関係ないの、僕はおまえを好きにならないから、わかった？」

あまりにもグリーンを傷つけることは言いたくないが、どこにでもついてくるこいつに、ほとほと嫌気がさしてるんだ。

「じゃいい。愛人になったげる」

はぁ？　前言撤回、これまでだ。もう我慢できない。

「頼む、グリーン、消えて」

「イヤっ」

「黙れ。みんなみたいに、ギターに集中しろ」

「でもなぜ、サラワットはいっつもあなたを見てるの？」

「……!!」

「それが集中するっていう意味？」

部屋の隅に友達と座っているサラワットのほうを盗み見る。僕を見ている、グリーンが言ったとおりだ。お礼として特別なサインを送ってやろうと、中指を立てた。向こうはとっておきの笑みを返してくる。

「タイン、集中して」

「はい」

頭から雑念をふり払い、ギターに注意を向ける。


大学生活には自由が多く、選択肢もたくさんある。最初の年は、講義は英語とタイ語に重点が置かれていて、僕はこの学期、2科目しかない。新入生としての自由を満喫中。2年生になるのは気が進まないくらいだ。ほとんどの日、僕は軽音部で1、2時間過ごし、何か食べるものを探し、チアリーディングのリハーサルに行く。あとは週末にスター・ギャングの連中とつるんでる。

いつもどおり、僕らは長いことギターを練習させられた後、上級生がようやく15分の休憩をくれる。

「新入生に伝えたいことがある」と1人の上級生が、休憩に入って5分くらいで入ってくる。

「なんですか？」と誰かが聞いた。

「きみたちが入部してからもうしばらくになるけど、テストがあるのを忘れているんじゃないかな」

ええーっ。

「前回作った動画を覚えてるだろう？　もう一度、別の動画を作ってほしい。今回は曲のカバーであること、そしてそれをディッサタートに送ること。僕らがコメントする。このテストに受からないと、毎日1時間、追加で練習してもらうことになる」

「えぇ～！　まだド下手なのに！」

「うわぁー！」

部屋の隅々まで、新入生の不平がこだまする。僕もその1人だ、どうやったらこのテストに受かるか、さっぱりわからない。

ペアに電話しようか。パートナーになって、ハッピーバースデイでも歌ったらどうだろう。

「テストで一番だった人には賞をあげるよ」

「いらないです」

「じゃ、代わりに俺の足を顔に食らいたいか？」部長がまた意地の悪いことを言う。

「ディムさん……」

「文句言わない、女子たち。文句も泣き落としもダメ、動画を俺に送れ、あさってまでにだ」

パニックに陥っていない新入生が1人だけいた。

「みんな、あせらない！」

分別くさく、落ち着いている……。

「きっとできるわよ！」と、励ましの声を上げ続ける。

「あきらめないことにしましょ！　負けないわよ！　そんなに大変なことじゃないわ！」

誰だかわかった？　グリーンだ！

「みんな、必要なら助けてくれる人を見つけてパートナーを組むといいわよ。いずれ3年生と4年生と一緒に練習しなければならないんだから」

エアさんのアドバイスに、みんなが一斉にうなずく。

「タイン、誰とパートナー組むの？」とグリーン。

「こっちの心配はいい。自分でパートナーを見つけなよ」

「ワットとペアになろうっと」

僕はグリーンを殺人鬼みたいな目でにらむ。

「なんでそんなふうに見るの？　わかったわよ、じゃ、あそこにいるアンに頼もっと」

ぼそぼそと言って、彼女のほうへと駆け寄る。アンはグリーンと同時に入部したけど、もうギターが上手で、経験者グループで練習しているのだ。男子はみんな、彼女を狙っているようだ。

彼女はクールだけど、まったく僕のタイプではないな。僕は整ったお人形みたいな顔で、胸の大きい子が好きなんだ。

みんながパートナーを見つけようとする混乱状態が落ち着いてきたところで、僕は尋ねる。

「エアさん、ペアは今日来てないけど、彼女はどうするんですか？」

「経験者グループでもパートナーになってない人がいるから、ペアちゃんはその人と組めばいいわ」

「でも僕らのグループのほうが人数が多いから、少なくとも1組は初心者同士でペアになりますよね」

僕はペアとパートナーになりたいんだ！　お願い！

「ほら、ノートとジェンクが今パートナーになっちゃった、あなただけよ残ったの」

「じゃあ、誰か経験者グループの人に頼みます」

「そうして」

仕方なく、隅っこにいるあっちのグループへ移動。

「サラワット、おまえパートナーいる？」

紙にコードを書いていた彼が、手を止めて僕を見上げる。

「アンとパートナーになるつもりだったんだけど、結局あぶれちゃった。だから、パートナーになってくれない？」

「……」

「聞こえた？」

「おまえが頼みに来るのを待ってたんだ」

「よせよ……照れくさい」

なんだか気後れがしてくる。

「きゃー！　あたしここよ！　まだ好きよん、タイン」

グリーンが割り込んでくる。サラワットは立ちあがって、去ってしまう。でもグリーンとは、しゃべりたくないんだ。クソ、心臓が。

リリリリリーン

ゲームをしている最中にスマホが鳴る。フォンだ。いつもは決して夜に電話してこないのに──彼女と話すので忙しいから。

「どうした？　おまえ……」と始めるが、言葉の途中でさえぎられる。

「うわあぁぁぁん！　タイン！」

「フォン、どうしたんだよ。なんで泣いてる？」

答えはない。少し間を空けて落ち着いてもらい、また聞く。

「何があったか、言ってよ？」

「失恋」

「ええ？」

「捨てられた！　俺、現場を押さえたんだ！　あのクソガキとくっついてたんだ！」

「フォン、落ち着け。何かの誤解かもしれない」

「どこに誤解の余地があるってんだ？　直接聞いたんだよ、そしたらあの浮気女、あいつが新カレだって言ったんだ！」

「ええっ！　それは最低な子だね！　おまえみたいないいやつを捨てるなんて」

「こっちに来い、タイン」

「どこ？」

「俺は飲みたい！　酒で、この世を忘れるんだ！　ママオ・バーで待ってる」

「プアクとオームは？　あいつらにも言ったの？」

「おう。もうここにいる。早く来い！」

え？　なんであいつら、急にあのバーでテーブルを取れたんだろう。友達には失恋してほしくないものだ。やつらに飲み物を買うのが高くつくじゃないか！

車のキーを探し、バーへと向かう。僕らは新入生でまだ19歳、飲み屋へ行くのは違法だから、年齢確認がないバーに行くことになる。バーに入って、照明の暗い部屋の中を進み、友達の居場所を探す。やっと、うんざりした顔のプアクの顔が目に入る。

「どう？　気分は少しはましになった？」彼の隣の席に座る。

「ここに着いてから、こいつノンストップで飲んでるんだ」

プアクがフォンの行動を嘆く。

「彼女が浮気した、でもフォンは事実を受け入れられないのさ。あんなん、ただのＪＫじゃん、って言ってやったんだけどね！　あんな子の言う恋愛なんて、お子様の遊びだ！」

オームも話に入ってくる。

「わからねぇ！　なんで、あんなことを……俺にできるんだ？　ふりやがって！　ううう苦しい！」

フォンが大声でわめく。そこにステージからの声が重なった。

「この曲はしばらくやってないから、みんなのために、今日演奏するね！　失恋した人、声出してー！」

フォンは自分の苦しみをわかってくれているようなシンガーに向かって甲高く叫んだ。でもその選曲に関しては、あまり感心しない。悲しい歌だと、その場でフォンが窓から飛び降りたくなってしまうかも。

「みんなで歌おう！」

「疲れたよ　立てない　動けない……
死んでいく人間のよう　息ができない
きみのナイフが心臓《ハート》に届いた！」
――ポングサック・ラタナポン『Piercing All the Way to the Heart（きみのナイフが背中からハートに）』

「なぁ落ち着け！」

オームが、咆哮を上げてるフォンの肩を叩く。この世には少なくとも10億は歌があるってのに、なんでまたこのシンガーはこの曲を選んだ？


「どうして生きていける？」

「みんな一緒に！」

「何もない　きみとは　何も残ってない　僕は……死にたい！」


それからの時間は地獄のジェットコースターだ。フォンが酒のグラスを空けてはまた次を飲む。もちろん、一緒にプアクとオームと僕も飲むよう、強要する。自分の気分を上げてくれるまでは、ここから帰らないと脅かすのだ。


1杯……2杯……3杯。グラスが空になり、最初のボトルが終了、次をオーダーする。みんな特に酒に強いわけじゃない、でも隣のテーブルに負けて恥をかくことはできない。

「おいみんな、俺はサンソーン（タイのラム酒）が飲みたい」

「やめとけ。質が悪いやつだ」

「うるさいこと言うな。すいませーん、サンソーン1本と、スパークリング・ウォーターを5本、氷のバケツください」

プアクはオーダーしてから、テーブルにだらっと突っ伏す。その後30分ほどで、僕は席を外した。

「すぐ戻る。ちょっとトイレ」

と言ったが、立ちあがったとたん、サンソーンが効いているのを実感する。意識をぐっと集中させて、片足をもう一方の足の前に出し、また反対の足を出してはを繰り返し、やっとトイレにたどり着く。用を足し、混乱した頭に眉をひそめながら再び席に着く。

ステージに注意を向けようと思うが、視界がぼやけてる。まださっきと同じバンドがずっと演奏していることはわかるが、なぜか周囲の人たちが突然ざわめき出す。

「おおっ！　イケてる男が来たよ！　こっち上がれよ！」

悲鳴の合間に、シンガーが叫んでいるのが聞こえた。

「キャー！　ステージに上がって！」

「ブラボー！」

みんなが盛んに拍手している。僕は人混みの中にいる長身の人物の形をとらえた。知った顔だ。向こうが目を合わすまで、じっと見ていた。悪魔でもとり憑いたのだろうか。あいつがここにいる。そしてさっきまでほとんど周りが見えてなかったのに、あいつの姿だけは昼間みたいにくっきり見えた。

サラワット。これからステージに上がろうというミュージシャンには見えない。普通のTシャツに、サンダル履きだ。

「サラワット！」

いくら飲みすぎても、彼みたいな人物を見わけられないことはないのだろう。

「ねぇ、見てあの人！　誰？　めちゃクール！」

そっか、実はそういうこともあるのかも。

「なんだよみんな。おい！　俺と飲め！」

グラスがぶつかる音で、僕はわれに返った。フォンのほうへと向き直り、スター・ギャングと飲んで彼をなぐさめ続ける。

今のシンガーは誰か知らない。知っているのは、サラワットがギタリストだということだけだ。

そして聴衆が彼の名を連呼している。


その後ほどなく、隣のテーブルの人たちが立ちあがって支払いに行く。すると、誰かがそのテーブルをこっちに向けて押し出してきた。

「失礼、ここ座っていい？」誰かが言うが、返事を待っているようにも思えない。

「よう、サラワット！」

僕は彼の名を叫んだ。次に他の連中に気づく。あいつの友達連中だ。みんなそろってる。

「おい厄介もん。おまえ、酔ってるな」やつが言う。

「は、何の話？　酔ってなんかいない」

「でもおまえの友達はつぶれてるな」

サラワットは、友達の1人が僕の横に置いた椅子に座る。どうやらステージを終えて、バーを横断してはるばる僕のところへ来たようだ。

「うう」

僕はプアクとフォンに目をやって、うめく。オームもほろ酔いと泥酔との境界線で1人でニヤニヤしている。

「ここで何しているんだ？」

「友達が失恋して、だからなぐさめにきたんだ」

「おまえ、いい友達だな」

「当たり前だ！　みんなの世話するために来たんだ」

そうは言ったが、こいつら全員を家に引きずって帰らないといけないと思っただけで疲れる。救助隊を要請したほうが早いかもしれない。

「飲みすぎるな、酔っぱらうなよ」サラワットが命令してくる。

「うん」

「で、これが俺の友達だ」

と自分の友人たちのほうを手で示す。会うのは初めてじゃないが、まだ名前を知らない。

「こんちは！　俺はマン・オー・ハム」

「オー・ホーな！」

「ごめん。オー・ホーだった！」

何これ。なぜ自ら道化を演じているの、この人たち？　他のみんなもすぐさまジョークに乗り、アホなニックネームで自己紹介する。すぐにはっきりしたのは、ホワイト・ライオンの連中は超クールを装っているが、その実3歳児と変わりないってことだ。

グループの人数が増えたことで、さらに飲み物が注文される。僕は自分の分をちびちび飲み、深酔いしないようにつとめる。終わったらスター・ギャングの世話をしないといけない。

「ここ、よく来るの？」と横の男に聞く。

「いや。ここに来るのはだいたい、上級生のバンドを見るためだけだ」

「女子がわんさか、おまえのこと見てるな。セレブだなおまえ」

「妬いてるのか？」

「何言ってる？」

「タイン……」

「ふえ？」

「おまえに言いたいことがある」

ちょっとやつの顔を観察する。こんな暗い照明でも、吸い込まれそうな美貌だ。うっかり息が止まりそうになって、しばらく呼吸に注意を集中しなければならなかった。それから聞いてみる。

「何？」

「おまえいつ酔っぱらう？　気持ちいいことしてやろうか」

「なんだ？　気持ちいいぃ？　やめろ！　馬鹿ヤロ」

「えへん！　おまえら何やってんの？　気持ちいいこととか聞こえたんだけど、ワイセツ！」

やつの友達の1人が割り込んできて笑う。イヤなやつら。少しも放っておいてくれない。本当は立ちあがってこいつの尻を蹴飛ばしたいが、それは夢ってものだ。

「サラワット、ちょっとこっち来て」

「はい」

上級生に呼ばれたサラワットが、こちらに「すぐ戻る」と言い残して行ってしまった。僕はホワイト・ライオンたちととり残される。この人たち、酒を腹に入れるのが恐ろしいほどうまい。これはアルコールだよ、水じゃないんだよ、きみたち！　自分たちだけで飲んでいてくれればいいのに、不幸なことに僕にも一緒に飲めと実にしつこい。

閉店時間が近づいたころ、ようやくオームが目を覚ます。

「タイン、おまえ大丈夫？」

僕が目を開けているのもままならないのを見て、聞いてくる。

「いや」

酔っぱらわないぞ、と自分に言い聞かせたのに、サラワットの連れたちのお陰で選択の余地がなかった。メンツは保ちたい、だから言われるがままになってしまった。最後の1本の半分くらい、自分1人で飲んでしまったのは確実だ。

「ヘタレ」

「もうギブ。これ以上無理」

「飲むのやめろ、いいか？　おまえ、フォンとプアクを送らなきゃいけないんだ」

おまえが自力で帰ってみろや、オーム。

これは僕の人生で空前のタフな夜だ。自分しっかりしろ、と全力をふりしぼる、みんなを家に送り届けるという義務がある。プアクとフォンは死んだように眠っていて、それを横目で見ながら、どっちが一番バカっぽく見えるかを競い合っているのがオームと僕だ。

誰かが僕の首を掴み、腰を落として僕と顔を合わせる。

「タイン」

「なんすか？」

「誰に飲まされた？　しょうがないな」

「俺だよん」

マン・オー・ハムがスマホから顔も上げずに言ってニヤニヤする。僕は横の男を見る。

「誰この人？　サーラーワッドさん？」

「うん。これ飲め」彼は何かのコップを差し出す。

「いらね。これ飲んだら、おまえに変なことされるんだろ」

「ふざけてんのか？　ただの水だ。酔いが覚めるから」

僕はコップを受け取り、しばらくためらった後、「わかった」とついに降参し、ウトウトしながら少しずつ飲む。それから額にタオルが押し当てられるのを感じる。目を開けると、サラワットが丁寧に顔を拭いてくれている。

「ましになったか？」

「うう……ありがとう。僕、友達をまとめて自分の部屋に連れて帰らないといけない」

「おまえは俺が送ってやる。おまえの友達は、こっちのみんなが運んでくれるから。おまえの寮どこ？」

「後で教える」

1人ずつ、サラワットの友人がスター・ギャングの連中をバーから運び出してくれる。僕は蓋の開いたボトルを集めるのに忙しい。全部持って帰るんだぁ。

「何してるんだよ」

サラワットの責める声に、ばつが悪くてニヤつく。言うことを聞いて手を止める以外にない。

「ええ？」

「ほっとけって」

「あれっ！　ごめん。なんで僕、こんなボトル持ってるのかなー」一瞬われに返る。

「アホ」

「だってもったいないじゃん！」酔っぱらいに戻る。

「ほっとけって」

「デザインもいいし」

「ほっとけ」

「わかった」なんで僕はこんなやつを怖がってるんだ？

「歩けるか？」

「当然。僕は偉大だ！」

と大口を叩くが、実際は無理だ。長身の彼の後に続きながら、少しばかりジグザグによろける。

外に出ると、僕の友達は全員車の中におさまってる。僕の車の中だ。あいつら、いつ僕のキーを取った？

「乗れ、どっちに行くか言え」

僕はうなずいて、おとなしく助手席に乗り込む。睡魔と闘いながらも、サラワットになんとか僕の寮への正しい道順を教える。

彼の友達は別の車で後ろからついてきて、酔っぱらった友達を寮の部屋に運ぶのを手伝ってくれた。その途中で、フォンは突然また泣き始め、暴れて、こっちの仕事がやりにくくなる。

「俺はこう……誰かがだな……おめえが背中を刺したんだ……くっそー！」

「うわっ！　サラワット、こっち助けて！」

サラワットの友達の1人が叫び、駆けつけてフォンを部屋へと運ぶのを助ける。友達がフォンの頭を、サラワットが足を持ってる。

ズゴッ！

フォンが僕の頭を蹴った。

「おーい！　大丈夫か？」

僕は頭をふり、目が回るのを止めようとする。

「う……ああ、僕は平気。お先にどうぞ。部屋の鍵も車のキーと一緒についてる」

彼らに先に進んでもらい、自分は階段にとどまって、感覚を取り戻そうとする。サラワットの友達が部屋まで往復してくるまで一瞬だ。さっさと帰りたい様子だ。

「じゃ、もう行くよ、タイン」

「オーケー」

「ワット、一緒に帰らないのか？」僕の後ろに立つ彼に、友達が声をかける。

「いや。もうちょっとかかる」

「何をぐずぐずしてる？」

「この厄介もんを部屋に戻さないといけないから、待ってるんだ」

「そんなん、いらないて。だいじょぶ。自分でできる」

僕はさっさと断って、手すりに背をあずけてずるずる立ちあがる。手すりを固く握りしめる。

これがないと部屋に戻れない。幽霊が1人、僕をずっと追ってくる。

「帰れよ」

「俺の車がない。バーに置いてきた」

「え？　なら友達呼べよ。まだ遠くないだろう」

「呼びたくない。ここに泊まっていい？」

「場所ないよ。風呂場で寝たいか？」


「さぶい……さぶいよ……」

スター・ギャングの誰かが寝言を言っている。サラワットは無言だ。僕は部屋の中をよろよろ歩いて友達に毛布をかけて回る。なんだよ、みんなが僕のベッドで寝て、これじゃあ僕は床に寝なくちゃいけないじゃないか。

「寒いよぅ……」毛布をかぶっても、まだオームが震えている。

「エアコン、切ろうか？」サラワットが言う。

「それがいいな」

オームにはいいだろうが、サラワットと僕には最悪だ。僕の3人の友達が平和にいびきをかいている一方で、サラワットと僕は暑さに参る。2人とも、汗をにじませる。僕みたいなシックな男になんでこんなことが、前世の業《ごう》ですか？

「バルコニーに出る？　今は風も吹いているし」

サラワットがまた迷案を思いつく。でも断りもしなかった。僕は彼について、バルコニーへ出る。

「今夜はバルコニーで寝なくちゃいけないの、マジ？」

僕はバルコニーの床にごろっと寝て、ぶつくさ言う。サラワットは手すり近くに立って、ロマンティックな映画の主役みたいだ。

「ちょっと新鮮な空気を吸って、また戻ればいいさ」

「……」

「というか、俺、おまえと2人きりになりたかっただけだ」

「へっ」

「俺のギター、どこ？」

「クローゼットの横だ」

「ちゃんとお世話してくれてるか？」

「1日3食あげてる。たまにビタミン剤も」

「次は風呂に入れるのも忘れるなよ」

こいつ、ほんとウザっ。こっちはいつも勝てない。サラワットが室内へ戻ったかと思うと、自分の名入りギターを持って帰ってくる。僕のすぐ横に腰を下ろす。

「ディム部長に、どの曲を送ろうか？」

「なんで今聞くんだ？　僕まだ酔っ払いだし、フォンに蹴り入れられて、シビれてる」

「洋楽がいいかな？」

「しつこいなぁ。今言ったこと聞いてないの？　ドアホが」

彼は答えず、ギターを軽く鳴らし出す。知っている曲だ……。

「こんな素敵な日が来るなんて
こうしてきみが横にいてくれるなんて
会ったとき　すぐに感じた
何かがあった　最初に話したときに
これには意味がある　僕は知っていた
僕らの間には何かがある　２つの心を結んでる」

これは、『Click《クリック》』だ。サラワットは僕に、おまえはスクラブと結婚したのかって言ってたけど、こいつもそうじゃないかと思う。

ついつい、次を続けて歌った。

「僕らはすぐにわかり合う

他の人とは違う
心の中で僕をどう思ってるか　言ってごらん」

「おまえ、俺が、言うことがあるって言ったの覚えてるか?」

サラワットはギターを中断した。僕は眉を寄せる、なんのことだっけ。

「いつ?」

「バーで」

「知らん。気持ちいいことするとか言ってたやつ?　おまえ最低」

「違う。今回は真面目だ」

また始まった。彼の顔を見ることもできない。なんだろう、この変な感情。アルコールのせいか。

「会ったことがなかった　左すぎず　右すぎず　完全すぎない人
悲観的すぎず　望みすぎず
でもきみの何かが　特別なんだ」

僕は本当に酔っているらしい、それともただの夢かも。

「会ったことがなかった　速すぎず　遅すぎず　小さすぎず
でもきみの中の何かが　誰よりもいい
きみは僕の心にちょうどよくて　僕らはただしっくり《クリック》するんだ」

——スクラブ『Click』

歌は終わったが、2人ともお互いを見ない。彼の顔を見るのが怖い。そしてそれがなぜだかわからない。なぜ僕の手は震えているんだ？

「俺はきれいな女の子は嫌いだ」サラワットが口を開く。

「わかってる。前に聞いた。でも僕は好きだ」まだ顔を上げられない。

「俺は可愛い子や賢い女も嫌いだ」

「僕と正反対だな」

「普通のことは好きじゃない。みんなが好きなものは好きじゃないんだ、もうよくわかってるだろう」

「……」

「俺は本当に特別なものが好きなんだ」

「……」

「で、おまえがその特別なんだ」

第10章

プレイ・ウィズ・ミー

僕は気だるく寝返りをうち、ううー、とうなる。この天気、目覚めたくない気分だ。まぶしい朝日を避けようと、枕に顔を埋めた。

いい夢を見ていた。スクラブを聴いて、何かサラワットと話していたみたいだ。いつ眠ってしまったのかもわからない。

「うう、んん……」

誰かがうめいているが、僕は気にもしない。今したいのは眠ることだけだ！　これを逃したら後がないくらい、がっつり眠りたい。

「ううう……」

「フォン、うなるのやめろ。うるさいよ」僕は動かずに文句を言う。

「痛てぇ」

「……」

「どけ、厄介もん」

え？　「厄介もん」……僕をこう呼ぶのはただ1人、サラワットだけだ！　あいつだけ！　あいつのことを思い出したとたんに、目がぱちっと開く。

「厄介もん」

その声で、愛しい枕に優しく別れを告げることになった。が、それが枕じゃないことに気づく。サラワットの股だった。

ぎゃああ!!

これは僕の人生最悪の朝だ。部屋の隅まで飛びのいて、すごい罵声をわめいた。おぞましいっ。サラワットがジトっとこっちを見ている。股に片手を置き、まるで大事な純潔を守ろうとしているみたいだ。は！　それはこっちがすることだ、おまえじゃない！

「なんでおまえここにいるの？」

と叫ぶが、そのうちおバカの面々の姿が目に入る。フォンに、プアク、オーム。みんな、腕組みをして僕を見ている。

「おはよう、ハニー」スター・ギャングの誰かが、甘ったるい声を出す。

「おはよう、ダーリン。昨夜はよく寝られた？」

「眠れないよ！」

「あら、どうして？」

「おまえが一晩中しつこいからだよ！」

「あらダーリン、ごめんなさい！」

プアクとオームが僕らをネタにして、いちゃこらカップルを演じてからかう。キレそうになる。

「おまえら、そんなことして楽しい？」

２人に向かって低い声で脅す。

「ふざけてるだけじゃん！　マジになるなよ」

「なんで起こしてくれなかったんだよ」

「だっておまえ、サラワットの膝の上で安心しきってたもん。うひひ」

「人をおちょくるのやめろ」

「誰がおちょくってるって？」

「おまえらそういうの、友達としてどうなの！　それにおまえ……いったい何してるんだよ」

サラワットがなんとかうまく言って、品格を保とうとしてくれることを、僕は期待しているのだ。この男たちは僕の親友かもしれないが、こんなふうに馬鹿にしてもらいたくない。

「痛かったー」

サラワットはまだ手で股間を守りながら、ぼそっと言う。

「僕、シャワー浴びてくる」

僕がバスルームに入るとすぐに、友人たちがもう帰るぞとバスルームのドアを叩いて叫び出す。おいっ！　僕をここに置いてけぼりにするな！　バーから連れて帰ってやったことに、少しは感謝を示せ。

サラワットもみんなと一緒に出ていってくれと願ったが、かなわなかった。僕がバスルームから出ると、やつの何やら満足げな顔があった。

「何見てるんだよ」

「おまえって、色白いな」

「おまえは豚だ」

「おっぱいに触りたいな。心臓がドキドキする！」

「このヘンタイ！」

やつにシャツを投げつける。ああなんという、1日の始まり。こうなることがわかっていたら、昨晩あんなバーになんか絶対行かなかったのに。

「でもマジで触りたいんだよね」

「……」言葉が出てこないよ。

「昨日の夜はさせてくれたのにな」

「いつ？」

「おまえが寝てるとき、触っていいか聞いてみた。答えがなかったから、遠慮なく」

こんなアホなたわごとを、どうして思いつくんだ、さっぱりわからん。

「おまえ最悪」

答えはない。

「で……今何時？　講義があるんだ」

「10時」

「そうか、じゃ午前中はサボりだ」

「考えることが似てるな」

「また、つまらんことを。おまえ、ただ怠け者なんだって白状しろ。昨日ってどうやって室内に戻ったんだっけ？」

バルコニーに出ていたことしか記憶がない。

「俺が中に入れてやったんだよ」

「僕、寝ちまったの？」

「うん」

「で……夜に何しゃべったっけ。記憶がないんだ」

大切な話はしているはずはない、だってまったく覚えがないから。

「何も」

「そう？」

「俺は美人は嫌いだと言ったが、おまえは好きだって言った」

は？　おまえ、何もしゃべってないって言ったばかりじゃないか。

「それじゃ……」

「可愛い子も賢い子も好きじゃない。おまえはそういうの好きだって」

「それはおまえがアホだからだ」

「で、俺は特別なものが好きだと言った」

「ああ、おまえらしいね。シックな男・タインは、可愛い子専門だ」

「どういう可愛い子？」

「……」

「俺みたいな？」

「うるせー。最悪ヤロー。シャワー浴びてこい」

サラワットに向かってうんざりした声を上げる。

するとやつはいきなり、僕の腰に巻いたタオルを奪った。

「これ借りていい？」

「何すんだ！」

僕は悲鳴を上げて部屋の隅に逃げる。これが可愛い子だと？　地獄に落ちろ！　心臓がぁ……。

サラワットも僕も、講義はパスし、代わりに朝食をとることにする。

「何が食べたい」

「何か美味しい物オーダーして」

「何が美味しいのか、どうしてわかるんだ?」

「じゃ……サラダ」

「何かシェアできる物を選んでくれないか?」

「あんまりたくさんオーダーしないで。2つだけ。それ以上欲しかったら、自分で払え」

僕は言って、メニューを彼に投げる。彼はパラパラとめくる。

「水のボトル2本頼んでいい?」

僕はすぐに自分のオーダーを決める。

「僕はトンカツにする」

「いらない」

「だって僕は食べたいんだ」

「わかった、じゃあそれでいい」

そうだ、僕に逆らわないでもらいたいものだ。こと食べ物に関しては、僕に勝てるやつはいないんだから。

「自分の分を選びなよ」

「おまえと一緒に食いたい」

「おまえ犬なの？　人の食い物を食べたいって？」

サラワットは返事代わりに肩をすくめる。結局、トンカツをシェアすることになった。そして食べながらよくしゃべった。

「じゃあ、トンカツ以外に好きな物は？」サラワットが聞く。

「なんで？」

「知りたいんだよ」

「なんで知りたい？」

「だって好きな相手のことは全部知る必要があるだろう」

「それはこだわらなくていいよ。まだグリーンを追い払ってもくれてないのに」

「もっか努力中だ。だからおまえも助けてくれないと」

「やだよ」

「おまえが助けてくれって言ったんだろう、で、俺がアプローチしたら、無視か。俺はおまえを助けてる、けど、じゃあ俺のほうはなんなんだ？」

これはサラワットが一度で発言した、最長の言葉だ。彼と目が合う。

「どうしてほしい？」

「俺のサッカーの試合に、応援に来て」

「それだけ？　チアリーディングのリハーサルが終わったら行くよ」

「全部の試合に来なくちゃダメだ」

「それはちょっと、かなりじゃない？」

「おまえに応援してもらわないとダメなんだ」

「絶対、ファンの女子がたくさんいるよ」

「おまえの応援しかいらない」

「わかったよ」

「今度の金曜は、D組の学部が戦う。俺たちと、法学部な」

げっ！　金曜日、僕は法学部の応援をしなくちゃいけないじゃないか。

「心の中で応援するだけでいい？　僕は法学部側だからさ。そっち側には行けないよ」

「おまえがそこにいるってわかってるだけで十分だ」

「サイドラインに立って？」

「違う。俺の心の中に立つんだよ」

やめれーっ！

僕は朝食に戻る。そこからはひと言もしゃべらなかった。2人の間の空気は米ソ冷戦時のように緊迫していて、頭がヘンになりそうだ。朝食が終わると僕らは別れ、夕方に音楽室で落ち合ってディム部長に送る動画を撮る約束をする。

フォンは今日の講義を全部サボった。オームによると、元カノと二度と会わないかどうか、心を決めたいのだそうだ。いい判断だと思う。僕は1日の最後の講義が終わると、音楽室に行ってサラワットを待つ。

「もういいよ、練習だけしよう」

2人でどの曲をやるかで30分も言い合った後、僕はこう主張した。どうしてもひとつに決められず、しょうがないのでじゃんけんで決めることにする。


「なんで練習しなくちゃいけないんだ？」

「録音のときに、こなれた音が出るだろう」

「……」

「あいさつから練習するぞ。こんにちは。僕はタイン、シックな男。そしてこちらは……」

「タインの夫です」

「ジョークはなしだ」

「真面目に言ってる」

「ああそうですか。もう1回。こんにちは。僕はタイン、シックな男。そしてこちらは……」

「タインの妻です」

「……」なんなんですか？

「ああもう練習はいい。さっさとやろう」

やつの悪ふざけを止めるため、録画を始める。ここは僕が仕切る。

「こんにちは、みんな。僕はタイン、シックな男だ！　こちらがみんなのアイドル……」

「俺、サラワット」

ふう。もう少し熱を入れられないのかね？

「今日は何をする、サラワット？」

「歌う」

「ああ。これから歌を歌うよ、そして？」

何か気の利いたことを言ってくれサラワット、全部録画し直すことにならないように。

「ギターを弾く」

「そのとおり！　みんなのために、ある曲のカバーをします。その歌は……」

「あれ、コードがない」

「そう！　曲名は、『あれ、コードがない』です。あはは！」

おいおまえ、何考えているんだ、能なし。

「ごめんね！　今のはサラワットのジョーク。あははは」

こいつにガンガン説教してやりたい。ちょっと前にコードをプリントアウトしたばかりなのに、もう失くしたってどういうこと？　必死になって2人で探すと、紙はあいつが尻の下に敷いていただけだった。カンベンしてー！

「よしっ、演奏開始！」

横でギターの演奏が始まって、僕は心の中でビートを数える。

「手後れにしないで　もし本当にその人なら……」

「待て待て、まだイントロだ」

「ええ？」

ダメだ！　もういっぺん、最初から撮り直しだ！

僕らは全部をまたやり直し、やっと歌に入る。自信を持って言えるが、これはもう、ぐっちゃぐちゃだ。

「手後れになる前に　僕と出会って　もし僕がその人と思うなら
自分だけで思っていないで
そぶりを見せてくれなければ　誰がわかる？
出会うのは　そんなに簡単じゃない
待ちわびていた人が　すり抜けていってしまうかも」

――スクラブ『This Person（この人）』

僕はサラワットのほうをちらっと見る。ちょっとだけ。この美しい、女子全員の憧れの人物が、ギターにしか集中していないのは十分にわかる。僕はカメラを見て、超絶可愛い笑顔を送る。

「きみなのかも　僕がずっと探していた人
欠けていた何か
それがこの人かもしれない
今　目の前にいるこの人が……」

横の男が急に手を止める。僕はやつのほうへ体をねじり、怒った顔を向けた。録画を台無しにするな！　僕に話すチャンスも与えず、彼はアカペラで歌い続ける。

「僕のからっぽな世界は　がらっと変わる
もしきみが　知ってくれれば」

歌は終わった。一瞬固まっていた僕は、テンパって言う。

「え、えっと……今のはどうでしたか？　気に入ってくれたら嬉しいです。僕ら、すごく練習したんだ、そうだよねサラワット」

「……」

彼は何も言わず、ただこっちに疲れたような顔を向けるのみ。

「ずいぶん練習したんだ」

「これは初めての演奏だ。練習なんかしてない」

ああこの、上から目線ヤロー！

「嘘つくなよ！　何度も練習したじゃん」

「嘘つきはおまえだ」

「ああ、また冗談か」

「こいつを信じるなよ」

「間違ったパートがあったらごめんなさい。覚えておいてね、僕らはタインとサラワット！　おしまい。バーイ！」

僕がカメラに手をふっている間、サラワットは……鼻をほじっていた。これが運命を決める瞬間だというのに。失敗か成功かが、かかってるんだ。こいつの美貌には本格的にげんなりだ、本気で蹴飛ばしてやりたい。

ディム部長はこれを見るやいなや、スマホをブン投げるに違いない。これがインスタの「音楽同好会」ページに投稿されるときのことを考えたくない。いったいなんなんだ。こんなに消耗した気分を味わったことがない。

でも結局、いい動画を撮ろうという僕の努力は報われたらしい。

「音楽同好会」のインスタには15秒のビデオクリップがたくさんアップロードされている。僕らのも。僕らの歌『This Person（この人）』が人気なのは不思議でもなんでもない。わずか数分で、再生回数は４０００になった。チーム・サラワットの妻のお陰だ、もちろん。

しかし僕の幸福は長続きしない。夢破れ、希望も失せる、未来は真っ暗だ。動画の下についた長いメッセージを読んでしまった。

ディッサタートからだ。


「This Person」スクラブ　@Tine_chic（タイン）と@Sarawatlism（サラワット）によるカバー。

「もっと見る」（音楽同好会のページへ）

イントロのビートはよく、コードも正しい。真ん中あたりでおかしくなる。サラワットがダメなのか、横に座ったやつが邪魔になっているのか知らないが。ギターについては10点中８点。そしてタイン、歌っているだけで、ギターを弾いていない。最初の部分はまあまあ、だが終わりくらいに音程が外れてる。聴いてるほうが泣きたくなる。紹介部分も長すぎだ。チームワークは０

点、動画全体は100点中9点をやる。

「クソ野郎」とタイプしてやりたいが、できるはずもなく。

Tine_chic 改善するようにします。

もう泣きそうだ。ありがたいことに、僕のファンクラブとチーム・サラワットの妻が、落ち切った気分をすぐに上げてくれたのが救いだ。

Mimk_mink サラワット、タイン、ベストを尽くしたわよ！

happyhine_ あ〜！　ワットちゃん！　ハートがとろけちゃう。#TeamSarawatsWives

KeawGao99 わたしの部屋でギターを弾いてほしい。

Green_kiki（グリーン）タインにあたしの部屋で歌ってほしいー。手は出さないから、ねっ。

グリーンのやつ、包丁を突き刺してやりたい。どこにでも現れて、運命の定めか。いまだあいつを殺す計画は遂行できてないが。新しいコメントが来る。これこそ、みんなが待っていたものだ。

Sarawatlism ありgsとう。

「ありgs」？　ありgsってなんだ？　「ありが」だろうボケ！　はぁ。もちろん、やつのファンたちがコメ返しをする、「可愛い」だの「入力法を教えてあげたい」だの、くっ！

こんなくだらないものを見るのはもうやめだ。立ちあがって、チアリーディングのリハーサルへと向かう。僕の人生には他のことだって進行中なんだ、サラレオと四六時中つるんでるわけじゃないんだ！

またたく間に、金曜日が来る。法学部の学生たちにとっては、初めての学部のサッカー試合の応援だ。相手は政治学部のホワイト・ライオン。スター・ギャングの連中はスナック菓子持参で観客席に向かい、他の学部の女子たちを眺めるチャンスを有効活用してる。

僕は両腕をぴしっと前方に上げ、それをずっと保っていないといけない。「ゾーン・スタンディング」と言って、選手たちの入場を待つ間、この型を続けるのだ。チアリーダーというのは、想像するような華やかなものとはほど遠い。

上級生にチアリーディングのチームに勧誘されたときは、クールに見えるはずと思って同意したんだけどな。なんたる間違いだったことか。サラワットなんか、チアリーダーでもなく、いつも姿を見つけることすら難しいのに、全女子に好かれてるじゃないか。不公平にもほどがある。

「わあああ！」

スタンドの両側に、大勢の人が集まった。法学部の学生に限らず、他学部からもずいぶん来ている。政治学部側の観客の半分は、チーム・サラワットの妻で埋めつくされている。

フィールドで起きていることは何も耳に入らないが、選手が出てきて円陣を組み、2手に分かれてウォームアップを開始する。

「あ〜、わたしのサラワット」と2年生の先輩チアリーダー女子が甘ったるい声を上げる。彼女の視線をたどると、やつは白いTシャツに「サラワッド」という名と、12という番号をつけている。サラワットの友人たちもチーム内にいる。マン・オー・ホーにボス、ティーにテーム。ホイッスルが試合開始を告げる。選手が集まる。フィールド両側の人々が大声で応援している。

「サラワット！　頑張って！」

僕たちは法学部側の観客席横で、ルーティンを行う。法学部のチームが勝つまで、応援を続けなければならない、それは当然だ。

なのに、目では彼ばかりを追ってしまう。

サラワットはストライカーだ。法学部のゴールへと俊足でぐいぐいボールを運ぶ。みんなすごい声で応援して、僕の耳は一生ダメになってしまいそう。心臓がぎくっとする、彼の次の動きに気づいたのだ。

ドサッ！

サラワットが芝生の上に転がる。

「ブー！」

政治学部側のチアリーダーが野次りに転ずる。法学部の4年生がサラワットにタックルしたのだ。サラワットはボールを取り返すと、ゴールに押し込んだ。僕はうちのチームにボールが渡るたびに喜ぼうとつとめるが、どうもサラワットが負傷したんじゃないのかと気になって仕方ない。

エキサイティングなゲームになった。チアリーダーたちは味方チームを応援し続ける。みんな試合に夢中になっていくにつれ、声援はしだいにおさまり、試合に集中するようになる。けれど旗や横断幕はきっちりふっている。「サラワットに負けるならオーケー」なんて書いてあるものも。

ピーッ！

長く鋭いホイッスルが、前半終了を知らせる。選手たちが水を飲みにサイドラインに走る。スコアは1対1、後半も面白い展開になりそうだ。すぐに再びホイッスルが鳴る。

「サラワーット！」

サイドラインの誰かが大声で叫ぶ。彼がボールを奪取したのだ。しかし怖れたとおり、誰かがすぐにタックルしてくる。サラワットはまた倒れ、彼をタックルした相手へのブーイングは耳をつんざくようだ。

「法学！　法学！　法学！」

スター・ギャングたちもしっかり参加しているが、政治学部も簡単に負けはしない。

「ホワイト・ライオン！　ホワイト・ライオン！　ホワイト・ライオン！」

フィールドの両側のバトルは続き、声がどんどん高くなる。

試合は3対1の結果となった。予想はされていたが、法学部はホワイト・ライオンに敗れた。向こうのチームが次のラウンドに勝ち進んだということは、僕は次回はサラワットを応援しなければいけないということだ。両チームが握手をかわし、それぞれのサイドへと戻るが、1人だけ……。

お、おい！　サラワット。おまえのサイドはこっちじゃないぞ。向こうだ！　おまえはあっちだって！　頭の中で怒鳴ったが、やつは法学部の観客席へと近づいてくる。上級生男子が何人か奇声を上げる、サラワットがそっちへ行くと思ったようだ。しかし彼は僕の前で止まった。

「喉乾いた」あっけにとられる僕の目の前で宣言する。

おまえ、どうかしたのか？　ファンの女子がみんな見てるぞ！　帰れ！

「誰かサラワットに水くれない？」

すばやく上級生の1人が水とタオルを持ってきた。サラワットはそれを受け取ると上級生に礼を言い、それから僕を従えて観客席の別のセクションに移動する。

「おまえのメイクアップって、誰がやった？　小汚い」

チアリーダーのメイクについて言っているらしい。口調は静かだが、呼吸が整っていない。くたくたに疲れているんだろう。

「僕がハンサムだと思うなら、言えばいいじゃん」

「おまえ、昼ドラの役者みたいだ」

「自尊心が傷つくからやめろ。チアリーダーはメイクしないとダメだって上級生が言うんだ」

「アホくさ」

「じゃあ言ってやってよ」

「面倒くさい。今は暑すぎる」

「だから？」

「ちょっと持ってろ」

やつは水のボトルを僕に押しつけると、Tシャツを脱ぐ。スタンドに叫び声が爆発。全方向から視線が彼に集中する。彼はTシャツを僕に持たせると、新しいのをバッグから出して着る。そしてくるっと方向を変えて帰ろうとするのだ。

「おーい！　どこ行く？」

「部屋に帰る」

「え？　おまえのTシャツどうするんだ」

「洗っといて」

「え？　なんで……」

　行ってしまった。僕はわけがわからず、その場に立ちつくしている。それから自分の手の中に残されたTシャツを見下ろす。つまり……また僕はおまえの召使いってこと？

　僕は夜中まで起きていることが多い。真夜中を過ぎないと、全然眠くならないんだ。今夜も例外じゃない。僕は夜中の恐怖の電話を待っているところ。何を話すというのでもない。ある夜は歌をシェアし合ったり、ある夜は食い物のことを話したり。ほとんどしゃべらないことだってある。片方が、相手の高イビキを聞いているだけとか。お互いの声をひと言二言聞くと、よく眠れるんだ。

　彼とはこういうのがごく普通な友達関係なんだと思える。電話では女子としゃべるより、あいつと話しているほうが多いくらいだ。

　リリリリリーン
　やっぱり。噂をすれば、あいつから電話だ。

　スマホを耳に当てるが、僕はすぐに眉をひそめた。

「今どこ？　すごくうるさいね！」

　と、怒鳴らないといけない。どうもバーにいるようだ。ホワイト・ライオンの連中と一緒に祝賀会なのだろう。

「バーだ」

当たり。宝くじでも買ったほうがいいかも。

「バーにいるなら、電話しないでよ。失せろ」

「電話したかったんだ」

「何を？」

「何も」

「何も？　意味なく電話したの？　じゃあ切るよ」

「おまえの声を聞きたかっただけ」

「じゃあもう聞いただろ」

「あー、幸せ」

「……」

「お休み」

「うん、お休み」

「友達に言ったんだよ、もう帰るって言うから」

「なんだよ！」

「お休み」

「なんで2度も言うんだよ」

「友達にじゃない。今のはおまえに言った」

電話が切れた。僕はしばしスマホを眺め、脳内で今の会話をリプレイする。あいつの最後の言葉で、また眠れなくなったじゃないか。クソ。

睡眠問題を解決する方法はひとつ、ＳＮＳだ。たいしてすることもないが。スター・ギャングとは話したし、フェイスブックのメッセージには全部答えた。リツイートも済んだ。残ったのはただひとつ、お気に入りのインスタで、可愛い女の子でも見ようと開いてみる。

しばらくペアからコンタクトがない。学業が忙しいとのことで、交際を進めるのが難しい状況だ。いくつもの写真や動画を眺めるうちに、真夜中になる。すると、自分のフィードに新しい写真があるのに気づく。サラワットだ……。

最新の投稿はたった7秒の動画だけど、やつの性格をきわめてよく表している。それは彼が椅子に座っているクリップで、周りでは友達が生きるか死ぬかの瀬戸際みたいに踊っている。マンがしゃしゃり出てきてカメラに向けて投げキッスをして、クリップは終わる。

Sarawatlism 俺は寄ってない。asdjkl;d?z てなぃ jkl;d?z

酔ってない？　どこが！

自分のフィードをアップデートしてみると、新たな写真が現れる。僕だ。僕のインスタからの写真だ。

Sarawatlism リベンジ・タ〜イム。このスマホの写真全部、投稿しちゃうぜ。

サラワットは本当に酔っぱらっているに違いない。酔いつぶれて、友達に電話をハイジャックされたのにも気づいてない。そして不幸なことに、やつの友達は写真1枚が僕にとってどんなに危険なものになるか、わかっちゃいない。

チーム・サラワットの妻がガンガン、コメントを入れる。

待てよ！　待て待て！　しかもその1枚だけじゃない。

Sarawatlism マジックアワーだ。

なんなんだ！　次の写真も僕のだ、スター・ギャングを待っている間にギターを弾いていたときのもの。でも……これは僕のインスタのじゃないし、誰かに撮ってと言った覚えもないぞ。なんでサラワットがこの写真をスマホに持っている？

数分後、3枚目だ。

Sarawatlism サラワット、このチキン野郎。

このキャプションはアルタ・マ・ジェーブ・フェスのときに撮られた写真の下にあって、サラワットが微笑み、僕は驚いた顔をしている。あのときだ、女の子が彼の写真を撮って、彼は、撮ってもらいたかったんだと言っていた。ふざけてるんだと思っていたけど。

次の写真がサラワットのインスタに投稿されるまでに、10分ほど空いた。こうなると、ひょっとしてサラワットは死んじまって、友達が彼のスマホの写真を延々と投稿しているんじゃないかと思えてくる。最悪なのは、すべて僕の写真だってことだ。僕の写真がサラワットのインスタに！

くっそ。

僕の受信トレイが埋まっていくなか、僕は最速でタイプして、みんなに釈明しようとする。

ピンポン！

ダメだ。新しい写真は投稿され続ける。

Sarawatlism これはサラワットが自分でタイプした。俺が手伝ってる。

Boss-pol（ボス）彼にタグ付けしな！　助けてやれよ！　ほら！

Thetheme11（テーム）サラワット助けてやる。夢をかなえてやりたいから。

ほとんどのコメントは、チーム・サラワットの妻からだが、ホワイト・ライオンのコメントも混じっている。

Bigger330（ビッグ）言ったとおりだろ。@Tine_chic

なんで僕のことを話に出すんだ。この写真が何を意味するか、皆目見当がつかない。ホワイト・ライオンの連中はもう疲れきったのか、投稿はもう意味をなさないものになっている。

KittiTee（ティー）command+space+option

Boss-pol タイン、command+space+option だ。

彼の友達のコメントは僕に向けられたものだ。マックブックでキーボードの言語を換えるショートカットだ。この暗号を、言語を換えて打ってみろということか？

僕はすぐに立ちあがり、ノートパソコンを開き、メッセージの解読にかかる。スクリーンに現れた言葉を見て、呼吸が乱れるのを感じる。

おまれが

隙だ。

なんのこっちゃ！

第11章 敗者は常に泣く

「それで……ティパコーンさん、金曜の夜はどうだったの？」

「くだらないぞ、フォン」

僕はうなって、疲れた体をどさっと席に降ろす。朝早い講義のために、体を引きずるようにして来たのだ。大学中の人間の目にさらされながら。

女子がみんな、殺してやりたいという目でにらんでくる。もしサラワットが視界に入ったら、僕は泣きわめき出してしまいそうだ。こんな噂の種になるのも、全部あいつのせいだ。

「冗談じゃない！」

「ええ？　おまえの心配って、ときどき本気なのか疑わしいんだよね」

「おいやめろ、テンションダダ下がる」

この霧っぽい月曜の朝、これが僕の最初の会話だ。このどんよりした天気のためにイライラしているのではない。サラワットとホワイト・ライオンたちの仕業で、僕の名が大学のニュース速報で持ちきりという事実のためだ。

「サラワットとあなたの関係は？」

少しほっといて！　僕は何もしていない。怒るならサラワットとホワイト・ライオンたちにしてほしい。もうドアに鍵かけて、自室で丸まっていたい気分だ。ありとあらゆる人間に問いつめられるくらいなら。

彼とどういう関係？　なぜサラワットがあなたの写真をスマホに入れてるの？　そして一番重要なこと……「おまれが　隙だ」ってどういう意味？

「気を楽に、落ち着いて。おまえ、なんか食べた？」オームがなぐさめようとしてくれる。

「いや」

「サンドイッチどう？」

心から心配するような声で、サンドイッチを渡してくれる。

「サンキュ。これ、わざわざ買ってくれたの？」

「いや。残り物」

げ。

「ホワイト・ライオンがおまえの人生を破滅させた夜から、ずっと考えてるんだけど。

Sarawatlism（サラワット）のアカウントってただの、おまえのベストな写真のコレクションだよな」

プアクが僕の傷口に塩を塗る。

「あいつら、僕をイジって遊んでるんだ」

「違うんじゃないかな。おまえの写真を見せびらかしたかったんだよ、はは」

「見上げたチームワークだよな」

グリーンのやつ、サラワットのインスタの言葉を全部信じたに違いない。

「で、気分はどう？」

「うん……さっきよりはましだ」

朝まで眠れなかった。メッセージが届き続けて。あれ以来サラワットとは話していないから、実際何が起きているのかはわからない。友達がいたずらをやらかしたのか、本当にあいつが僕の写真をスマホに保存していて、みんなはそれをインスタに投稿しただけなのか。

マン・オー・ホーはみんなに、ただの悪ふざけだと言っている。そのお陰でとりあえず命の心配なしに講義には出られた。しかし何を信じたらいいか、まだはっきりしない。

「正直、おまえとサラワットの間に何かあるのか知りたいけどな」

プアクが結局さっきのサンドイッチを食べながら言う。

「なんだって？」

「いや、何かあるのかな、って。あいつ今までインスタ使わなかったのに、おまえをフォローするためにアカウント作ってさ」

「それに友達のメッセージからすると、『おまれが　隙だ』の裏に秘密があるんじゃないの？もしかして『おまえが　好きだ』って意味か」

「うん俺、絶対そうだと思う」

「早合点するな」

僕はあわてて彼らのたわごとをやめさせる。「違う、違う！　僕は断じて違うぞ」

「サラワットが誰に対してタイプしたのかもわからないな。あいつの友達、特にマン・オー・ハ・ム、真面目に言ってると思う？」

「でももう3日も経つのに、サラワットはあれを削除してないよ」

「わからない。後であいつと話すときに聞いてみる」

誰も答えず、ただうなずいた。

オームが僕の腕をつついて、スマホを渡してくる。SNSで何かが起これば、オームがキャッチする。頼りになるやつだ。急に親切そうにするから、どうしたのか、と手を伸ばしてスマホを受け取り、画面に目を落とす。

「もう聞いてる」オームは得意げに眉を上げる。

i.ohmm（オーム）なぜまだ写真を削除しないの、僕の友達が知りたがってる。

サラワットは答えず、代わりにファンたちがあらゆる憶測コメントを延々と送ってくる。そしてとうとう……。

「おっ、答え来た！」

フォンが講義の最中だというのにでかい声を上げる。オームが質問を投稿したのは朝の8時、しかしサラワットが答えたのは、もう昼だった。その答えで、みんなの陰謀説が一蹴される。

Sarawatlism @i.ohmm 毛し型知らなお

ありがとう！　これこそ僕の望める最高の答えだ！

その後のクラスは楽勝だった。みんながサラワットのことを僕に聞いてこなくなって、やれやれだ。まだ多少、じろじろ見てくる人はいるにしろ。

「今日は何時にメイクするか知ってる？」

午後、チアリーダーの別の新入生が聞いてきた。

「3時ごろって4年生が言ってたよ。今日は講義が早く終わるからちょうどいい」

「何か食べたい？　買ってくるけど」友達の1人が言う。

「なんでもいいよ。いつも僕を無視してくれてるから、今日はおごりね、いい？」

僕は要求する。だってどんなイベントでも、みんなで僕をほったらかして、女の子を引っかけに行ってしまうんだ。いつでも1人、残されてる。

僕らが待ち合わせているのは、今日はB組の試合、工学部対農学部があるからだ。宿敵同士だ。でもそれだけじゃない。僕は今日という日を怖れている、というのも学生自治会の委員会が、チアリーダーの新しい代表チームを選ぶ日でもあるからだ。

チアリーダーにも違いがあるのは、知らなかっただろう？　代表チームというのは男女10人で、別々の学部から選ばれる。選ばれたいのかと聞かれたら、答えは断然ノーだ。トンデモナイ重労働だから。僕にはすでに講義もあるしギターの練習もある、通常のチアリーダーとしての練習もある。もう、いっぱいいっぱいだよ。

1時間ほどリハーサルしてから、上級生がメイクをしてくれる。仕上がりはまるで京劇の俳優。これじゃサラワットの言うとおりだ。

試合開始の5時が近づくにつれ、いろんな学部から学生が応援に集まってきた。代表チームの選考は試合後に始まることになっている。

「おお！　いたいた！　おまえを探してたんだ」

マンの声が聞こえて僕はふり向く。友達と一緒だ。ビッグにボス、ティーとテーム。こちらに向かってやって来る。

「なんのために？」

「法学部のチアリーダーに会いたいだけさ」

「そう？　ホワイト・ライオンは僕らに勝てないよ、いいか？」

僕は眉を上げて彼を見る。今日はサラワットを見ていないが、それはいい。もしあいつが現れたら、その存在だけで、文字どおり全員からスポットライトを奪ってしまうだろう。

「そんなにうぬぼれるなよ。誰を探してる？」

「誰も」

「俺の友達を探してるのかな？」

「はあ？」

「サラワットはここにいないよ。音楽室でイベントに備えてる」

「誰がそんなこと聞いた？」

イベントってなんだろう。僕も軽音部のメンバーなのに、なぜ聞いていないんだ。最近チアリーディングの練習が忙しくて、軽音部から足が遠のきがちだったためだろう。

「タイン、ちょっと頼んでいい？」

僕はマンを疑わしげに盗み見る。あいつの友達連中が無邪気な顔でこっちを見るのもイラっとする。

「何？」

「おまえと写真撮らせてくれない？」

「いいよ。僕はカッコいいからね」

写真を頼みにきたのか。僕は動かず、ただマンを見ている。彼は少し僕に近づき、スマホを頭の上にかかげて、ニーッと笑う。ホワイト・ライオンたちがクールでハンサムだって言ったやつは誰だ？　嘘もはなはだしい。

「カメラ見て！　笑って！」と要求される。

「はいよ」僕はにっこりする。

彼はシャッターボタンを押し続け、それから別の友人たちも僕と撮りたいと言ってくる。この人たちどうしちゃったの？　きれいな女子は周りにいっぱいいるってのに、僕との写真がいいと？

上級生の練習に来いと呼ぶ声で、僕は救出された。練習が終わると、サラワットの友達は去っていた。僕はスマホを取り出し、SNSをチェック、フェイスブックに新しい写真でも投稿しようかと考える。ついでにインスタのフィードに、僕の写真を発見する。

Man_maman（マン）代表チーム選考の参考にどーぞ。法学部はイケてるね。

ホワイト・ライオンたちがとたんに写真へコメントをつけ始める。

Thetheme11（テーム）可愛ええのう。

KittiTee（ティー）誰かさんにタグ付けしなくていいのか？　彼に悪いじゃん。

Bigger330（ビッグ）応援してね！ @Sarawatlism

Boss-pol（ボス）@Sarawatlism 来られないなら、しょうがない。泣くなよ。

Man_maman @Sarawatlism 今日はいつにも増してキュートや。

ぶったまげる。やつら、コメントにサラワットをタグ付けしているんじゃないんだ、写真の僕にタグ付けしているんだ。写真が5枚、同じアングルからで、同じ場所、みんなが僕と一緒に写ってる。

人をジョークの種にして。サラワットに見せるために、撮影を頼んだってこと？　なんでだよサラワット。これは僕の写真だよ。「いいね」すべきか？

ピンポン！

Man_maman おおっ！　タインがいいねした！　サンキュー！ @Tine_chic

KittiTee @Sarawatlism タインがいいねって！　タインがいいねした！　ヤッホー！

「クソ馬鹿ヤローが」とコメントしようとしたその瞬間に……。

「タイン、あなたの番よ」

「はいっ！」

僕は上級生の声に手を止め、さっとスマホをポケットにしまってチームに合流する。入団審査が始まるのだ。

大学のマーチの曲、そして学部のマーチ、その他いくつかの曲に合わせてルーティンを行う。入団審査は長々と続き、いよいよ外が暗くなってくる。他のチアリーダーなのかサッカーの選手なのか知らないが、サイドラインの数人がこちらを熱心に応援してくれている。

僕はベストを尽くした。選ばれなくても、かまわない。というより、選ばれないほうがいい。

最後の曲が終わり、みんなスタンドへ戻ると、派手系の上級生女子が誰かを囲んでいるのが見える。

「サラワット」と声に出して言ってしまったようだ、向こうがふり向いて僕のほうを見たから。

「助けてくれよ」

例の、顔と同じくらい感情の見えない声で彼が言う。本当は内心、上級生に悪態ついていることだろうが。

「すみません、ちょっと友達を借ります」

僕は手を伸ばしてサラワットの手を掴み、上級生の群れから救い出す。フィールドから十分離れたころ、サラワットが聞いてきた。

「飯食った？」

僕は頭をふった。

「おまえは？」

「まだだ」

「食べに行こう、それから戻って結果を待てばいいや」

今、めちゃ腹が減っているのだ。

「おまえは最初に顔洗わないとダメだろう。ひどいツラだ」

そんなことを言われてぎくっとする。

「なんで？」

「俺は嫌いだ。1000回くらい言っただろう、メイクしてほしくないって」

「上級生にされちゃうんだから、しょうがないよ」

こいつ、母親みたいなことを言う。でも彼に連れられるまま、トイレで顔を洗うことにする。自分の顔を鏡で見る。そんなに悪くないけどな。しかしサラワットは長くは眺めさせてくれない。どこからか見つけてきたらしいヘアバンドで、僕の前髪を上げて結ぶ。それから僕の顔に水をぶっかけ始める。

「おーい！　何してる」

「おまえの顔を洗ってる」

「これはウォータープルーフだよ！　水だけじゃ落ちないんだ」

「心配するな」

サラワットは僕を黙らせると、小さい青いビンを自分のバッグからとり出す。え！　なんでメイクリムーバーなんて知ってるんだ？

やつはコットンを僕の顔に押しつける。おい！　雑にするな！

「いで、痛いよ！　もっと丁寧に！」

「やり方知らないんだ」

「マジか？　これどこから持ってきた？」

「セブン-イレブンのレジで聞いたら、お姉さんがくれた」

「僕の顔がそんなにおまえの迷惑？」

「うん、ウザい」

「おまえだっていつか、メイクさせられるはめになるかもよ」

「俺たちはそんなくだらないことしない」

僕はトイレに彼を残してさっさと外に出る。

結局、僕らは大学近くの屋台で夕食をとり、フィールドに戻って結果発表を待った。

今年はとことん最悪な年になってきた。グリーンとサラワットに会って以来、すべてが悪い方向に転がっていくばかりだ。

なぜなら、チアリーダーの代表チーム、これが僕の義務に加わってしまったのだ……。

結果を聞いてから、サイドラインのサラワットのところに戻る。彼もたぶん今日の結果を聞いただろう。農学部は工学部に敗れ、そして僕はチアリーダー代表チームに選ばれた。

つまり、サラワットに京劇メイクのことでしつこく文句を言われ続けるわけだ。

「やあ……」僕は小声であいさつする。

「ガキみたいに情けない声出すな」

僕をなぐさめるどころか、サラワットは片眉を上げただけ。

「やりたくないなぁ……」

「でもやらないとな」

「疲れたよ」

「メイクもしなくちゃな。そりゃいいな」

皮肉か何かのつもり？　あいつがどう考えているかなんて、なんで気にしなくちゃならないのかと思う。

「じゃあ、リームーバーもらっていい？」

「ダメだ」

「けち」

「おまえがメイクしなくちゃならないときは、俺が毎回落としてやる、いいな。グチグチ言うのはやめろ。うっとうしい」

そしてサラワットは片手で僕の頭をこづいて、例によってさっさと去ってしまう。でも、まだ代表チームのことでへこんだ気分なのに、なぜなのか、サラワットが毎回来てくれると思うとちょっと笑みが浮かんだ。僕が彼の試合ごとに応援しなくちゃならないのと同じだ。


今日の軽音部の部屋は静かで、音が聞こえてこない。講義が早めに終わったので、みんなが来る前に少し練習することにしたのだ。まだドアを開かないうちに足が止まる。ちらっとグリーンのアホ面と、一緒にサラワットが座っているのが見えたのだ。

別にいいけど。僕とグリーンの仲が深まるなんて確率は０％だ、だからサラワットとくっついてくれたってかまわない。これはいい傾向だと思って、彼らの邪魔はしないでおく。部屋の外から、２人の会話に聞き耳を立てる。なんだか僕、アブナい人みたいだな。

「誰もいないから」

「ああ……」

「でね、タインのこと」

やっぱり。僕の名前が出てきた。

「んん」

「どのくらい親しいの、聞いていい？　とっても親しいの？」

「うん」

いいぞ！　サラワットの答えは満点だ。

「じゃあ教えて、あたしってタインのタイプ？」

「違う」

「タインのタイプってどんなの？」

「巨乳」

「タインの好きな食べ物は？」

「教えない」

「タインの好きなバンドは？」

「リンキン・パーク」

彼にアカデミー賞を授与したい。リンキン・パークが好きだとは言ったこともないが、この答えはグリーンを追い払えそうじゃないか。グリーンとは真逆のワイルドなタイプだからな。

「あらっ、タイン！　こんなところで何しているの？」

ああ、しまった。エアさんがにこにこして僕とサラワット、グリーンを順番に見る。

「今着いたところで。あ、やあ！　もう来てたのか」

僕はなんとか適当にごまかし、すばやくサラワットのほうへ踏み出す。誰も何も言わないが、グリーンはすでに両腕を僕に巻きつけてる。もうやめてくれ！

やっと全員が集まると、ディム部長がまた別な動画を撮れと言ってくる。ただし今回の締め切りはあまり急でなく、不満の声は上がらない。ペアは今日も姿が見えない、最近めったに来ないんだ。心の底からがっかりだ。一度、講義をサボって彼女に会いに行こうか。

サラワットと僕はいつものように居残りして練習するが、今日は何かが違う感じだ。彼はいつにもまして集中し、同じ曲を何度も何度も弾いている。

「厄介もん」

「何？」

「スクラブが2週間後に、ここでコンサートするんだ」

僕は目を見開く。おおっ。ここ数か月で最高のニュースだよ！　僕はサラワットに近寄る。

「本当？　いつ？」

スクラブのライブは天国だ。しばらく行ってない。

「28日の土曜日。おまえ行きたい？」

「それはアホな質問だ。チケットどこで買えるの？」

「学生委員会の事務所で売ってる」

「今、買いに行かない？」

僕はすっかり興奮して言う。

「おまえは自分の友達の分も買えばいいし、僕も友達の分を買うから」

サラワットはうなずくが、変な目つきをしている。

「嬉しくないの？」

「俺、オープニングアクトのバンドに加わるんだ。今日、Sssss..!のメンバーからギターを弾いてくれって頼まれた。ソーがまだ体調悪いって」

「じゃ、ムエとバックステージで会うの？」

「……」

「いいじゃんか、弾けよ、その後で一緒に踊ろう」

「バンドの練習で忙しくなるから、あまりこっちに来られないかもしれない」

「そんなに心配するな」

僕は彼の背を叩いた。これで僕も練習をサボってペアに会いに行っても、それほど後ろめたく思わないぞ。サラワットがこうして隣にいるとき、ときどき僕は挙動不審になってしまう。彼が怖いと言ってもいい。この気持ちをどう説明すればいいのか、僕自身もわからないけど。

「浮気するなよ」

うっ。こいつ今、僕の考えを読んだ？

「え？　そもそも僕らはカップルじゃないじゃん」

「……」

氷みたいな冷たい目でにらんでくる。どういう答えがお望みだ？

「俺が愛するのはおまえだけだ」

「おまえは大嘘つきだ」

「おい！」


「ララ……ララ……いやっほう……」

サラワットから解放されて、実にせいせいする。つい鼻歌まで出てしまう。僕はまる1週間も練習をサボり、医学部のガールフレンドと会っている。ペアはキュートだ。僕らはアイスクリームを食べに行ったし、週末には映画も一緒に見た。

彼女が部室に現れないときは、いつもこちらから会いに行く。今日は向こうの学部の学食で一緒にランチする予定。僕らの学部より、かなり空いているのだ。これは、あのストーカーから逃れるのにも役立ってる。あいつはいつも音楽棟の学食か中央棟に現れるから、僕はそれを避ける必要もあるんだ。

長いテーブルに着いてスマホを出すと、彼女が来るまで動画を見て時間をつぶそうとする。ぼくの可愛いペアちゃん、きみはどこにいる……？

「タイン……」

ああ彼女こそソウルメイトだ。心の中で呼んだだけで、こうして現れてくれるなんて。

「ん……うぎゃ！」

僕は変な声を上げた。目の前にいるのが可愛い女子じゃないと気づいたのだ。

「どうかしたか？」

サラワットが聞いてくる。仲間たちも数歩後をついてきている。

「きみたち……ここでお昼食べるの？」

「いや、通りがかっただけだ」

「俺らは、政治学部の学食で食べるけど、一緒に来る？」ボスが聞く。

「おまえたち先行ってて」

サラワットの言葉にホワイト・ライオンたちはうなずくと、僕らを通り越していく。サラワットはその場に立ったまま、僕をじっと見下ろしている。その表情からすると、僕はこの場で殺されるようだ。う、浮気じゃないんです。

「おまえ……腹減らないの？」

この沈黙を破ろうと試みる。ペアが着く前に、行ってもらいたいんだけど。

「いや」

彼は僕の期待していた答えはくれない。

「空いてないわけないじゃん」

「は？」

「もうお昼だよ」

「じゃあ俺もここで食う」

「ここ、すごくマズいよ。政治学部の学食に行ったほうがいいと思うよ」

「それはおまえが決めることじゃない」

「でも今、お昼だよ」

「おまえ、どうしてほしいんだよ、タイン？」

「え？　いや何も」

「タイン……待った？」今度こそ可愛い声がした。

ＳＯＳ。誰か救急車呼んで。なぜ？　なぜ今、来てしまったんだ、ペア？　気が遠くなる。

「このせいか、早く行かせたかったのは」

サラワットが僕とペアを見比べて言う。

「サラワット、これはあの……」

「腹減った。もう行く」

サラワットはきびすを返して立ち去ってしまった。クソ。なぜ気がとがめるんだろう？　なぜあいつのことを気にしなくちゃいけない？　なぜ悲しいんだ、置いていかれて。僕はあいつの所有物じゃないぞ。

……あれ、これって破滅に向かってる？　誰か教えてくれ。

腹の中の気持ちに説明がつかないまま、夜遅くなってからサラワットに電話する。もしかしたらこれは、不安というやつか。いずれにしろ、ヘタレの王子ではプリンセスをゲットできない。僕は勇気を出して結果を掴むんだ。

「ああ」

つまらなそうな声。

「サラレオ？」

「違う」

「クソ」

「すでに知っていることを聞くな。なんの用だ」

ああ！　彼、ただ機嫌が悪いだけか。

「あのTシャツ洗ったよ。手洗いだぞ」

これは実に、意味のない会話だ。電話でよく話していたが、最近はサラワットのバンドの練習があって、しばらくご無沙汰だった。

「で？」

「別に。ちょっと言っておこうと思って」

「取りに来いってこと？」

「いや！　そうじゃなく」

「これからおまえの部屋に行くわ」

「ま、待ってよ、ちょっと！」

あの野郎!!　言い返す暇もない？　そんなん、もういいかげんに慣れているべきなのに。違うか？

どうする？　1週間まるごとギター練習をサボっていたと知られたら、殴られるかも。あいつのお陰で入部できたのに、僕はその労にむくいてないじゃないか。


ドン！　ドン！　ドン！

電話を切ってから、たったの20分だ。ドアを開ける覚悟ができるまで、ちょっと時間が欲しい。

サラワットはサッカーのTシャツを着て、寝る準備万端みたいな姿だ。

「俺のTシャツどこ？」

僕のわきをすり抜けて部屋に入り、僕のベッドにごろりと寝る。

「クローゼットの中だよ」

「くれ」

なんと言えばいい。僕は黙ってTシャツを出し、彼に投げてやる。

「はいこれ」

「おう。じゃな、帰る」

「寮、遠いのに。これだけのために来たの？」

「それだけじゃない」

「……」

「俺の顔を見せてやるために来た。1週間見ないと思ったら、おまえ、もう嘘つきの顔になって」

「おまえなんか嫌いだ」

向こうは僕が自白するのを待っているみたいな顔つき。僕が何か悪いことをしたとでも？　僕はこいつの彼氏じゃないぞ。どういう女の子だろうと、好きに誘っていいじゃないか。

ううう……ごめんなさい。僕が悪かった。……じゃなーい！　おまえのことなんかどうでもいいぞ、サラワット！

「そのさ……」

僕は深呼吸をする。よし、行け！　どうせいつかバレるんだ。

「なんだ」

「僕、ペアのことは真剣なんだ」

サラワットは無言だ。何か言ってくれればいいのに。ただ怒った顔をしているだけ。

「サラワット」

「おまえ、その女とつき合うってことか。じゃあ俺は？　日陰者の浮気相手ってこと？」

「待って待って」

「俺、泣けばいい？　どうしてほしいんだ？」

「落ち着いてよサラワット」そっと彼の肩に手をかける。

「……」

彼の眼の中の怒りが鋭く刺さるが、気づかないフリをしないと。

「聞いてる？」

「いや」

「じゃあどうして質問に答えられるのさ」

彼は顔をしかめる。

「……」

「僕、高校ではいつも途切れなく誰かとつき合ってた。今、誰もいなくて寂しいんだ、一緒に空を眺める誰かが欲しいだけなんだ」

「自分1人で見れないのか」

「そうじゃなくて！　誰か一緒に音楽を聴ける人って意味だよ」

「おまえ耳おかしいのか？」

「映画を一緒に見たり」

「向こうが同じ映画を好きだって確信あるのか？」

「その態度、わざとなの？　わかったよ。つまり、いろんなことをパートナーとしたいんだよ」

「俺が一緒にできるだろ」

「それは少し違うんだ。要するに……ガールフレンドのほうがいいんだ。わかる？」

「いや」

「サラワット！」

「おまえ、ムカつく。キスしてやる」

その言葉を聞いたとたん、頭が真っ白になった。彼の手が顔に触れたかと思うとぐいっと引き寄せられ、キスされる。全世界が激震する。

唇に、やつの唇がぴったり合わさってる。韓流ドラマのロマンティックなシーンにはほど遠い。それに彼は唇を少しも動かさない。わからない……なぜ僕は動けないんだ？

彼が顔を離して僕を見る、僕の心臓は激しく鼓動している。おまえ、僕にキスする権利なんてないぞ！　キスだなんて！　この……。

「おまえは予約済み」

「……!!」

「今後いっさい、誰にも手を出すな」

ドン！　ドン！　ドン！

ドアをノックする音で起こされると、太陽の光が目を刺す。僕はゆっくり起き上がって、昨夜のことを思い出そうとする。いつ寝入ったのか思い出せない。サラワットが帰ったのは夜が明けてからだということはわかってるけど。あいつ、結局Tシャツを忘れていった。

「タイン、おまえ死んだの？」

誰かがドアの向こう側で声を上げている。

「生きてるよ！」

怒鳴り返してベッドから出ると、スター・ギャングのためにドアを開ける。いつもこうだ。3人は僕を部屋から引っ張り出して、一緒に朝食を食べようとする。

「なんだ？　まだシャワーも浴びてないのか？」

プアクがどすんとベッドに座る。オームなんて勝手にトイレを使ってる。

「今から浴びようと思ってたとこ」

「お！　これなんだ？」

ヤバい。プアクが不思議そうに何かをつまみ上げる。サラワットの財布！　なんでここにある？

「新しい財布買ったの？」とオーム。

「兄貴の。だいぶ前に忘れていったんだ」

僕はあせってプアクの手から財布を取り返す。昨夜サラワットがここにいたことを、みんなに知られてはいけない。何を怖れているのか、自分でもよくわからないけど。僕のサラワットへの気持ちは、ややこしいことになってきてる。

すばやく財布をバッグに突っ込むと、急いでバスルームへと向かう。例によって、運命は味方してくれないようだ、バスルームに入らないうちに、オームが叫んだ。

「みんなっ。僕のスマホどっか行った、探すの手伝って」

うわっ！　よしてくれ。なんでこんなときに携帯をなくすんだ。

「たぶんベッドの上だ。見つけてやるよ」

とフォンが言って、僕のベッドに上る。みんなでゴソゴソ探し、そのうちプアクが何か見つける。

「タインのスマホ！　よかった。これ借りていい？　オームを呼ぶ」

それね、僕のじゃないから！　サラワットのだ！　くっ！　なんでもかんでも置いていきやがった！

「え、ああ……」

「あっれ！　いつからおまえ、ドラゴンボールのケースなんか持ってた？　嫌いなんだと思ってた」

「最近見たんだ。で、気に入ってる」

こんなケース、自分じゃ絶対選ばないけど。少なくとも、やつはサムスンでなくiPhoneを持ってきた。

「パスワードは？」

「ええと、9、7、0、8、2、6」

「何この番号？」

「知らなくていい」

「おまえの誕生日でも、学生番号でもないじゃん」

ほっとけ。こいつに言いたくない。サラワットの誕生日だなんて。

僕が修理を試みた古いiPhoneのパスワード。新しいのでも同じのを使っているんだ。

「何も意味はない。ただの数字だ」

「タイン、俺らの番号消しちゃったの？　ないよ」

僕は凍りつく。その電話に、きみたちの情報は何もないんだよ。

「みんなのは暗記してるから」

「マジ？」

「うん」

「これ本当におまえのスマホ？」

「当たり前だ僕のだ！　なんでそんなこと聞くんだよ」

「ふうん、そうだな、このスマホにはおまえの写真がごっちゃり入ってるな」

「だろ？」

いや、ちょっと待て。僕の写真？　一瞬見たくなるが、そこで気がつく——なんで僕の写真がサラワットのスマホに？

ブブブブブー
「あっ！　あった！」

オームの電話が鳴って、僕は安堵のため息をつく。

「携帯見つかっただろう。僕のを返せ」

「待てよ！　ちょっとだけ。おい、なんでインスタ、サラワットのアカウントでログインしてるんだ？」

「あいつが僕のスマホを使ったんだよ」

「いつ？」

「昨日。医学部棟で」

「フェイスブックも、ツイッターもか？」

「おまえ自分でもアプリあるだろう。おい！　返せ！」

「おお、おまえ、マインクラフト持ってるの？　クールじゃんか！」

「当然だ」

「これ、遊び方知らないんだ、教えてくれない？」

「ええと……」

「これ、いくらするの？」

「ああ、確か200バーツくらいだったかな、覚えてない」

「これサラワットのスマホ？」

「うん……じゃなくて違う！」

「嘘つけ。ドラゴンボールのケースですぐわかった」

　クソぅ。

「白状せい」

「白状って何？　何も言うことないけど！」

「何か僕らに隠しているよね？　おまえとサラワットのこと、言ってみ」

「ただの友達だ」

「本当に？」

「うん」

「じゃあこれはなんだ」

　プアクは僕にサラワットの iPhone を手渡す。オームとフォンも大笑いしながら画面のインスタ写真を見せる。ホワイト・ライオンたちがサラワットのインスタに投稿したものの1枚に違いない。
そして突然理解した。なぜサラワットがバンドの練習でなく、僕と一緒にフィールドにいたか。

Man_maman おおっ！　タインがいいねした！　サンキュー！@Tine_chic
KittiTee @Sarawatlism タインがいいねって！　タインがいいねした！　ヤッホー！
Thethem11 @Sarawatlism おまえは来なくていいよ。彼の面倒はみてやる。
Bigger330 @Sarawatlism いやいや、あいつの面倒は俺がみてやるよ。
Sarawatlism おでのお琴に手をだすns

いつものことで、ちゃんと打ててない。彼がメッセージを訂正しようと試みるのを見て、思わず笑いがもれる。

Sarawatlism 俺の男にレをファスナー
Sarawatlism クソ！　俺の男に手を出すな！

第12章

きみは僕の周りをめぐり、僕はきみの周りをめぐる

「おまえは予約済み」
「……！」
「今後いっさい、誰にも手を出すな」

この言葉が僕の頭の中を際限なく回ってる。あいつの顔もだ。めまいがする。言葉なんか出てこない。頭に来てる――とことん来てる。でもなぜだろう、内心ではそんなに怒っていないのが自分でも不思議だ。

たぶんショックのせいだろう。クソぅ。あの硬い唇で僕にキスしやがった。どうしていいかわからず、頭がぐちゃぐちゃのまま、ただ瞬きをしてる。サラワットが僕の肩に触れる。

「タイン、大丈夫か？」

ああ、心臓が。今、全僕が死んだ。最大音量であいつに怒鳴り始める。

「ふざけんな！　大丈夫じゃないに決まってるだろ！　なんでキスなんかした？　僕はお人形じゃない！　僕に何をした！　あう。わけがわからない。今、何が起こったんだ？」

サラワットがそっと僕の顔に触れて、彼のほうを向かされる。

「落ち着け。いいか、おまえが俺を叱り飛ばしたいなら、それはおまえが俺を好きってことだ」

バシッ！

「クソったれが！」

「よせ。おまえは俺に恋しちゃったからぶったんだ、わかってる」

「しちゃってない。恋なんかしてねー！」

バシッ！

「ずっとひっぱたいてろ、ほら、そのうち疲れちまうから」

僕は殴り、蹴るが、そのうち疲れ果てる、やつの言ったとおりだ。大量の疑問が僕の脳内で爆発し、どれから聞いていいか決めることもできない。なんでペアとつき合っちゃいけない？　なぜ誰にも言い寄られちゃいけない？　おまえはなんでキスした？　僕らはただの友達なんじゃないのか？

親友？　そうとは思えない。でも僕にはこれが、理解できない……。

「おまえ、疲れてるんだ」

彼の声が2人の間の沈黙を破る。

「うん」

「厄介もん、俺の言ったこと、わかったか？　おまえは、予約済みだからな」

「知らん」

「そうか、じゃあ聞け。誰ともつき合うな、誰にも言い寄らせるな。それをしていいのは俺だけ、いいか？」

「……」

「それと、俺の友達も避けないといけない。あいつらは、どうしようもない遊び人だ。俺とは違う」

さようですか？　本当に本当？　サラワット、おまえは思いあがってる。おまえもあいつらとまったく同じだ。

「わかった？」

「……」

僕は無言だ。殺したる、このヘンタイ。

「まだわからないんなら、またキスする」

「なんだとお！」

バシッ！

僕はめちゃくちゃにあいつを押しのけて必死にひっぱたき、手を出されないよう防御する。向こうも困って、固まった。２人とも何も言わない。

「家に帰れよ」

「殴られたところが痛くて帰れない」

僕のベッドに寝そべるあいつを見て、僕は天を仰いだ。痛いフリなんかして。こんな姿を見たら、こいつのファンもさすがに愛想を尽かすに違いない。こいつがクールだって誰が言った？　僕にはただのイカサマ野郎にしか見えないよ。クソめ。

「嘘つけ」

「おまえが殴ったんだ、だから今夜はここに泊めてくれなくちゃいけない」

「僕らはおつき合いしてるんじゃない、親友でさえない」

「でももうキスはしたけどね」

「このーっ！」

沈黙が戻る。さっきと同じくらい沈黙が続いた後、とうとう聞いてみることにする。どんな答えが返ってくるか心もとない。未知の領域すぎて、僕は自分の中がほとんど空っぽみたいに感じる。

「本当のことを言ってよ、なぜキスした？　きみが怒ったのは、僕がペアとつき合うために、きみにグリーンを追い払わせたと思ったからか？」

「ああ、俺は怒ってる」

「じゃあ、もう僕らがつき合ってるフリはいいよ、助けてくれなくても。僕はシンプルに、ペアに交際を申し込む。もうどうでもいいから」

「おまえ、本当に何もわからないのか？」

「わからないのはそっちだ！　僕じゃない。もう心は決まった！」

「言っただろう。おまえ、俺以外とは誰ともつき合えないんだよ」

「なぜ？　僕はきみに惚れたりしないよ、だって、きみのことはそういうふうに思ってないから。もう一度聞くけど、きみは、そういう意味で僕を好きなの、え？」

「自分の気持ちなんて、わからないんだ。ただわかるのは、おまえにキスしたい、くっついて、抱きしめたいってこと。で、ときどき痛めつけてやりたい」

「何それ？　おまえサイコ？　そんなん、好きな相手にすることじゃない。よく考えろよ」

「……」

「きみは僕にキスした。僕のことを好きだと言った。真面目に言っているの？　それとも友達の延長線でからかってる？　僕らは偽装カップルなんだ、そんなに真剣に演じる必要ない。ラブソングを書こうとしてるのはわかる。でも、だったら女の子を探したほうがいいと思うよ。僕はきみのモルモットになりたくないから」

　僕はわざと、女子のことしか言わない。別に偏見があるわけじゃない。男子校だったから、男同士の恋愛なんて普通にあることも知ってる。ただ、サラワットみたいに人を寄せつけない人間が、こういうことをするのが信じられないんだ。裏になんらかの動機があるはずだ。映画か何かみたいに、友達にそそのかされて僕を誘惑しているのかも。そしてその後、捨てる気で。

いや。やたらと考えすぎるのはやめよう。

「もう気が済んだ？」サラワットの声は平穏だ。

「う……うん」

「じゃ、俺は寝るよ」

「何してるんだよ」

「邪魔するな」

ああ！　マジでこいつがわからない、でも尋ねたって説明してくれるとも思わないが。でも……こいつは僕にキスした、そのせいでまだ混乱している。

そんなことしておいて、「邪魔するな」って。なんなんだよ……？

サラワットはずうずうしくも本当に泊まろうとしてる。僕は何も言えず、彼が僕のベッドに寝そべり、iPhone で何かゲームをしているのを放置する。とうとう我慢の限界が来て、僕は彼をつつく。

「いつ出ていくの？　僕は疲れた」

「俺はここにいるよ」

そうじゃなくて！　ああ、心臓が。

「おまえ、なんでそこまで恥知らずなん」

もう一度ぶっ叩こうとして腕を伸ばすが。彼の目を見て、声を聞き、すぐに手を引っ込める。

「おまえやる気?」

え……いや。やる気じゃ……ない。なぜためらってしまうか、わからない。

「俺に正しいタイプの仕方、教えてくれよ」

サラワットはいつも急に話を変えてくる。

「え?」

と顔を向ける。やつはまだベッドに寝そべって、iPhoneを手にしている。こいつの頭の中で何が起きているのか、さっぱり、真剣に、わからない。女の子たちは、こいつの真の姿を見ても、夢中でいられるのかな、と思う。

「間違ってばかりだ。どうすれば直る?」彼は繰り返す。

僕は真顔で「簡単だよ。指を切り落とせ」と言う。

「その答えがどんなにつまらんか、説明するのもおっくうだ」

うう!　顔に蹴りを入れられるより、こいつの言葉がきつく刺さる。

「送る前にチェックするんだよ。自分の名前だけタイプしてみなよ」

おまえのソーセージみたいな指には難しすぎるっていうのか?

見ると、サラワットが画面に向かって、1文字ずつ打っている。ゾウガメなみに遅い。これではSNSが嫌いなはずだ、と今さら納得する。自分の名前を入力するだけで、5分近くかかってる。何を書けと言ったか、自分でも忘れてしまったくらいだ。なんでこんなにかかる？ もしスマホだけで宿題をしなくてはいけなかったら、彼が書き終えるまでには僕は5回くらい生まれ変わりそうだ。

なんだろうと、サラワットはサラワットだけど。彼の iPhone を見てみると……。

「サラワヨ　フンジュタんｐｎ」

うむ、これはちょっと心を落ち着ける必要がある。こいつ、自分独自の言語を発明したのか？

「なんだよこれ！ 赤ちゃんみたいなタイプだな。いいか、なんでもいいがタイプしたら見直すんだよ。ここはTだろう、Yじゃなく、ね？ 訂正して。簡単だから」

iPhone を返すと、彼は僕の指示にうなずく。画面をまたタップするが、すぐに言う。

「できない」

僕はのぞき込んで見る。実際に、本気でできないみたいだ。確かに指は太めかもしれないけど。名前を訂正しようとすると、Tの代わりにYを打ってしまう。それを直そうとすると、今度はG。サラワットには、訂正のほうが、全部を打ち直すより難しそうだ。

「ただ単語を打ちなよ。オートコレクトもあるから」

「やってみたよ。本当に無理なんだ」

「わかった、いい考えがある。簡単キーボードアプリをダウンロードすればいい」

「どうやって?」

「そりゃ、アプリストアだろ」

「おまえやって」

僕が? マジで? 僕は断らず、アプリをダウンロードしようと黙って彼のiPhoneを受けとる。

こいつのくだらん誤字には飽きあきした。

「じゃアップルIDのパスワード教えて」

「何それ?」

「このiPhoneを登録したときのパスワードだよ」

「覚えてない」

「ぐあ。もうやめよう。いつもどおりのタイプをするんだな」

もうアイデアが尽きて、僕はさじを投げてしまう。無視していると、向こうは何かメッセージを打ち出した。

僕は横になって目を閉じる。照明がまだついているかどうかも気にしない。もう夜中の1時だ、疲れた。こいつが部屋にいたってかまわない、寝てしまおう。彼だってまさか、寝ている僕にそんな、変なまねはしないだろうし。

いや待て！　もしかして、そんなことする？

サラワットが僕の腕をつつく。

「なんだよ」と僕は不機嫌な声を上げる。

「これ、読んでみて。ちゃんと書けたためしがないんだ」

手を伸ばして彼のiPhoneを取り、打ち間違った言葉を見る。


「井伊梅うぃ」


いい夢を、か？　はああ！

「いい夢なんて見ないよ。きっと悪夢を見る」

「自分の夢を見るのか」

「よせ。おまえの夢だよ自分じゃなく」

「じゃ今夜は俺の夢だけ見とけ」

「うぐっ」

2人とも、しばらく黙る。それからサラワットが言う。

「俺、今めちゃくちゃ幸せ」

「……!!」

突然、全身が焼かれたように熱く感じる。マジで出火しているかも。彼が言ったのは別におかしなことじゃないのに、また心臓がバクバクし始める。

僕はおまえと同じような気持ちにはならないぞ、絶対に。でも、だったらなぜ、ニヤついてしまうんだ？　僕、微笑んでるんだ……？


「おい！　タイン！　聞いてんのか？」

「な、何？」

プアクが僕を現実に戻そうと、大声で怒鳴っている。スター・ギャングの言うことなんか全然聞いていなかった。昨夜のことを考えていた。

「おーいっ！　サラワットがなんでここに来たか、聞いてるんだよ」

やっぱり。僕がやつを一瞬、頭から追い払ったとしても、たちまち戻ってくる。

「その……自分のTシャツを取りに来ただけだよ。洗えって言われたんだ」

「なんでそんなことするんだ？」

「僕だって知らないよ！　根ほり葉ほり、やめろ」

「ただ聞いただけじゃん、でもおまえの反応さ、現場を押さえられた愛人っぽいぞ」

「違ーう！　なんでもないんだ。サラワットと僕の間には何もない！　僕を信じないなら、みんな、僕の目を見ろよ！　目は嘘つかない！」

「おまえ目泳いでるよ、ますます嘘くさ」

なんだよオーム、おまえ、そうやって僕を裏切ってくるの？　ぎゃあ！

「嘘なんかついてない」

「そっか。じゃそれでいいじゃん。今さっきインスタのコメント見たけど、おまえとあいつの間にはなんにもない、そういうことね？」

僕は激しくうなずく。「そうさ！」

「普通のことだ！　友達ならみんなすると」

「そうさ、それをさっきから言ってる」

「何か疑うやつは、完全に間違ってる！　友達が一緒に寝るのは、全然ノーマルなことだな！」

「うう」

「友達ってのはみんな嫉妬したり、ベッドで抱き合ったり、どこにでもくっついていったりするんだな？」

「う、ああ」

「それにさ、友達のことを話すときにおまえの耳が真っ赤になるのも、完全にノーマルなことなんだな？」

「ああ、まったくノーマルだよ」

「やめーい」

「何？」

「寝言はやめろ。おまえたち、両想いならそう言えよ。まったく」

一瞬、息が詰まった。僕はただ、友達が立ちあがって出ていくのを見守っている。自分も立って、やつらの尻を蹴ってやりたいが、できない。そんなことできない、だってやつらが言ったのは全部本当のことだから。僕はあわててググる。


赤くなった耳を直す方法。


もうこんなのは嫌だ。スター・ギャングには一日中からかわれるし、僕の脳内には「サラワット、サラワット、サラワット」と鳴り続けるメリーゴーラウンドが回っている。少なくとも、僕にはこの後、軽音部の練習があって、あいつのことを考えすぎないで済む。

サラワットも今日はここに来ていない。彼にはまだSssss..!の、コンサートのための練習があるのだ。上級生に送る次の動画を録画しなければ。

動画を撮り終えると、ペアを探しに行こうと立ち上がる。が、なぜかそれ以上足が動かない。僕は頭がおかしくなっているに違いない、サラワットの、誰にも手を出すなという呪文のせいで、身動きがとれないいんだ。彼は自分の友達とさえ会うなと言った。けど、向こうから近づいてくるなら、こっちはどうしろっていうんだ。

マン・オー・ハムがこちらに向かって、レッドカーペットの上を歩くセレブ風にやって来る。なんでこいつ、いつも気色悪いんだ。

「おー！　ここにいたか。もう帰ったかと思った！」

「何か用？」

不愛想に言う。話もしたくない。どうせまたトラブルに巻き込まれる。

「おまえ、今夜コンサートに行きたくない？」

「なんのコンサート？」

「Sssss...がいつものバーでやるんだ！　みんなでサラワットを見に行くんだ。おまえも行く？」

「やめとく」

「おまえの友達はもう行くって言ってるけど」

「え？　いつ？」

「ついさっき。じゃ、おまえも来ないとダメだな。9時半開始だから、おまえは9時きっかりに来いよ！」

やつは僕にぐっと顔を近づけて言うと、口笛を吹きながら去った。

あれは質問じゃない、命令だ、と僕は悟る。僕はスター・ギャングにメッセージを送るが、マン・オー・ハムの言ったことは本当だった。僕はいったん部屋に戻って夕食を済ませ、バーへと向かう。財布とiPhoneを、持ち主に確実に返そう。

親友3人とホワイト・ライオンたちが全員そろっている。テーブルの周りにはビールの瓶が散らばっている。僕はみんなにあいさつするが、誰もサラワットのことも、インスタのことも持ち出さない。やつらが急に礼儀正しくなったのは、いつものからかいと同じくらい、イラっとする。僕は酒に弱すぎる。ホワイト・ライオンたちは僕を急性アルコール中毒にしようとたくらんでいるみたいだが。

「サラワットはどこ？　もうそろそろ9時半だぜ」

フォンが僕にしつこく聞くが、誰もそんなことに答えられない。本当にSssss..!が出てくるのか、疑いを持ち始める。メンバーが1人も見えない。コンサートがなくても、このましゃべって飲んでいるだけでいいけど。

「ハイ！　みんな！　僕らはSssss..!です！」

おっ、ちゃんと登場したようだ。ステージの照明が変わり、バーの全員が拍手する。新歓ナイトで見たヴォーカリストだ。

「今日は、土曜日にあるスクラブのコンサートのオープニングアクトの、ちょっとした予告編だよ！　お見逃しなく」

「もちろん！」

「ワオー！　サラワット！」

「あなたっ、わたしはここよ！」

女子の奇声は、チーム・サラワットの妻に違いない。サラワットは黒いＴシャツに、ダメージデニム姿。スポットライトが彼の姿を撫でて通る。叫んでいる女の子たちなどまったく気にせず、ギターにのみ、集中している。昨夜僕が一緒に過ごした、無礼で恥知らずな男とは完全に別人のようだ。彼が息をしているだけで、女子がみんな大騒ぎだ。彼にとって、いつでもこうだったのだろうか、とふと思う。

「次の曲、みんな踊ってね！　カモン！　踊ろう！」

最初の曲、マスカティアーズの『Dancing《ダンシング》』が始まると、フロアは陶酔した若者でごった返す。僕の友達もホワイト・ライオンもテーブルの周りで、ビールを片手に踊り、女子と乾杯してる中、僕は１人でサラワットを見ている。

男にも女にも、サラワットは大人気だ。それが気に入らないとかいうのではないが、どうも見ているのがいやだ。誰かが彼にからもうとするたびに、僕はため息をついた。その歌が終わるころになって、サラワットが僕らのテーブルのほうに顔を向け、ぼくはためらわず目を合わせる。

彼の顔には感情は出ていないはずだ。

Sssss...」は次々と曲を披露する。どの曲も知らなくて、僕は自分の飲み物と、僕に飲ませ続けようとするホワイト・ライオンの１人に注意を払っている。

「よう、タイン！　もう1杯いけよ！」

またビールを注いでうながしてくる。

「もういらない。もう十分だ、酔っぱらいたくない！」と断る。前みたいにコントロールを失いたくないじゃないか。

「そう言わず、ちょっとだけ」

「一緒に飲むならオームに言って！　おい、オーム！　こっち来いよ」

「いらん。今日はこっちがクール・ガイだ」

ええ、そうか。おまえ、僕をここで死なせる気か？

「はっきり言って、僕を酔わせようとしてる？」

「わかっちゃった？　サラワットが3000バーツくれたんだ、おまえを酔わせろって。もう酔った？」

僕は自分の顔をひっぱたきそうになる。僕はまだ酔ってないが（少なくとも自分ではそう思ってるが）、この男は確実に酔っぱらいだ。だって、そんなこと僕にバラしちゃまずいんじゃないか？どういう悪だくみ？

僕を酔わせようという陰謀を聞いてからは、それ以上飲むことを断固として拒否する。もう10時半に近づいているが、バンドは演奏を続けている。

「次の曲は土曜日にやる予定じゃないんだけど、サラワットが特に演奏したいとリクエストした曲だ。どう思う？」

サラワットの名前が出たとたんに、女子が一斉に、さらに大声でキーキー言い出す。

「この曲は、歌を歌えない誰かに捧げます」

サラワットがそう言って、曲が始まる。

「それあたし！　あたしよ！」

誰かが必死にステージに叫ぶと、サラワットがにこっと笑って続ける。

「歌詞間違ったらごめん」

僕の周囲では、まだみんなが叫んでるが、僕はギターを弾く男から目を離せない。サラワットがこの曲をリクエストしたのか。ここまでの彼らの他の曲はひとつも知らなかったが、でもこれは、まさか……。

ステージの誰かが僕のために曲を演奏してくれるなんて、信じられないぞ。

「空には無数の星が浮かぶ
ひとつだけで浮かんでいる星なんてあるかい？
なんの周りもめぐらずに？
そんな星はひとつもない

きみは僕の星が遠いと言うけど
星はみんな　離れてる
きみの星だってそう
だから　何光年離れてるなんて　数えるのはよそう
星がめぐり会うとき
季節は変わり　軌道も変わる
僕ときみが会ったとき　人生は変わった
僕らの心は　互いの周りをめぐるようになったんだ」
――スクラブ『You Orbit Around Me, I Orbit Around You（きみは僕の周りをめぐり、僕はきみの周りをめぐる）』

僕はこの曲をすっかり暗記してるんだ。踊りたくなってきた。

僕は腕をプアクの首に巻きつけて、一緒に歌わせた。サラワットをちらちら見てみたが、向こうはコーラスまでこっちを見ようとしなかった。

「プアク、歌えよ！　一緒に歌え！」

「あ～……」

「コーラスをだよ！」

「きみは僕の周りをめぐり　僕はきみの周りをめぐる
でもどちらの星も　やっぱり自転してる
きみは僕を惹きつけ　僕はきみを惹きつける
そしてどちらの星も　お互いのために美しく輝く」

「キャー素敵！　あたしのサラワット！」

「サラワットに持ってかれた」

「もう死ぬ」

サラワットがここにいるみんなを殺しちまった。女子たちはみんな、この瞬間のサラワットを撮影できたことを天に感謝してる。

彼が微笑んでる。もし今後ろを向いたら、僕を通り越して彼が誰か他の人間に笑いかけているのがわかるのかもしれない。

けど僕はふり向かない。代わりに、彼と長々と目を合わせながら、僕の心臓が胸から飛び出そうなくらいに打っているのを感じてる。

「よー、おまえ！　おまえイケてるな！　ははは！」

マンの野郎が僕に笑いかけ、僕の顔をぐいっと引くと、額にブチュっとキスする。キショい！

「すまんな、誰かさんをイラつかせたくてさ」

最後の曲が終わり、みんなが拍手する。サラワットはギターストラップを外してステージを降りる。彼はこちらのテーブルに向かってくるが、途中で女の子たちに捕まり、連行された。きれいな女子がハグしようとし、誰かがビールを渡している。その様子を見ていると腹が立ってきて、あいつのことは気にしないことにし、黙ってビールを飲む。

サラワットはしばらくして僕らのところに来ることができたが、10分後にはまた全然違う女子のグループのテーブルに拉致されてしまう。つくづく嫌だ。

「失礼、きみ、タイン？」

ふり向くと、色白で背の高い男だった。黒いシャツを着ている。見覚えがない。

「え？　僕を知ってるんですか？」

そいつに向かって眉をひそめた。

「代表チームのチアリーダーだろう。みんな知ってるさ」

「はぁ……」

その男は別のテーブルから椅子を取ってきて、僕の横に置く。彼に向けて、特にテーブルについたホワイト・ライオンたちから、殺意ある目線が飛ぶ。

「何か用ですか」

「電話番号教えろよ」

「なんだとぉ？」

ビッグとボス、ティー、テームとマンが、一斉に叫ぶ。僕は何も言わない。たった今この男に電話番号を聞かれたんだと気づいて、総毛だった。

「え……でも、きみを知らないし」

「じゃＬＩＮＥは？　知り合いになりたいんだ」

「やめたほうがいいと思うぞ。俺の友達はかなりアブないぜ。彼のことじゃなく、他の誰かがな」

ボスが目を剥いていて、まるで目玉が飛び出しそうだ。向こうのテーブルから、確かにサラワットが見ているようだが、彼は無表情だ。何を考えているかは、うかがい知れない。

「そっか……誰かとつき合ってるんだ？」

「違う！」

僕はとっさに否定する。僕はこれからペアちゃんとつき合いたいんだ。

「だったらＬＩＮＥのＩＤくれよ」

「えええ、ＬＩＮＥはあまり使わないんだよね」

「じゃ、一緒に自撮りしてくれる？」

「え……いいけど」

ううっ！　僕をじっと見ているのはサラワットばかりじゃない、テーブルの全員が見てる。みんなが怒ってるわけじゃない。ほとんどの人はただ、ニタニタ笑っているんだ。

「いいぞ！　カメラ見て」

カシャ！

「ありがとな！」

そいつは写真を撮ると立ちあがり、5、6人のグループへ帰っていく。見ると、その面々がみんなこちらに手をふってる。僕はさっさと目を手元のビールに戻した。どうしたものか、よくわからない。なんなんだ。サラワットだけじゃ足りないみたいに、最近男ばかり言い寄ってくる、数えるのもあきらめた。

「おい！　悪名高いギタリスト！　とうとう戻ってきたか」

サラワットが僕らのテーブルに戻った。僕の隣の席に座る。話はせず、ただビールを飲む。彼のせいで、どうも落ち着かない。

「おまえ、ヤバいことになったぞ。タイン！」

「何？」

「見せろよ、あーこりゃまずいわ」

オームが僕の名前を叫んだとたんに、僕の仲間は彼を見る。この会場がタグ付けされた写真を見つけたのだ。

Shakemill（ミル）代表チームのチアリーダーと。

その下にコメントがどんどん現れる。

NinkNink ミル、おまえタインのインスタ知ってる？　ほれ、これだ。@Tine_chic
1994Meo おおっ！　ラッキーだな！
Shakemill @1994Meo あいつ可愛いよな。
Peat_lil おまえ、彼にアタックする気？

ええ！　これじゃまるで、ライブフィードだ。突然みんな、飲んだりしゃべったりすることより、スマホに興味を持っていかれたみたいだ。

ピンポン！　ピンポン！　ピンポン！

Bigger330（ビッグ）おー、タイン！　映えるねー！
i.ohmm 僕の友達、めちゃクールだろ。
Boss-pol（ボス）彼にちょっかいかける気か？　用心しろよ。

Man_maman（マン）簡単じゃないぜ。邪魔するやつはいっぱいいるから！　ハハハハハ

KittiTee（ティー）落ち着けって、パニクる必要ない。

僕、死ぬのか。

Sarawatlism（サラワット）……

これ、見た？　彼は点々をタイプしただけなのに、僕にはわかる、これはまずいことになると——盛大にまずいことに。僕は彼のほうを向く。サラワットが微動だにせず、スマホを見ている。クソぉ。何を怖がっているんだ、僕は。

「写真を一緒に撮らせてって言われただけだよ」

わけもわからないまま、説明しようとする。心がざわざわする。

「それで、オーケーしたんだ」

「いいじゃん！　ただの写真だよ！　自分はどうなのさ。テーブル10と12、27と13の女子が全員おまえにハグしたしドリンク買ったりしてるじゃないか、でも僕は文句言ったりしてないよ！」

「おまえ、あいつらのテーブル番号覚えてるのか？」

「え、あ、当てずっぽうだよ」

「俺はどれも飲んでないし、誰にもハグさせてない、わかったか？」

「ああ、そう」

「おまえ、ここにはもう来させない」

サラワットはスマホを切って、話を続ける。

「そうかい、僕だって、おまえにここに来てもらいたくないよ」

「マジでムカつく」

「こっちのセリフだ」

「うんざりだ」

「僕だって！」

「俺がなんでこう言ったか、わかるんだろう？」

「僕がどうして言ったかはわかるのか？」

「俺は妬いてるんだ」

「ああ、僕もだよ」

「わかった。みんな、もう帰るぞ！」

「……」

「おいみんな、心配すんな、ただの痴話ゲンカだ」

マン・オー・ハムが言うと、全員が突然、そそくさと帰ってしまう。サラワットと2人だけで残された。

今、僕はなんて言った？　本当に？　妬いてるって？　うう、心臓が……

第13章

（ブ）ロマンス？

「ごめん……ごめんよ……きみを傷つけてえぇぇ！」

――ヘルメットヘッズ『Unfriend（友達から削除）』

「うえっ！　歌変えろ！　耳から血が出る！」

生まれてこのかた聴いた中で最もおぞましい音かもしれない。がなっているのはスター・ギャングとサラワットの友人ホワイト・ライオンたちだ。ムナクソ！

僕らは結局そのまま帰らず、カラオケバーに行った。みんながもうちょっと楽しもうと言いはるから。これが楽しいって？　これをもうちょっと楽しむくらいなら、死んだほうがましだ。本気で家に帰りたい。

妬いてるなんて、サラワットにポロッと言ってしまった後に、このまま彼と一緒に過ごす根性は持ち合わせてない。あっちの友達からはからかわれるし、話題はあいつのことばかりだし、とにかくこいつらから離れたくてしょうがない。少なくとも今はみんな酔っぱらって、僕をイジるより、怒鳴るように歌うことのほうに熱心だけれど。

誓ってもいい、あれは本気じゃない！　酔っぱらってうっかり事故ってしまっただけだ！

「タイン、もう1杯」

テームが相変わらず僕をつぶそうとしている。こいつはこればかり、歌にも興味ないみたいだ――サラワットの3000バーツのせいで。何がなんでも僕のグラスにビールを注ぎ続ける。

「いらない！　やめろよ！」

僕は他のメンツのようにろれつも回らないアホではないが、だからといってもっと飲みたいわけじゃないんだ。

「あと1杯だけ」

「やめろって言ってるだろう」

聞きなれた声が割って入る。彼が近くに寄り、僕はソファの端に追いやられた。

「まだミッション達成してないぞ」

「ほら」

サラワットは高級ジーンズの尻ポケットから財布を出す。3000バーツを友達に手渡した。

最悪！　僕を酔わせようと画策しただけでなく、今、目の前で共犯者に支払いまでしている。

サラワットと僕は部屋の隅っこに並んで座っている。彼は脚を伸ばしてソファの上に乗せ、他の人間たちとの間に障壁を作っている。僕はといえば、黙って座っているだけだ。マンがやっとマイクを離してサラワットとテームの間に入ってきたときも、サラワットの脚はまだ、僕らを彼から隔てている。

「タイン！　カンパイ！」

マンがビールのグラスを僕にさし出す。ただ受け取ればいいはずなんだが、僕らの間にいる人物が、ちょっと恐ろしいのだ。

「……」僕は答えなかった。

「ほらあ！　ビールがなくちゃ盛り上がらないぜ」

「こいつはもう酔ってる」僕の代わりにサラワットが答える。

「タインが酔ってるかどうか、どうしてわかる？　こっちへよこせ！　俺、ハグしたい」

僕には聞こえなかったが、サラワットの口の動きはすぐわかった。「くたばれ」だ。

その言葉の意味するところははっきりしている。ただしマンには通用しないようだ。サラワットに間抜けな笑顔を向けている。

「おまえ、やきもち妬いてんの？」

「……」

「妬いてるのに何もしないのか、アマちゃんだな！」

「俺がおまえで、タインの旦那だったら、絶対毎日ヘトヘトだけどな」

ドサ！

「痛ってぇー！」

サラワットが友達をソファから蹴り落とした。マンが大騒ぎするので、フォンの音痴な歌がやんだほどだ。みんな驚き、一瞬しんとするが、すぐに爆笑が起こった。僕も、マンが痛そうに尻を撫でるのを見て笑わずにいられなかったくらい。みんながやつの動画を撮ってる。

「おまえ、腹立つな」

「えっ？」僕はなんの話かわからず、サラワットのほうを向く。

「バーでマンがおでこにキスしようとしたとき、なんで避けなかった？」

「いつの話？」

「とぼけるな。見たぞ」

「あ、見てたの？　女子にべたべた触られるのに忙しくて、見てないかと思った」

「そんなことさせてない。引きずっていかれただけだ。とにかく、俺はおまえが何していたか見た」

「あれは、たまたまだよ」

「もう二度とするな。俺は妬いてるんだ」

「そればかり言うなよ」

「失せろ」

「妬いてる」

「蹴飛ばすぞ」

「妬いてる」

「おまえら、何を話してる?」

プアクがサラワットと僕のほうに乗り出してきて、僕は顔をしかめてやる。

「おめーに関係ない」

「え? あっそうか、おまえが大好きなのは俺じゃないもんね。悪い悪い」

アホんだら! 自分がキュートだと思ってるのか? 僕は自分の感じていることがわからない。否定したいのに、何かが引っかかって、できない。なんとも説明できない変な気持ちだ。

10分後、マンがまたまた、新たなビールを部屋に運んでくる。サラワットに蹴り飛ばされたことなんてすっかり忘れたらしい。他のみんなはまだ元気なようで、しばらくは、飲むより歌いたがっている様子。でもやがてそれも収まり、今やみんなが結束してサラワットと僕を酔っぱらわせようとしている。みんな酒臭いったらない。もう午前3時になる。帰りたいよ。


こんなに酔う予定じゃなかったんだ。テームとサラワットの3000バーツのせいだ、いやひょっとして、全員に金を出したのか? なんて疑いまで湧いてきた。もう、まっすぐ歩くことさえできないじゃないか。

「テーム、こいつから手を離せ。俺が面倒みるから」

「気にするな。手を貸したいだけだ」

「ゲスが」

「ゲスはおまえだろう！　こっちが先にこいつを運んでやったんだ」

「死にたいのか」

「なんだよ！　そんなに妬くなよ！　ほらっ！」

テームは背中から僕をずり下ろすと、サラワットのほうへと投げ出す。自分で歩けるからけっこうです、と言いたいところなのだが、ちょっと言えなかった。

　こっちの上機嫌の友達3人も、僕と同じくらい使いものにならない。ひょっとしたら僕よりひどいかな。3人とも周囲で起こっていることがさっぱりわかっていないようだ。

「タインの友達はどうする？」

「みんなを僕の部屋に連れていって」

僕はぼそぼそ言う。酔っぱらった場合、誰かの部屋に泊まるのが恒例だ。

「いや。俺の部屋に連れてく。すぐ近くだから」

ホワイト・ライオンの1人が言う。

「オーケー！　よろしく！」

マン・オー・ハムと友人たちは、僕に聞きもしないで決めてしまう。

僕らは駐車場で別れた。サラワットと僕は、みんなと別方向だ。世話してくれるって言うんだから、任せることにする。

しばらくしてようやく、サラワットが僕の体を手で探っているのに気づく。うう、とうめいて僕は目を開けた。彼は僕のポケットのキーを探そうとしているらしいが、なんでその手はそんなところに？　真ん中にポケットはないけど！

「見つかりそう？」と聞く。

「いや」

「いつ見つかるのさ」

「いいチャンスだから楽しませてもらった後」

「クズ野郎」

どうもその言葉が僕のキーを探す魔法の言葉だったようだ。サラワットが僕を部屋に引きずり入れ、ベッドに放り投げる。ちょっと！　僕は人間だ、イモの袋じゃないぞ！

僕は疲れ切って、目を閉じてまぶしい照明を遮断し、すべてを無視しようとする。本当にくたくただ、眠りたい。しかし何かが気になる。サラワットが僕のズボンを触ってる！　なんなんだ！

「おい！　何してるんだよ」

僕は目をぱちっと開き、やつが僕のズボンを脱がそうとしているのに気づいた。

「ズボンを脱がしてやってるんじゃないか」当然のように言う。

「よせ！　やめろ」

「きついだろう？　ズボンだけは脱げ」

「いいって」

僕は怒鳴ったが、あいつは気にも留めない。ズボンを脱がされ、シャツもはぎ取られ、僕はボクサーパンツ1丁になってしまう。僕はろれつの回らぬ抗議の声を上げた。もう絶対に酔っぱらわない、神に誓う。

「やめろって！」

「わかってる」

「眠いっ！」

「お休み」

その言葉を聞いたのが最後、僕は眠りに落ちた。


再び目を開けたときはもう昼間だった。頭がガンガンしてる。昨夜に何があったか思い出そうとする。横には誰もいない。

スマホを見ると、スター・ギャングたちから不在着信がたくさん入っている。僕はかけ直す。半分は、あいつらがこっちを心配しているだろうと思ったから、そして半分は、あいつらのことも心配だったのだ。何度目かのコールでオームが出る。

「やぁ」

「オーム？　どうした？　電話、何？」

「なんでもない。そっち大丈夫？」

「うう、ちょっとめまいがする、でもたいしたことない。なんでそんなアホな質問するんだ？」

「アホな質問じゃない、おまえちょっとヘンだよ。もう死んじゃったのか、すでにサラワットに初体験させられちゃったのかと思って電話したんだ。昨日は飲みすぎた、何があったかさっぱりわからないや」

「初体験がどうのって、どういう意味だよ？　僕はどうもしないぞ」

「ほんと？　そりゃよかった！　投稿した写真見たぞ。おまえがみんなのボーイフレンドを自分だけのものにしちゃったのかと思った」

「え？　いつ僕が写真投稿した？」

「昨日の夜」

「何も上げてないよ」

「いいから自分で見てみろ」

オームは電話を切った。あいつなんの話をしてるんだ？　インスタを開くと、たちまち100件以上の通知に見舞われる。そのうち半分は、記憶のあいまいな1人の人物から来ている。おそらく昨日、電話番号を聞いてきた男だ。僕の写真全部に「いいね」をつけてる。

それ以外の通知は、知らない人たちからのもの。自分の最近の写真をタップする。そしてそれが画面に現れたとたん、僕は凍りつく。僕の写真だ。

自分のベッドで寝ているが、ボクサーパンツとサッカーのTシャツしか着ていない。しかもTシャツは政治学部チームの色だ。ネームの入っている側は写っていない。こ、これはいったいなんだ。まったく記憶にないんだけど！

写真だけでも最悪なのに、キャプションがさらにひどい。

Tine_chic（タイン）棒にはもう狩れがいる、だでも手をファスナー

僕はこんなことしてない！　断じて！　こんなキャプションの写真を投稿するわけないじゃないか！　コメントはサラワット側と僕、両方の友達からだ。せきを切ったように猛然とコメントしている。カンベンしてくれ！

Man_maman（マン）ウヒョー！　これ、政治学部のTシャツ！

Bigger330（ビッグ）これは消すなよ！

Boss-pol（ボス）誰か所有権を主張してる？

KittiTee（ティー）翻訳してやるよ。「僕にはもう彼がいる、誰も手を出すな」だ、わかった？

Thetheme11（テーム）　いいぞー、いけいけ。

I.amFong（フォン）　文字入力は練習しないといかんな。なんか同じような打ち方するやつのことを思い出しちゃったなぁ。

Bigger330　いやーん。「あの人」がタイプしたんじゃないの？

i.ohmm（オーム）　僕の友達に何をした⁉

Man_maman　わかったよタイン、もう絶対手を出さない。獰猛な犬がいるから。

Boss-pol　@Man_maman どの犬？　うひひ。

Man_maman　知るか。こいつに聞こうぜ。　@sarawatlism

僕は長いことベッドから出られず、コメントを何度も何度も読み返す。「あの人」ってのが返事してくれればいいのに。なんだろうと、これよりはましだ。

ピンポン！

また新しい通知が届く。斜め読みするが、サラワットからのはない。

Bigger330　おーい！　月曜の試合に、このユニフォーム着なくちゃいけないんだぞ。もし替えがなかったら、返してもらえよ。

KittiTee　おやー！　誰かがチームのTシャツを、誰かさんのところに置いてきちゃった？　ひどいねー！　試合は月曜だってのに!!

ついにサラワットが答えた。

Sarawatlism（サラワット）もうすぐかえしてもらう

Man_maman @Sarawatlism そうか！　この写真のタインのTシャツ、おまえのか？　うはは！　バレちゃったね、ハハハハハ。

気分がましになると思ったのだが、逆に泣きたい気分だ。し、心臓が……。

やっと月曜が来ると、僕は質問の集中砲火を浴びるはめになる。

「あれってサラワットのTシャツなの？」

僕は、あれは友達みんなと飲んだ後で、彼が僕の部屋に忘れていったのだと説明する。「みんな」というのを強調したので、チーム・サラワットの妻も納得したようだ。僕はハンサムなだけじゃない、頭だってイイんだ。フェイスブックに近況をアップデートする。

Tine TheChic たくさんの女の子からメッセージもらったけど、みんなには返信できなくてごめんね。面倒くさくて。それだけ。

サラワットがこの写真を投稿した翌日、僕は彼に電話して、あいつのご先祖の耳にまで届くくらいガミガミ文句を言ってやった。やつの答えはただ「俺は妬いてる」というものだ。はぁ！　きちんと説明くらいできないのか。僕がどんなに怒ろうが、罵声を浴びせようが、あっちはただ「妬いてる」で済ませ、それですべて解決と思ってるってことか？　それは大間違いだ！

午後、僕は練習のため軽音部に寄る。人はまばらだ。というのも、みんなはサラワットが出ている、政治学部とマスコミュニケーション学部のサッカーの試合を応援に行ってしまったからだ。以前、サラワットの全試合に応援に行くと約束はしたけど、行かないことに決めた。今、これ以上人に注目されるのは耐えられない。

バン！

ドアが開いた。あわててふり向くと、ディム先輩の今にも爆発しそうな怒り顔が見える。

「みんなはどこだ？」

部屋には僕とあと2人しかいないのに、彼は大声を上げる。

「試合を見に行きました」

僕が、もう1人の、とても大人しそうな男子の代わりに答える。

「なんだと！　あのガキどもにはうんざりだ」

「はあ」あまり会話に深入りしたくない。今は、放っておいてほしい。

「おまえはなぜ一緒に行かなかったんだ？」

「行きたくないから」

「あいつのこと、応援してやらないのか？」

「え？　誰ですか？」

ディムはただ頭をふって、しばらく自分のスマホを見ている。それから話題を変えた。

「これからみんなの動画をひとつずつアップロードする」

「先輩はもう投稿したんですか？」

「いや、下のやつが済んでからだ。今日は終わったら、ドアに鍵をかけるのを忘れないでくれ。明日全員が戻ったら、みんなの喉に蹴りを入れてやる」

そして去っていった。彼を見るたびに不思議に思うのだ、なぜ僕の周りの人間はみんな、どっかのネジがゆるんでるんだろう。なぜ正常な人に会えないんだ？　僕はこの建物に残された、たった1人のまともな人間なんじゃないかと思う。

ディムが出ていって20分後、フェイスブックの音楽同好会から通知が入る。新しい動画を見ようと、すぐにタップするが、実際に見てみるほど面白そうなのはあまりない。ペアはいないな。

彼女に会ったのは、医学部のカフェテリアでサラワットが嫉妬に狂った彼氏みたいにふるまって、僕に怒りをぶつけたときが最後だ。ドン引きされちゃったのだろうか。いつもならつき合ってる子が感情を害したらすぐに修復するようにしているが、今はどうしてか、彼女に会いたくない。

僕は動画チェックを続け、やっと自分のを見つける。おお、すばらしい。イケてるじゃないか！歌もうまいぞ。おお！

ただしコメントのほうは全然違う。ディム氏に「ほどほど」って言葉はない、というより、必要以上に攻撃的だ。

「Cコードすらろくにできなくて、どうやってまともな演奏ができると思うんだ？」

ディムの……馬鹿野郎！　見られるのは顔だけだな。性格ときたら、まったくのゴミだ。僕はとっととディムを見て見ぬフリし、女子や友達からのコメントを読んで、いい気分に浸る。それからとうとう、サラワットのクリップも見つける。

正常な人を見出したかったのだけど、もちろん、彼は違う。画面にはやつの毛だらけの脚とギターの一部が見えるだけで、画面は斜め45度に傾いてる。よかったのは、あいつの醜い脚しか見えないため、かえって曲のほうに集中できたこと。

演奏しているのはインスピラティブというバンドの『Time Tunnel（時のトンネル）』。僕が最近発見した曲だった。メロディが美しくて、彼はそれにクールなアレンジも加えてる。そして歌は10秒しかない。頭いいな、声は自分の強みじゃないって知っている。ディムは彼の動画をベタ褒めしていて、金でももらったのかと疑ってしまう。こんな具合だ。

「格段に上達している　いつも音を外す誰かとは大違いだ　あいつを助けてやってくれよ」

誰かって……僕のことかい！　あのヤロー！

僕は音楽室で1時間近くもギターを弾き続ける。もう飽きてしまった。電話しても友達は誰も出ないし、ここにいるもう1人のメンバーはこっちにずっと背を向けている。向こうが練習を終えて2人で部室を閉めて帰るのを待つ間、ちょっとスマホで時間をつぶすことにする。

ただぼんやり画面をスワイプする。フォローしているアカウントには、たいして見るべき新着情報もないようだ。ところがそこへ、新たな写真が現れる。

Boss-pol なぐさめ求む！　俺の友達が怪我して泣いてる。 @Sarawatlism

それは汗びっしょりのサラワットがフィールドに座っている写真だ、表情はいつものように、無だ。泣いてなんかいないじゃん。だけど……。

血が出ているじゃないか！　大変だ。周りに人が集まっていて、彼の膝は血だらけ。何が起きたのか、写真だけではわからない。急いでスクロールし、コメントを読む。

amibabyliss @Sarawatlism サラワットどうしたの？

bell2882 マスコミ部のラフプレー、ひどすぎ！　サラワット、頑張れ。

Jener-ploy すごい、人がいっぱい。でもわたしはいつもここで、あなたを支えるわ、サラワット！

i.ohmm @Tine_chic 来られない？　仲間はみんな試合に出てるから、誰もかまってやれないんだ。

コメントを入れた人間全員に、どうして誰も彼を助けてやらないんだと返信してやりたい。しかしそんなことをするより、僕はすっくと立ち上がった。ギターをケースに突っ込むと、もう1人の男子に部屋の鍵を任せ、サッカーフィールドに足を急がせる。到着するや、あせって彼を探す。どちらのサイドが政治学部チームかを見きわめると、すぐに観客席をめざした。

全然混んでいない。補欠部員がチームの応援をしているだけ。そしてあのバカタレを見つけた。1人でぽつんと座ってる。他のホワイト・ライオンたちはみんなフィールドにいるんだ。重要らしい試合の最中だから。気の毒に、誰もサラワットのことを気にしていない。

「おい」僕は彼に近づいて小声で言う。

「やっと来たのか」

あいつのふくれっ面に、たちまち罪悪感に駆られる。うう。

「どうしてこれ、手当てしてないんだ？　こんなに血が出たままにして。スタッフはどこ？　チーム・サラワットの妻はどうしたんだよ。おまえの友達は？　なんでここに座ってるんだ。痛まない？」

「転んだだけだ」

彼は僕の怒りの言葉の滝をさえぎる。

「だけ？　トラックに轢かれたみたいに見えるよ！」

「ボールを蹴りそこねたんだ、落ち着け」

「落ち着けってなんだよ？」

僕はどなりつけ、彼の膝を見るためにしゃがむ。まだ血は止まっていないし、傷口は汚れている。このままじゃダメだ。

「自分でやるからいい、って言ったんだ」

サラワットは言いながら、僕に救急箱を手渡してくる。なんですか？　僕がいつ、おまえの手当てをすると言った？

「なぜ僕がやるんだ？　自分でできないの？」

「できない。すごく痛いんだ」

「演技するな。いつもいつも、助けてくれるっていう人を断っておいて、僕が来たらこうなんだから。僕が今ここに来なかったらどうするんだよ?」

「死ぬ……」

「ああそうだろうよ！　どうせもうすぐ死ぬだろ」

脱脂綿にアルコールをふくませ、傷口を拭く。ちょっと必要以上に強かったかな。

「うわ！　ぎゃあ！　くっそ！」

「サラレオ！　騒ぐのやめろ」

「おまえの拭き方が痛ってえ」

脱脂綿をこいつの口に詰め込んでやりたい。幸いにも周囲にはあまり人がいなくて、みんな僕らではなく試合に気をとられてる。

「消毒薬はどこ?」薬箱の中を探しながら聞く。

「ちょうど切れた」

「なんでまた、消毒薬が切れてるときに怪我しちゃうんだよ」

「それ、俺のせい?」

「そうだよ！　負傷は自分のせいだ」

「おまえが心配してくれるって、わかってるよ。でも大丈夫だ」

よし。消毒薬がない、だったらアルコールで間に合わせよう。

「おまえ、手が震えてるぞ」

僕は手を止め、彼を見上げる。「たぶん血を見るのが怖いからだ」

「おれも今、震えてるんだ」と彼は言う。

「震えてないだろ」

「心がだよ」

「きっとコーヒーの飲みすぎだ」

「おまえの言うとおりかも……」

「……」

「深煎りだったと思う」

「そっか。で、僕は本当に血が怖いんだと思うよ」

あ〜、心臓が……。


待ちに待った日がやって来た。スクラブの「プレイ・トゥギャザー」コンサートは、屋内競技場で8時から始まる。

僕はスター・ギャングとホワイト・ライオンと一緒に集まっている。学生委員会が企画したステージでのイベントを見ているところ。今日は特別な日だから、大学外の人もコンサートに来ていい。他の大学の学生たちがたくさんいる。

サラワットには3日前のあのサッカーの試合以来、会っていない。結局スコアは1対1だった。今日はコンサートの前にバンドと練習しなくてはいけないと言うので、邪魔しないことにした。それでもここに来ているのは、彼の調子をチェックするため。いつから僕は、あいつの2番目のお母さんになっちゃったのやら。

最前列を確保し、ステージにムエとボールが登場するのを待つ。この日のために、スクラブのTシャツを用意して着てきたが、彼らが出てくるのはしばらく先だ。その前にオープニングアクトがあるから。

「タイン、サラワットがステージに上がったら、写真撮るの忘れるなよ」

サラワットの親友マン・オー・ハムが言う。

「なぜ僕が？」

「だっておまえ、あいつの奥さんだもん。いい妻しろよ！」

「おいマン！」

「わかったよ、じゃいい。好きにしな」

嫌々だが、サラワットの写真を撮る準備はしておく。いつもそう、重要度が一番低い人間が、写真係になるんだ。

延々と待たされたが、ついにスポットライトが深い青色に変化して、かすかなドラムの音がスタジアムに広がり始める。みんながステージに注意を向ける。誰もが宝くじの結果を待ちかまえているみたいな表情だ。僕はあの長身の男の姿をとらえようとするが、顔は見えない。

「こんばんは、みんな！　僕らはSssss..!です！」

ヴォーカルの深い声が、歓声を上げている聴衆にあいさつする。すでに、楽しい夜になりそうな予感！

「僕らは去年のこの大学の音楽祭での優勝者です。みんなに会うのを楽しみにしてきたよ！」

「イェーイ！」

「さて、ではみんなに聞きたい。準備はいいかー!?」

イエェェーーー！

曲が始まり、聴衆は飛び跳ね、叫び出す。あの夜バーで聴いた曲だとわかった。今日は全然違う、大きなスタジアム、華やかなライト……そしてサラワットの見栄えは完全無欠だ。

「わあああ！　サラワット！」

たくさんのスポットライトがミュージシャンたちを照らし、顔を浮き上がらせる。一番右端のサラワットの顔もくっきり見えるほどだ。ギターを弾く姿がとてもサマになってる。彼から目が離せない。僕と同じように、スクラブのTシャツを着ている。バンドの他のみんなは上着を着ているが。

「みんなも一緒に歌って！　ジャンプして！　カモーン！」

「悩める都市《まち》で目を覚ます
空を見る　何を探して？
大きな夢に　届こうとしてた……」
――マスカティアーズ『Dancing《ダンシング》』

歌が始まり、みんな最高に楽しんでる。僕はサラワットの写真を撮るため、スマホを手に彼がいるステージのサイドに回る。今なら僕に気づかないだろうと、すばやく何枚も撮った。

最後の1枚を撮ったころには、自分が完全に女子にとり囲まれているのに気づく。サラワットの前には、どこよりも大量に女子が集まっているのだ。

「きゃー！　すんごいイケメン！　あの人なんていうの？　知りたい」

「見てみて、こっちを見てるー！　きゃあああ！」

あまりの絶叫に、僕も頭を上げる。サラワットがこっちに視線を送ってる。

「うわあああ！　めっちゃカッコいい！　この人ゲットしよ！」

ということは、この大学の学生じゃないのだろう、誰もサラワットを知らないようだから。

この調子じゃ、サラワットはこのへん一帯の大学全部で有名になってしまうな。僕はそれを羨ましいと思うべきなんだろうが、でも今、胸をしめつけてる感情は、別のものだ。彼に僕以外の人間を知ってもらいたくないし、僕以外の人間に彼を知られたくない。

「バックステージに連れていって、彼に会わせてあげようか」

「ほんとに?」

「もちろん!　心配しないで!　きみ、ゴージャスだもん」

ちょっとの間、女の子との会話を妄想して現実を忘れてしまう。が、突然われに返った。僕は押されて、どんどんステージの端っこへ来てしまっている。でもね、僕はそれでもまだ、彼を見ていたんだ。あいつ、僕に黒魔術をかけたんじゃないか。

最初の曲が終わり、次が始まる。さらに次、と続いていき、バンドはメンバー紹介なしに、演奏を繋いだ。そして、スクラブの曲以外は知らない僕は、隅っこに突っ立ち、ステージもよく見えない状態だ。

いよいよ最後の曲が終わると、Sssss...!は長いことかけて、聴衆に感謝のあいさつをする。サラワットの名を叫んでいる観客もいれば、メンバーの自己紹介して!　とリクエストしている人も。もちろん、サラワットは演奏が終了すると同時にギターを外し、さっさとステージを降りた。

僕はなんとかサラワットを頭から追い払い、今から大好きなバンドが出てくるということに集中しようとする。そしてスポットライトがさらにひときわ強くなると、彼らの登場だ。

「こんにちは、みなさん！」

この瞬間すべてを忘れてしまい、何も考えずにただただ叫ぶ。

「ワーーーッ！」

ああ、死にそうだ。ステージにムエとボールの姿が見えた瞬間から、もっと近づこうと人混みをかきわける。でも無駄な努力だった——動けないし、何も見えない。

クソ。これはおまえのせいだ、おまえのせい以外の何物でもない！　おまえのことばっかり考えていたせいで、こんなところまで押しやられていたことに気づきもしなかった！

とはいえ、ステージに近づけなくたって、ここにいるだけでいいか、とも思う。このコンサートを見ることができている、それだけでいいと思える。

突然誰かが横に立ったのを感じる。そちらを向くと、あいつの白いスクラブのTシャツと、25オンスデニムが見える。彼は眉を上げてあいさつに代え、断りもなく勝手に僕の手を掴んだ。

「どうやって僕を見つけた？」

「いつだっておまえは目に入る」

「本当？　こっちはおまえが、電話番号聞いてきた女子たちとイチャイチャしているんだと思ってたよ」

「なんでわかった？」やつは真顔だ。

「別に。おまえ顔がいいから」

「そのとおりだ」

「電話番号あげたの?」

「いや、おまえのほうが大事だろう。だからここにいる」

「なぜ? 僕がそんなに大事?」

「心配なんだ」

「……」

「おまえが誰かをナンパしてるんじゃないかってね」

「アホか!」

罵詈雑言を浴びせてやりたかったが、彼に握られている手にぎゅっと力を入れ、気を落ち着ける。すると向こうはもっと強い力で握り返してくる。やめろー! 痛いでしょうが!

ステージでは最初の曲が終わり、MCに入っている。

「この曲は、この場所を思い出させるんだ。チェンマイに住んでいたときに書いたから。それは……」

ムエの声が最後まで言いきらないうちに、何を演奏するかわかってしまう。

「『See《シー》 Scape《スペース》』だ」

「この曲知ってるのか?」サラワットが聞く。

「当然。ムエ、去年も同じこと言ってた、ここじゃなくバンコクでだけど」

「どこ？」

「シラパコーン大学」

彼はうなずく。あのコンサートはすばらしかった。そのとき経験したなんとも言えない気持ちは、いまだに思い出すことができる。

「楽しかった？」

「すんごかったよ！　これ以上ないくらいハッピーだった」

「知ってる」

「なぜ？」

「今の、おまえの顔を見ればわかる」

「ふうん。でもそのときはね、すごくステージ近くにいたんだ。ムエとボールが至近距離！　ここからじゃ、鼻クソくらいの大きさにしか見えないけど」

「もっとはっきり見たいか？」

「当たり前だろ」

「乗っかれ」

サラワットは周囲に大勢人がいる中で、膝をつく。こちらを見て、自分の肩をトントン叩いてみせる。またがれ、ということらしい。

「いいよ！　そんなことしなくも」

「乗っかれよ、大丈夫だ。落っことしたりしないから」

「それを怖れてるんじゃないけど……本当に肩車なんか、いいの？」

「いいって！　早くしろ！　すぐコーラス来るぞ」

僕はためらってサラワットの顔を見てから、思いきって彼の肩に脚をかけた。彼はゆっくりと立ち上がる。すると、天国が見える、目の前に。夢みたいだ。

「うわー！　すごいこれ、最高！」

サラワットの頭を両手で掴んで体勢をととのえると、そこから手を上げてふりながら、一緒に歌う。


『See Scape』が終わると、次は『Answer《アンサー》』だ。それから『Close《クローズ》』に、『Click《クリック》』『Our Song（僕らの歌）』『You Orbit Around Me, I Orbit Around You（きみは僕の周りをめぐり、僕はきみの周りをめぐる）』『Together《トゥギャザー》』……たくさん演奏してくれる。

とうとう最後の歌になる。その曲に合わせてサラワットも僕も、みんなが力の限り歌い、またすぐに、彼らに会いたいと願うような曲。

サラワットは曲が始まるというときに、僕を下ろしてくれた。

「この歌を、今、恋をしているみんなに捧げます。恋なのか、はっきりわからないかもしれない。でもそんなの問題じゃないんだ——ただ流れにまかせ、すべて忘れて、そばにいる人を見て。どう見える？」

「……」

「その人は微笑んでいる？」

「……」

「まっすぐ、目を見てくれてる？」

「……」

「手を繋いでいる？」

「……」

「もしそうなら、一緒にこの歌を歌おう」


インストゥルメンタル・パートが始まり、みんなが胸いっぱいに叫ぶ。やわらかなリズムにひたって、空に浮かんでいるみたいだ。

ムエの言ったことを、いちいち実感させられる。隣に立ってるやつのせいで。

「心の奥底で　僕らはわかってる
1分ごとが物語だって
きみと僕が受け止めなくちゃいけない
日々が過ぎ　でも僕らはまだ一緒だ
すべての気持ちの中に　それを探す
気持ちの深いところで　僕らは知ってる
それが空《くう》に浮かんでる
それを見つけに行きたいんだ」
――スクラブ『Deep《ディープ》』

僕は鋭いほうじゃない。いつも、今何が起こっているかなんか、とっさに理解できない。ただわかるのは、彼が僕を見つめているせいで、心が震えていることだけ。僕らは話さない。ただ見つめ合いながら、最後まで歌い続ける。

「きっと　過ごした時間のためかも
感情が心を揺さぶるからかも
古い思い出が　ありありとして

その時間が　僕たちを繋いだんだ
少なくとも僕の隣にきみがいて　僕にはわかる
どんなに長くかかろうと
必要なのはきみと僕だけ」

最後に聴いたサウンドは、ムエの声だ。やっと、サラワットを理解する。

「そして、誰にでも、この歌が始まってから今までずっと微笑んで、きみをじっと見て、手をつないでいる人がいる。それが……」

「……」

「それが愛だよ」

今、僕は自室に戻り、ベッドに寝そべっている。ぐったり疲れていて、動きたくない。だからじっと寝そべったまま、入ってくる通知の音を聞いている。

長いこと目をつぶっていて、やっとスマホを取ると、インスタを開く。真剣に見るわけではなく、最初はただぼーっとスワイプするだけ。ほとんどがスター・ギャングとホワイト・ライオンたちがコンサートで踊っている動画だ。

それから、やっと通知を見始める。マン・オー・ハムがコメント欄で僕をタグ付けした、というお知らせを見たから。

Man_maman @Tine_chic めっちゃ苦労してタイプしたってよ。

僕は目を見開く。これは、サラワットのインスタ・アカウントだ。写真には高校の制服姿の彼が、スクラブのコンサートのポスター近くにいる。しかし驚くべきは……。

なんとその写真に、僕も写ってる！

彼は全部で3枚写真を上げている。これが最初の。

2枚目は、今日のコンサート中、僕がサラワットに肩車してもらっているところ。誰かが撮ったんだ。

そして最後が、サラワットと僕が手を繋いでコンサート会場を出るところ。全部の写真にキャプションがついてる。ゆっくり読むうちに、胸の中にこみ上げてきたこの感情はなんだろう。

最初のが……。

Sarawatlism 去年、シラパコーンで。

次のは……。

Sarawatlism 今年、チェンマイで。

そして最後が……。

Sarawatlism どこでも……おまえと一緒なら。

第14章 フリーくっつけパーティ

#TeamSarawatsWives（Secret group）〈チーム・サラワットの妻〈非公開グループ〉〉

管理人です！　本日のニュース速報。わたしたちの夫は今や、代表チームのチアリーダーとつき合ってます。証拠もあり。この写真を見て、誰が２人の関係がただの友達だと説明できる？もし説明できる人がいたら、「おせっかい妻クラブ」の終身会員の資格がもらえるわ。

サラワットが約８時間前に投稿した、３枚の美しい写真。これが上がってからずっと、チームサラワットの妻の女子はみんな、この話題で持ち切りだ。僕はキャプションを何度も読み返し、何も憶測はしたくないが、それでも鼓動が速まるのを止められない。

なんじゃこれは！　どういうこと？　どんどん入ってくる他人のコメントも、気にせずにはいられない。

「いやー、ただの友達でしょ」

「ただの友達とは思えない。サラワットは本当に彼を想ってるみたい。けっこう長く、好きだったんじゃないかな」

「わたし、これにて失恋？」

「まあ代表チームのチアリーダーのタインなら、納得するわ。彼、キュートだもんね」

「彼ったら、とんだタラシだったけど。なんでまたサラワットの奥さんに？」

「あ――――！　わたしのハートはボロボロよ。どうしてくれるの？　サラワットは治してくれないの？　#heartbroken（失恋した）」

「それなのにタインたら、ただの友達って言ってたのよ。やなやつ！　やなやつ！　腹立つー！」

「スクラブのコンサートで2人の近くにいたの。サラワットがタインの手をしーっかり握ってた。サラワットのほうが夢中みたい。誰にもタインのそばに寄らせないの」


　非公開グループの中は戦争のごとく荒れ狂っていて、ソンクラーン※を祝うバンコク・シーロム通りの「水かけ祭り」よりも野蛮なくらいだ。僕は弁解コメントを投稿する勇気も出ない。この問題を解決すべきなのは、これを引き起こした超本人であるサラワットなのに、恥ずかしい思いをしているのは僕のほうだけらしい。

　リリリリリーン

一晩中こんなふうに過ごしていたが、とうとうフォンからの電話で中断された。

「もしもし?」

「起きてる?」

「ああ」正確に言うと、徹夜明けだよ、クソぅ。

「そっちの部屋に行くよ、朝飯食べようぜ」

「んん」

「急いでシャワー浴びろ」

「ん」

「なんだ!　聞いてるのかよ?」

「ああ」

「30分で準備しろよ、わかったな?」

タインのハートは弱り、すり減ってるんだ。昨夜のインスタ騒動から、一睡もしていない。ひどいクマができているだろう。みなさん!　僕はガルニエのアイロールオン(目もと美容液)のコマーシャルに出る用意ができたよ。

フォンと一緒に朝食を食べに外へ出ると、そこのオーナーは僕の目もとがアライグマそっくりなので、どこかの動物園から逃げてきたのかと思ったようだ。それもこれも、チーム・サラワットの妻のせいだ。彼女たちはまだ、「国民的夫」と僕の間柄のことをぐちゃぐちゃ言ってる。

※ タイの旧正月。

僕としては、今の気持ちはこんがらがってる、としか言いようがない。混乱し、呆然とし、ワクワクもし、感情の制御が不能って状態だ。

昨夜の1枚目の写真は衝撃だった。僕とサラワットがずっと前に出会っていたのではないか、と疑うのはチーム・サラワットの妻だけでない、僕自身もだ。あの写真にいるのがまぎれもなく僕でなければ、即座に否定するんだけど。

コンサートがずっと昔の出来事のようだ。サラワットに会ったことがあるなんて、まったく記憶にない。あのキャプションで僕は完全にうろたえてしまった。僕はおおかた、3歩ですぐ忘れるニワトリのように見えてることだろう。

ああ、不眠症と情動不安、動悸と、誰かの顔がとりついて離れない病を治せる人はいませんか？今すぐにでもすがりつきたい気分だ。この瞬間にもあっさり昏睡状態に落ちそう。

「昨日はビックリこいたぜ」

僕の目の前の人物が、コンギー（お粥）を食べながら、ストレートに切り込んでくる。

「何が」

「とぼけるなよ。サラワットのことだ。前に会ったことあるんじゃん。なんで言わなかった？」

「何を言うって？　僕だって知らなかったんだ」

どうやらスター・ギャングはみんな、アホのようだ。あいつとその友達だけだ、頭を使ってるのは。これまでの彼らの行動から判断すると、向こうはずっと知っていたんだ、そうに違いない。

「で、あいつが好きなの？」

「いや！」

「よっ！　そりゃ率直な答えだな。最近あいつ、おまえに猛攻かけてたよな。みんな、もうつき合ってるもんだと思ったよ」

「ありえない」

「ちょっとは心を開いてやれよ」

「なぜさ？　僕は女の子が好きなんだ」

「そっか、そう言うなら信じるよ」

信じると言うが、おい、顔は正反対じゃないか。フォンは一番親しい友達の1人だが、今こいつが言ってることが本当か嘘か、さっぱりわからない。今日はオームとプアクが一緒でなくて助かった、山のような質問攻めに遭ってへとへとになっていたろう。

「最近ペアちゃんとつき合おうとしてるんだ」

すばやく話題を変えようとする。厳密に言うと同じ線の話になるんだけど。

「医学部の？　先週はずいぶん彼女のこと話していたけど、最近はそうでもないじゃん。そんなに真剣じゃなかったんじゃないの」

僕は彼女とショッピングに行くために、軽音部をサボったんだぞ。真剣じゃないって、どういうことだ？

「そうかな。なぜだか、自分でわからないんだ」

「サラワットのせいだろう」

「え？　絶対違う」

僕は首をふった。話題を変えるのは無理そうだ。

「でも俺にはどうにもできないよ。おまえの感情のことだからさ。自分に聞くんだな」

フォンはそう言うと、またコンギーを食べ始め、僕と話すよりスマホに気をとられているようだ。

僕はどうかって？　もうスマホは昨夜からいいかげん使い倒した。何もすることがなく、心が迷走し始める。ふーっと深呼吸をすると、自分のコンギーを食べ始める。あんまり美味しくないな。

「なんだか気分悪くなりそうだ」

「もっと話せよ」

フォンはスマホをいじるのをやめて、僕のほうを見る。今のこいつの表情、本当に嫌だ。僕のプライベートな問題をほじくるチャンスが来たとばかりに、嬉しそうに目を輝かせてる。

「そういう食いつきそうな顔やめろ」

「でも面白いじゃん！　ほら、言えよ」

「フォン、おまえさ、誰か好きな人と一緒にいて、感じたことある？　……つまり、わけがわからなくて、次にどうしたらいいかもわからないような気持ち。僕はいつも、まずはデートに誘うんだけど、今回は……」

こんなのには慣れていない。普通なら、好きならこっちから動いて誘いをかけるのをためらうことはない。それでうまくいかなければ、別ればいい。

でも今回は違う。それ以上の何かがあって、そこに容易にたどり着けない。あいつに、彼氏になってくれなんて、とても言えない。

「いや、ないなあ。誰かが本当に好きだったら、すぐこっちから動くよ」

「……」

ははぁ、なんて的確なアドバイスだ。この言葉だけを胸に一生やっていくことにしてもいい。

彼の英知にはまったく感謝する。

「で、わけがわからない相手って誰のこと？　サラワット？」とフォン。

「ち、違うって、ペアのこと言ってるんだ」

「つき合ってくださいと言えないんなら、何か理由があるはずだろ。今回は何かが違うんだ。何かあって、彼女に言えないんだ」

こんなことをスラスラ言えるなんて、フォンはよほど哲学書を読んだのだろう。

「もういいよ、おまえの言うとおりだ……あいつのことだ」

いつもはっきり明快な僕の声は、かすれてボソボソになる。でもフォンには聞こえたはずだ。

「おまえがそんなにトロいわけないと思ったよ。ペアさんを誘えないのは当然じゃないか、もう他に好きなやつがいるんだから」

ぐあああ！　あまりに的確で、胸に突き刺さる言葉だ。痛い。

「もし本当に彼を好きなら簡単さ、告白すればいいんだから。でもすごく混乱してるんだ」

「あいつが男だから？」

「そうじゃない」

「じゃあなんだ？」

「わからない。常にえらく疲れちゃって、張り詰めた感じがするんだ」

「それな。そりゃ、睡眠が足りないやつの症状だ」

「僕はいつもなら1日10時間は眠るのに」

普段の僕は、みんなに「尋常じゃないほど疲れていたんだろう」とか「もう死んだかと思った」とか文句を言われるくらいよく眠る。だから僕が不眠症だなんて誰も信じないだろう。

「そうかい、じゃ昨日の夜はたまたま寝られなかったんだろ」

「あいつと一緒にいると、体に震えがきて止まらないんだ」

「寒かったとか、エアコンの設定が間違ってたとかかも」

「すごく暑かったんだ、それなのに震えるんだ」

「そっか、ヒーターと同じで、おまえの体はクールダウンするのに時間がかかったんだろうよ。おまえは大丈夫だ」

フォンが肩に手をかけ、景気づけてくれる。でも、僕の体がヒーターみたいだったことなんて、あるか?

「不思議なんだよ……あいつと一緒にいるとさ、スクラブの音楽がいつも以上によく聞こえる」

「だって、おまえコンサートに行ってたんだろ、そりゃよく聞こえるだろう」

「去年はこれほどじゃなかった」

「ああ、なるほど」

「肩車してもらったとき、心臓が爆走してさ」

「ペアちゃんの肩に乗っかっても同じに感じるんじゃないの?」

「違うと思うな」

「……」フォンは答えず、ため息をつくと、ずるっと椅子に深く沈んだ。

「いつもいつも、答えの出ない質問がありすぎるんだ」

「おまえ、いったいぜんたい何がしたいんだよ。あいつに恋しちゃって、どんどん深みにはまってるから頭がイカレちゃってるんだろ」


今日が月曜なのが本当にイヤだ、友達がどっさり質問をしてくるだろう。何か言い訳を考えなければ。どうかなってしまうのはイヤだ。

サラワットからは何も連絡はない。例の彼の妻たちが、平気でいるのか僕を憎んでいるのか、見当もつかない。どこへ行くにも不安で、車から降りたときには、たくさんの人がこっちをじろじろ見ているのを感じ、思わずバッグを強く掴む。

「ハーイ、タイン」

「あ、はっ、こんにちは。ハーイ！」

横を通りすぎていく女子に、緊張して手をふる。彼女、フレンドリーだが、きっと見せかけだ。殴らないで、お願い。ニュースになりたくない。

「いたいた！　この人！」

「わああ！　ゴージャス！　マジでイケメン」

「ああ、キュートだわ」

怖れていたとおりだ。誰かがこっちに微笑んでる。友達が彼女の肩をばしっと叩いて、クスクス笑っている。僕は彼女にちょっかいかけたりしてないぞ。なんでそういう変な態度をとる？　耐えられない、と思ってUターンすると、次の瞬間、また捕まる。僕の友人たちが少なくとも10人の上級生の女子にとり囲まれてる。怖い顔して見せるべき？　そうすれば、とりあえずボコるのはやめてくれるかな。

「タイン！　こっちに来てよ！」

彼女たちに近づこうとしたとたんに、1人が飛び出してきて僕を捕獲し、彼女たちのテーブルへと引っ張っていかれる。僕を座らせ、ニッコリする。フォンとプアク、オームは僕にニヤケ顔を向けている。

「あなたとサラワットって、つき合ってるの？」

おおっと！　直球で来た。

「つき合ってません」

「サラワットはあなたが好きなのね？」

「知りません」

「以前から知り合いなの？」

「よくわからない、僕も昨日の夜初めて知ったんで」

こうして僕は有名人になるのだろうか？　それはそれは凛々しいルックスですから、みんな僕のことを知りたくなるだろうけどさ。

「質問していい？」

「どうぞ」

「彼女いるの？」

「まだです」

「誰が好きなの」

「……」

僕は何も言わない、ただ首をふって、ふう、と息をつく。医学部の子とつき合いたいと言いたいが、もう僕たちの関係について自信がなくなってしまった。サラワットが僕の人生に入ってきてから、どうもわからなくなってしまった。

「じゃ、もうひとつ質問」

「はぁ」

「サラワットが好きなの？」

「う……」

なんと言えば？　好きと言えばさらに質問される。しかもそう答えるほどの自信がない。実際彼のことをどう感じているんだろう？　ノーと言えば、僕の人生のカオスの元凶を傷つけてしまうだろうな。ああ、心臓が……。

僕は答えず、ただ首をたれる。友達は僕が進退きわまっていることにすぐ気づき、なんとかしてくれようとするが、そのうち誰かが突然甲高い声を上げた。上級生たちが一斉に、ちょうど現れたサラワットに注意を移す。

「サラワット！　こっちに来て！」

みんなが場所を空けて、彼を迎え入れる。その表情は読めない。

「よう厄介もん！　なんで俺の電話取らないんだよ」

サラワットには僕しか見えていないらしい。誰かこいつをどやして目を覚まさせてくれ、大勢にとり囲まれているってことに気づいてもらいたい。

「スマホはバッグの中だろ」

「この人たち、ここで何しているんだ？　スクラブのコンサートか何か？」

何を言っているのやら……コンサートなはずない。この人たちは、僕らのためにここにいる、そしてみんな、僕らが話すのを聞いてるんだ。

「そんなわけないだろ、上級生と話していただけだよ」

彼がそれ以上質問するのを止めるためにも、僕は言う。

「何を話していたのか、言ってみろよ」まだしつこい。

「もう行ったら？」

と僕は話を変えようとするが、ダメだ、みんなが動いて道をふさぐ。

「わたしはタインに質問があるの」

誰かがサラワットに向かって言う。彼はその人にいつもの無表情な顔を向ける。

「何を？」

「あなたのことよ、サラワット」

「じゃあ俺に直接聞けばどうですか」

あーあ！　今日はとことんついてない。彼は僕にまったく無関心なフリをしていて、僕の友達でさえぽかんとしている。

「あなたのインスタの写真、全部投稿したのはあなた？」

「何枚かは。友達が上げたのもあります」

「最近のは友達の、でしょ?」

「あれは自分で」

「タインに以前会ったことがあるの?」

「ええ、シラパコーンで」

「あなたもスクラブのファンなの?」

　ここでサラワットは首をふると、変てこな目つきで僕に向き直る。

「俺はソリチュード・イズ・ブリスとインスピラティブのファンです」

「へえ」

　僕の周囲でみんながうなずく。こいつ、存在するあらゆるバンドのファンだよ、と言ってやりたい。いつかの晩に軽音部で好きなバンドを聞いたら、彼はカバーしたことのあるバンドを全部並べたものだ。20以上の名前が挙がっていたぞ。

「これ以上質問がないのなら、もうタインに用はないでしょう?」

　サラワットは続けて僕の手首を掴み、みんなから引き離そうとする。足を止めたのは、誰かが「あとひとつだけ質問させて、そうしたらもう邪魔しないから」と声をかけたためだ。

「……」

「あなたたち、つき合ってるの?」

　僕が黙ってひっそり立っていると、僕の手を掴んでいる人物が答えた。

「いいえ」

「……」

「でもそういう関係になれたら、必ずみんなに公表するから」

「サラワーット！　ぎゃああ！」

サラワットの返事に、たくさんの見物人が興奮した叫び声を上げる。こっちの心臓は最高速度で走ってる。このドキドキは、オンラインで無料アダルト動画を見つけたり、初恋の人に会ったり、靴を買うのに父親の財布からお金をくすねたりするときみたいな。あるいはそれに近いけど、これだというものが見つからない何かだ。

「そういう関係になれたら、必ずみんなに公表する」ってなんだよおい！　こういうことは、みんなに言う前に僕に許可を取れ。

心臓が胸から飛び出そうじゃないか！

#TeamSarawatsWives（Secret group）〈チーム・サラワットの妻〈非公開グループ〉〉

「きゃあぁぁぁ！　破れたのはTine TheChicのハートじゃないわ、わたしたちのハートよ

#sharingtheheartbreak（失恋シェア）#amen（アーメン）」

「史上初、大学中の女子とゲイが一斉に失恋」

「2人は本当につき合ってるの？　もう泣く」

「昨日の夜は、悪夢だと思うことにした」

「いつも代表チームのチアリーダーに負けちゃうのよね。わたしじゃダメなの？」

「ダメみたいね、だってあんたいつも失恋してるじゃん。笑」

「あー残念！　とはいえ、わたしはいつだってチーム・サラワットの妻の会員よ」

「サラワット！　奥さんが見てないときに、いつでも会うわよ #whoisTineIdontknow（タインって誰知るか）」


「そんなん読むのやめろ」

「……みんながフェイスブックやインスタで僕のことを話して、シェアしまくってる。気にしないでいられる？　おまえ、何も感じない？」

そばに立つ日焼けした男の顔を見る。今日の講義が全部終わってから、彼は僕をシス・トゥーンのカフェに連れてきた。友達とよくつるむ場所だ。最初のうちは、部室で人にじろじろ見られるのを避けられて助かったと思ったが、ここでもさほど変わりない。みんなが僕らを見て、ネタにしている。

「俺に何を感じてほしいんだ？」

「……」

「おまえにキスしたい気分になればいい？」

「おい。普通もっと周りのことを気にするだろ」

「俺はおまえが好きだ、他の誰でもなく。おまえのことにしか気にしてない、あいつらじゃなく」

言葉は甘いのだが、言ってる口調がイラっとする。

「そんなことしたら、周りの人がどう感じると思う？」

「わからない。どうでもいい。おまえのことしか考えてないから」

「うう」

頭が爆発しそうだ。いつもサラワットは、どうでもいいみたいにふるまう。彼は自分のアップルゼリーをちょっとすくい、僕のカップに入れてくる。

「僕ゼリーは嫌いだよ。戻せよ」

「健康にいいぞ。リンゴはビタミン豊富だ」

「こんなの、ただの人工的に作ったゼリーじゃん」ビタミンって、アホか。

「おまえのホイップクリーム、ちょっと食わせて」

僕があげようとしないでいると、やつは僕のカップを奪って勝手に取った。自分は何ごとにも影響されないみたいなフリをしているかもしれないが、空腹というのは万人共通だ。

「わ、なんだよ、上等だな」

「俺はおまえの健康を心配してる。こんなクリーム、食べすぎるのはよくない。それに、イヤじゃないか……」

「え？　僕が糖尿病になって死んじゃったらイヤ、そういうこと？」

「違う。おまえが美味しい物を独り占めしそうでイヤだ」

そりゃまた、僕ってなんて愛されてるんだ！

女子のみなさん、これがあなたたちの間で有名なイケメンですよ。国民的夫、あなたたちのご贔屓《ひいき》。今ここで、こいつの真実を言ってあげよう。あなたの恋人の本当の姿は、ハムなしハムサンドの人間版だ。外側はきれいで完璧かもしれないが、近くによると、ただのインチキ野郎だ。ゲロ吐きたい気分！

「このリンゴのゼリー、マジ美味しいから、おまえに分けてやりたくなったんじゃないか。何か美味しい物を食べたら、おまえの分も取っておいてやりたい。いいことがあったら、おまえのことを考える。どこか特別なところへ行ったら、おまえも連れてきたくなる。いい歌を聴いたら、おまえにも聴いてもらいたくなる」

この長ゼリフに、僕は茫然自失。やっと意識を取り戻して、言う。

「それは、そのとおりだよね……。何か特別なことがあったら、みんなとシェアしたくなるものだ」

「シェア、それとも自慢？　友達にはいろいろ自慢するが、分け合うのはおまえだけだ」

「……」

「俺の友達以外では、おまえは唯一、おしゃべりでイラつく、悪趣味な俺を知ってほしい人間だ」

そうだ！　サラワットのことはすべてわかってる。こいつ、内気でもなんでもない。ただ自分の周りに要塞を築いて、他人に入り込ませないようにしているんだ。他の人たちがサラワットに見ているものは、本当の彼にはほど遠いシロモノなんだ。

「じゃ、僕はきみの親友になったんだよね」

「そうじゃない。みんなは壁をよじ登らなくちゃいけない、俺は友達にははしごを貸してやる、けどおまえは、それすら必要ない」

「……」

「おまえのためには、ドアがある……いつでも歓迎のドアだ」

再び、何も言えなくなってしまう。考えをなんとかまとめようとしているうち、ふと疑問がわく。

「それ、いつから？」

どのくらい、こんなふうに感じていたんだろう。シラパコーンから？　政治学部で初めて会ったときから？　それともクラブ？　いつから、僕のことを想ってた？

「いつから、僕のことをそんなふうに感じていた？」

「シラパコーンから」

「それはだいぶ昔のことだね」

僕はあれ以来、何人の彼女がいたことか。４人？　５人だったっけ。

「政治学部の建物で会ったとき、なぜ知らないフリをしたのさ」

「……」サラワットは何も言わずに僕を見る。

「僕のことを、ずっと知ってたんだね？」

「……」まだ何も答えない。

「本当に、僕のことが好きなの？」

「うん」とうなずく。

「でもなぜ僕？　僕にはもう、いい子がいるんだよ」

「養育費なら払ってやる」

「アホ、つき合ってる人だよ。ペアさん。それにグリーンのやつもまだ僕にご執心だ」

「おまえ、グリーンが本当におまえを好きだと思うか？」

「どういうこと？」

「……」

また黙ってしまう。あいつの食ってるゼリーを喉に詰めて窒息させてやりたい。ときどき本気で腹立つ。ＳＮＳでの誤字だけじゃない、こうやってわざと神経に触ることを言うときだ。

「サラワット」

「おまえ、前に聞いたよな、なぜ音楽でなく政治学部を選んだかって」

いきなり話を変えてくる。うう。僕ももういいかげん慣れてもいいころだろう、でもやっぱり慣れない。

「好きなものを勉強したくないと言ってたよね、しまいには嫌いになってしまうからって」

「それは理由の一部にすぎない。音楽は俺が世界で一番好きなものだ。好きなときに弾いて、好きなときにやめる。政治学に愛情は決して持たないだろう。ただそれを理解して受け入れなければならないんだ、そうすればそれが俺の人生になり仕事になり、未来になる」

「……」

「おまえのことも同じ。一目惚れとかそういうのじゃない。俺はおまえについて学んで、受け入れて、理解したい。俺は、ろくに知らないやつに手放しでのぼせ上がるほどアホなガキだった。でも、俺はもう高校生じゃないし、あれから丸1年経ってるけれど、まだ、俺はおまえについて、あらゆることを知りたいんだ」

人生で初めてだ。誰かの言葉がするりと心臓まで入ってきたのがわかったのは。どういうことなのか、完全に理解できた。しばらく、その言葉が沁みていくのにまかせる。突然恋人にキスされたときよりも、心が晴れやかになるのを感じる。これは、今までたくさん聞いてきた中でも最も真摯な、愛の告白だ。

2人とも黙って、ただ周囲の低い雑音を聞いている。サラワットの深い声は、いつもベースギターの暖かい響きを思わせる。

「ペアのことは、一目で好きになった？」

「そうだと思う」

「飽きないか？　愛だけでは、長く持たないよ」

「……」
「だから……お互いをもっと知り合おう」
「……」
「別に俺のことをそんなに好きにならなくたっていい、ただ、心を開いていてほしいんだ」

サラワットにチャンスをあげてみようと決めてから、もう1週間になる。あっちの友達もこっちの友達も、僕らがくっついたと面白がっていて、まるで賭けでもしてるんじゃないかと疑うほどだ。あらゆる機会をとらえて僕が彼にキスするように誘導するに違いない。

サラワットのiPhoneに、マン・オー・ハムからメッセージが届いた。

「ホワイト・ライオン全員へ：
彼女持ちは立ち入り禁止
ホワイト・ライオンの
『フリーくっつけパーティ』
今週金曜、いつもの場所で」

ホワイト・ライオン連中の企画らしい。みんながまたひと騒ぎ起こそうとしていると知り、僕は目を疑った。

「これは何？」

招待状の画面を彼に見せる。

「行っていい？」

サラワットがいつもの真顔で言う、感情は読めない。

「友達に招かれたんだろう、じゃ当然じゃん」

「おまえも一緒に来る？」

「なんで僕が。僕は関係ないよ」

「奥さん同伴はダメなんだ、だからおまえは行けないかもな」

いや、なんだそれは？

「僕はおまえの奥さんじゃないよ」

「おっ、じゃあいいじゃん。だったら行ける」

「は、はぇ？」

このアホ面をはり飛ばしたい。いつか必ずやこいつの「妻たち」の面前で恥をかかせてやる。どうせたくさんの妻たちが、寄ってたかって僕を攻撃しようとするんだから。中には僕の味方もいるが、それ以外は本気の敵だ。サラワットは僕を落ち着かせようと、「気にするな。ポーカーフェイスで無視しろ」と言ってくれるけど。

「たぶんマンがおまえの友達も招待する。一緒にパーティに行こう」

サラワットの頭の中で何が進行しているのか、ときどき本当にわからない。長い時間一緒に過ごすようになって、彼の変人な面がいろいろ見えてくる。他の人たちにとっては、彼は変わらない。今までと同じ人気者で、いつも無表情で、無口。

みんないまだに、彼の教室のドアノブにお菓子を引っかけてる。軽音部の女子はまだ憧れの目を向け、僕をにらみつけてくる。彼の出るサッカーの試合では相変わらず女子が集結して応援してる。彼の生活はいつもと全然変わらない、ただそこに僕も加わったというだけだ。

非公開のチーム・サラワットの妻で僕に対してどんなひどいメッセージが飛び交っているか、控えめに言って危機的状況だ。さっきのメッセージに対して、サラワットが大きな手で何やら入力しているのを眺める。

Boss-pol（ボス） 誰がトップ？　これすごいぜ。
Thetheme11（テーム） なんかＡＶ系ないの？　待ち切れ～ん。
i.ohmm（オーム） これ、ポルノ・パーティなん？　タイトルおかしいじゃん。

サラワットは真剣な顔つきで、急いで打っている。

Sarawatlism（サラワット）俺のツナも参加したて

一度くらい正しくタイプしてほしいんだが、もちろんそんなことはできない。不可能なことを願って悪かった。

Bigger330（ビッグ）@Sarawatlism なんだ？　どゆこと？

KittiTee（ティー）翻訳してやる。サラワットは、俺の妻も参加したいって、と言ってるの、わかった？

Man_maman（マン）なんだよ @Tine_chic（タイン）おまえも、@i.ohmm @i.amFong（フォン）@i.amPuek（プアク）もみんな招待されてるよ。

Tine_chic 僕は妻じゃない。

Sarawatlism @Tine_chic おなえが音でもいいｚｐ

僕はスマホをテーブルの上に投げ出して、サラワットをにらむ。

「なんだよこの答え。ケンカ売ってんの？」

「俺はもうおまえをタインって呼びたくない。俺の妻って呼びたい」

ドッカーン!

この言葉には、床に叩きつけられたような気分だ……あああ、心臓が……。

パーティ会場はマンの部屋だ。招待状を見て大規模なパーティかと思ったら、実際はサラワットと僕、それぞれの友人たちしかいない。

どういうことだ? パーティのタイトルも頭おかしいし。一緒に楽しむのはいいが、本当のことを言うと、サラワットの友人たちとはそこまで親しくないんだ。僕はここでは場違いだ。招待はされたけど、僕にできるのはただその場にいて、また帰るということだけ。

「タイン、おまえ何が食べたい?」

みんなが到着してソファや床に座ったところ、サラワットが優しげな声で聞いてくる。大型TVではUEFAチャンピオンズリーグをやってる。

「なんだよう。なんでタインだけに聞くの? 俺も、タインのメニューが欲しいぞ!」

「うるせ」

僕はマンに釘を刺す。いつも邪魔なやつだ。いつかこいつ、車で轢きつぶしてやる、と心に誓う。

「なんで酒ないの、このパーティ?」ティーが文句を言うと、誰かが笑う。

「飲むのはビールだけだ!」

ビールのケースが持ち込まれ、みんなのグラスに注がれるとパーティ開始の合図だ。ビールなんて怖くない。スター・ギャングはアルコールのために来たんだ。どんどん持ってこい！

まずフォンの顔の色が赤紫に変化する。次にオームが同じ色になる。プアクがまっすぐ歩けなくなるまでに時間はかからない。

僕はどうかって？　みんなに、飲みすぎるなと言い続けてる。

「ちょっと質問があるんだけど。くっつけパーティって、どういう意味？」

「ただのお祝いだよ」

「なんの？」

「おまえたちカップルのだよ！　乾杯ー！」

チリン！

ビールのグラス同士がぶつかる。サラワットの友達が楽しそうにみんなでジョークを飛ばし、僕をからかう中、彼のほうはというと、黙って僕に目をすえているだけだ。

僕らは隣同士で座っていて、彼の服の柔軟剤の匂いがわかるくらいだ。こいつは、コロンやローションを使わない、使うのはシャンプーのみだ。シャワーのときにはそれを石けん代わりに使ったりする。僕がなんでそんなことを知っているかって？　それは、いつかコンビニに行ったときに、彼がいわゆる「いい匂いのする液体石けん」を買ったからだ。それ、石けんじゃなくて普通のシャンプーだったんだ。

「おまえ何考えてるの」

サラワットが僕の平和な夢想の邪魔に入る。周囲では、友人たちが人生の時間を浪費している。サラワットと僕は、自分たちだけでまったく満たされている。

「なぜこっちをじろじろ見てる？」

「よく見えないからだ。おまえの顔が全部見えたら、見つめる必要はない」

もう少しで、やつにビンタするところだった。

「僕じゃなくて、自分の友達でも見てれば」

やつの引き締まった上体がこっちに傾いてくる。息が首にかかり、背筋にぶるっと震えが伝わる。

「キスしたい」

「やめとけ」

「マジでしたい」

「黙れ」

「なんでおまえはこうキュートなんだ？」

「ハンサムと言え、キュートじゃない」

僕はチアリーダー代表チームだぞ！　そういうことを言われると、僕の自信に傷がつくだろう。

「まだ俺のこと好きにならない？」

「……」

僕は答えない。この質問に答えるためには、1週間以上は必要だ。もし、今から10年経って、まだ他の相手を見つけられていなかったら、もっと簡単にイエスと答えられるかもしれないけど。

「俺の彼氏になってくれたら、おまえを舐め回してやる。約束する、髪の毛から影まで全部」

な……なんだぁ？

「おまえ、キショ」

「マンがこう言えっていうんだ。でもおまえがここまで赤面するとは思ってなかった」

やつはククッと笑う。うっかり引っかかるところだった。こっちが最高に幸せな気分になったとたんに、一気に地べたまで引きずり降ろされる。ときどき、この男が本当に僕が好きなのか、僕をからかうのを楽しんでいるだけなのか、わからなくなる。

「おーい、みんな！　みんなが完全に酔っぱらう前に、俺たちのパーティの伝統に従おうぜ」

マンがグラスを手に立ちあがって、重々しい声で言う。みんな、つまりプアクとオーム、フォンをのぞく全員は、なんのことかわかっているようだ。

「ここ、このパーティの好きなところなんだ」

サラワットが囁く。その顔を見ると、信じないわけにはいかない。

「ええ……何が起こるんだ？」

僕はインスタのハッシュタグ「#フリーくっつけ」を不安な気持ちで思い出す。落ち着かない気分。このパーティ、変なセックス・クラブみたいになり果てるんじゃないだろうな。

「いいから見てろ」彼はそう言うだけだ。マンがまた口を開く。

「よーう、みんな！　俺はマン！　今夜は俺の新しい友達のことを語りたい。タインとオーム、プアクとフォンだ。心から、きみたちをこのスケベサークルに歓迎する」

げっ、そういう呼び方すんなよ。僕が新しいの考えてあげるから。

「全員、この1か月黙っていた秘密をひとつ、話さなくちゃいけない。俺はもう自分が何を言うか決めてるぜ。おれは告白する、おまえを最初に見たとき、タイン、いけ好かねーなと思ったんだ……」

「あぁ」僕は自分の胸を指さす。

「おまえ、お高くとまって見えた。まるで自分が世界の7不思議に追加された8番目だと思ってるみたいに。しかしおまえをもうちょっとよく知ったら、すごい可愛げのあるやつだとわかったよ！」

「わはは！」

みんながゲラゲラ笑う。このパーティ、なかなか楽しくなってきた。マンは自分の席に戻ると、僕に芝居がかった投げキスを送ってきた。次はボスの番、彼はさっと中心に移動する。

「プアク、おまえは『マズいが安い、おすすめレストラン』をやってるよな。おまえのページはクズだ、けど、やっぱり見てるぞ」

「おい！　カンパイしようぜ」

拍手と、グラスのかち合う高い音が続く。メンバーの話が済んでいくが、ほとんどのやつが僕らのことをしゃべる。楽しいし、正直でもある。みんなが僕をどう考えているのか、知ることができた。

「タイン……俺の友達は本気でおまえが好きだぞ」

「ヒューーー！」

テームが秘密を明かすと、みんなが喜んで吼《ほ》えている。彼は僕のリアクションは待たず、さっさと座る。それから、僕の横に座る男の肩を押し、中心へ行けとうながす。

「タイン……」

みんなが口笛を吹き、歓声を上げ、はやしたてる。

「おまえさ、さっきからタインにやらしいことするのやめろ、もうどっかに2人で部屋取れ！」

前言撤回、今この瞬間、こいつらみんな嫌いになった。しかし僕はただ黙って座って、恥じらった顔を隠すしかできない。いつからこんな女の子みたいになっちゃったんだ。

「俺はマジ幸せだ」

「うわあ！　そりゃまずいぞ、サラワット！」

「気持ち悪くなりそう！」

「おーい！　なんでもう戻るんだ？　おい！」

みんながっかりして騒ぐ中、サラワットはそれ以上ひと言も言わず、戻ってきて座ってしまう。最後の1人がビッグだ。

「サラワット、おまえ、照れたフリしてるんか？　じゃ、これからおまえのことを話す。タイン」

また僕か。

「俺の友達は、心の狭いやつなんだ。靴でもバッグでもギターでも、そして自分のプライバシーも、すべてにおいてすごいケチ！　それに、おまえのことになると独占欲の塊だ」

「げげっ」

僕は突然ヘッドライトに照らされた鹿のようにフリーズ。全員に注目され、いたたまれない。サラワットはというと、全然動じていない。ただビッグが席に戻ったところで話しかける。

「おまえ、それ、あいつはもう知ってるよ」

「ええ？」

「俺が独占欲強いってこと」

「大人になれよ」

サラワットはただ肩をすくめ、何も言わない。手を伸ばしてきて、僕の頭をよしよしと撫でる。バカにされるのは嫌だ、僕は代わりにあいつの頬をつねってやった。このバカなポーカーフェイスもでかい指も、大嫌いだっ！

パーティは何時間も続くが、今回は誰もべろべろにならない。ひょっとして、僕の友達はみんな、気を失ったとたんにホワイト・ライオンたちに犯されるんじゃないかと怖れているのかも。

そのうちにマンが「政治学部、前回の試合では勝てなかったな。なんか気分の上がる歌でも歌ってよ！」と言って、自分の寝室からギターを取ってきてサラワットに渡す。

「ワット、何か弾けよ」

サラワットはギターを手に取らず、首をふる。

「このギターはよくない、いい音が出ない」

「おまえほんっと金のかかるハイメンテ野郎だな！　そりゃ、俺のギターはおまえの高いやつに比べたら安物だが。あれ、おまえのお気に入りだろう？　いつもはマーティンを使ってるけど」

「マーティンDC‐16はどう頑張ってもタカミネに勝てないだろう？」

マンは床に尻を落としてギターを弾きながら鼻歌を鳴らす。ひどい声だったが、みんなそれに乗って、一緒に歌った。

パーティは夜中にお開きになり、プアクとオーム、フォンは、僕とサラワットと一緒に帰宅する。彼はもう疲れたのかな、ちょっとわからない。車に乗り込むと、サラワットはいつもの落ち着いた声で聞いてくる。

「何か音楽聴きたい？」

「聴きたい！　何がある？」

「何がいい？　おまえに歌ってやる」

「いらん」僕はブンブンと首をふる。けっこうです、今夜、悪夢を見たくないんで。

「夜　世界は眠ってる　俺の心はからっぽ
今ここで　優しい音色とともに
遠くの誰かを想ってる」

最初にいらないと言ったのとは裏腹に、今のこの状態が、なんだか心地よいものがある、何もなくて、ただ彼の声がベースの弦の震えのように響いてる。伴奏もギターもなく……彼の声を聞いているのがなんだか夢のようだ。

「やがて俺はシンプルな夢想に落ちる
まるで何かに惹かれるように……」

僕はセンターコンソールに片手を置いて、メロディに合わせ指をぱらぱらと動かし、コーラスに参加する。この曲をずいぶん聴いていなかった。スクラブはこの曲をコンサートで演奏しないんだ。最後に誰かと一緒に歌ったのはいつか、思い出せないほどだ。

「でも目を開いたとたん　きみが目の前に立ってる
美しすぎて　言葉にならない

光がきらめいて　きみが歩いてくる
目が合って　じっときみを見つめる
俺のハートが震えてる
これは現実か　夢か？」
――スクラブ『Sleeping Song（眠りの歌）』

歌が終わると、不思議な感情に気づく。いい曲を誰かと一緒に歌うのはいいな。自分自身でいられる。誰も喜ばせなくていい、いいところを見せなくてもいい、早急に仲直りを要するおバカな彼女もいない。

「サラワット……」

サラワットが路肩に車を停める。僕の家に着いたら、今夜はこれで終了。そして今、寮の前にいる。すぐに、酩酊した体を引きずって、部屋まで上がることになる。

「どうした？」

「おまえのギターさ。返してほしかったら、言ってね。急いで自分で買うから」

「なぜ？」

「友達が言ってたろう、僕が借りてるやつが、一番のお気に入りなんだね」

「返さなくていい。本当のところ……」

真剣な顔でこちらを向き、舌で唇をちょっと舐めた。車の座席にいて動けず、僕は固まった。するとと彼が両手を僕の首にかけて強く引き、飢えたケモノのようなキスをしてくる。

「きゃあ！　やめ、サラ――」

息ができない。どけと言わなくてはいけないのに言えない。押しのけようにも、力も出ない。体がゼリーみたいに震えてる。

口にあいつの舌が侵入してきて、アルコールの跡を舐めとっていく。鼻が僕の頬に食い込んでる。舌で歯の上をなぞられると、全身に激震が走った。こいつの舌、すごいテク。

何これ。彼女はいなかったと言ったくせにうまいじゃないか。僕よりうまいかも。サラワットがいったん顔を引くが、その低い声に、僕の心臓が異様に鼓動する。

「舌をくれ、手伝って」

彼は僕の驚いて固まった表情を確かめると、それからまた顔を引き寄せてキスの続きに入る。心の準備をする時間なんて、決して与えてくれない。サラワットの舌は簡単に口に入ってくる、だって僕は自分の体を動かせない、されるがままなんだ。

舌がからまり合い、お互いの唾液が混じる。あいつの大きな手に首をきつく掴まれ、僕は微動だにできず。彼の舌は僕の口の中を好き勝手に動き回ってる。支えてもらっていなければ、きっと僕はバランスを崩していただろう。

脳がやめろと言っている、だって息ができないから。でも心臓はドキドキ波打って、このまま続けてほしがってるみたいだ。とうとう最後には、酸素を求めて彼から身を引きはがすことになった。

　やつは能天気に僕の唇を噛む。血の味がした。

「人をおもちゃにして……」

　僕の声は震えてしまう。体中が重くて、動けない。

「おまえ、本当にイラつくやつだな」

「そっちが……」

「俺の理性が飛ぶ前に、車から降りなきゃダメだろ」

「……！」

「あまり長いこと紳士でいられないんだ」

　サラワットは僕のシートベルトを外すと、ドアを開ける。まるで僕を投げ捨てるような勢いだ。

　クソ。キスしておいて、その後は犬を追い払うみたいに。

「で……ギターどうするの？　返せばいい？」

　僕は襲われる前の会話に戻る。

「いらない」

「……」

「あれは最初っからおまえのだ」

「……？」

「ちゃんと世話してくれよ」

これで話は終わりだった。

部屋に帰ると、最初に目に飛び込んできたのがベッドの上の、サラワットのギターだ。それを持ち上げ、触っているうちに、妙な気分が湧き起こってくる。ギターのネックにはサラワットの名前が太く彫られている。この文字が目に入るたびに軽くうんざりする。ギターをひっくり返すと、光が反射した。何かが目にとまり、６本の弦の間、サウンドホールの奥を見てみた。

刻まれていたのは……僕の名だ。

「タイン・ティパコーン」

このギター、本当に最初から僕のものだったんだ。

第15章

勇者ならできること

「タカミネに名前をつけないとだね」

僕はがっしりした手がスナック菓子へと伸びるのを見ている。その手の持ち主は今、テーブルの上に広げたピックをたんねんに選んでいるところだ。ずいぶんいろんな種類がある。薄くて使いやすそうなのもある。ぶ厚くて、どう扱うのやら想像もつかないのもある。サラワットはピック選びに集中していて、僕のほうを見もしない。

「ねえ聞いてる?」

「どうしたって言うんだよ」

彼は一番大事な食事どきを邪魔されたみたいな目つきでにらむ。僕らは今、木陰の大理石のベンチに座っている。友達はみんな何か食べ物を買いに行ってしまい、2人だけで残された。

軽音部のために練習しているんだ。イベントがいくつも待っていて、すぐに忙しくなるからだ。

後期には音楽フェスティバルも控えている。

「これ、僕のギターなんだから。僕が名前をつけるべきだな」

「アホくさ」

手伝ってくれないばかりか、からかってくる。僕の不機嫌な顔を見ると彼は、しょうがねえな、みたいな表情を浮かべるが、その後何か考えついた様子で、聞いてくる。

「どういう名前がいいんだ」

「何か、僕を表すような名前」

「『退屈』」

「……！」

何か反撃してやらないと。こういうこと言うと嫌がる人もいるかもしれないけど——。

「クソったれサラワット。僕が退屈って、本気？　ハンサムとでも言うんなら、かまわないけど」

「おまえにぴったり」

「おまえ、マジ嫌いだ」

「嫌いなんて本当は嘘だ。俺が好きだって認めろよ」

「黙れ、もう何も言うな」

僕は深ーいため息をついて、会話をブチ切る。それよりも、どんな名前がいいか考えよう。自分の考えを言ってみる。

「『スクラブ』はどう？」

「それはよくない。ギターにそんな名前をつけたら、バンドにケチがつくぞ」

「『ムエ』は？」

僕の大好きなヴォーカルだ。クールじゃないか！

「おまえ、疲れてるというより、おバカっぽい」※

ああそうでしょうよ。ムカつく心を抑え、僕は彼のお菓子に手を伸ばす。

「『ローラちゃん』は？」

めっちゃセクシーなAV女優の名前を出してみる。しかしサラワットはくだらない返事をよこす。

「おまえのギターは女の子じゃない」

「ギターはギターだよ。犬じゃないんだから、オスもメスもないだろう」

彼は何も言わず、例によって何を考えているのか、表情からはまったく読み取れない。向こうがあまりにじっと僕に目をすえているので、だんだん自意識過剰になってくる。こいつ、何か汚らわしいことを考えているんじゃないか。脳内では、舌なめずりしながら僕の服を脱がしてるに違いない、そして僕の首に牙を立てたくてしょうがないんじゃないかと思えてくる。

「何見てるんだよ。これ、そんなに食べたいの？」

ポテチを1枚、手にとって見せる。やつは飢えた犬みたいに目をそらさない。

※ タイ語で「ムエ」は疲れている、と同音異義語。

「そんなスナック菓子なんかいらない、おまえが食べたい」

「やめろ！」

「あーカワイイ」

「見るのやめろ。食わせないぞ」

僕はイラつき、手であいつの顔を横に向けようとする。いつもいつも。ヘンタイが。

「おまえを見ちゃいけないの？　手を出されたいと？」などとほのめかす。

「このヘンタイ」

「強情だな、絶対に人の言うことを聞かない。齧《かじ》ってやりたくなるな」

「誰か他のやつに、つきまとえよ」

「他のやつはみんな、見るだけでお腹いっぱいだ。おまえだけだよ、めちゃくちゃ触りまくりたいのは」

「これがおまえの言う愛なのか？　普通恋人のことは優しく扱って、もっと気を遣うよ。それがおまえときたらもう……」

「俺がおまえの唯一の悪役、俺はおまえしかかまわない。特別なんだ」

ありがたいことに、僕はとっても特別なようだ。僕らの未来が見える。あまり幸せじゃない、僕のほうは。僕はふくれっ面をすると、サラワットがこっちに近づいてくる。

「な、なんで近寄ってくるんだよ。ギターの名前考えてよ」

「俺は考えるのには脳を使う、体じゃない。なんでそばに寄っちゃいけない？」

「人をおちょくってるのか？」

「おい厄介もん。なぜそんなにカリカリしてる？　中間試験の問題じゃないぞ。落ち着け」

「そっちがカリカリしてるんじゃん。『退屈』なんて、バカみたいな名前だ」と言った後に、ひらめいた。

「『厄介もん』はどう？」

「『好きモノ』でもいいな」

「サラワット。頼むよ」

「わかった、1回だけ俺にキスしていいぞ」

「蹴っ飛ばすぞこの、アホんだら」

僕はげんなりし、手にしたギターに目をやる。サラワットにしつこくイジられるといつも頭に来る。しかし自分のギターを見て、サラワットが僕につけたニックネームのことを思うと、気持ちが収まってくる。やつの顔面を蹴り飛ばすよりも、怒りをしずめてこの楽器に名前をつけることに集中することにする。

「厄介もん」

「え？」

「ギターのことだよ」

「あっそ」

「厄介もん」

「誰に話してるんだよ、僕か、それともギター？」僕は文句をたれる。

「おまえ」

「なんだよ？」

「ちゃんと世話してくれよ」

「もちろん」

「大好きなんだ、これ。美しいだろ。あんまりきれいだから、ときどきベッドで可愛がってやりたくなる」

おい待て！　それはギターのことか？　僕のことか？　やつはヤラシイ顔を作ってこっちを見る。みんな、なんでこんな野郎のことが好きなんだか。こいつ、マジヘンタイだぜ？　いつでもどこでもスケベスイッチ・オンになれるみたいだ。発情期の動物じゃないだろうが。

「ああ、あなた！　ダーリン！　見てよあの2人、ラブラブねーえ！」

サラワットへの怒りがまだ収まらないうちに、友達がやって来て茶番を演じ出す。

「あなた〜あたしもあんなふうになりたい」

「じゃ、今夜俺の部屋に来ていいよ、ベイビー」

「どうしてあたしがあなたのお部屋に行くの？」

「それは、ベッドでたっぷり可愛がってあげられるからさ、ここの誰かさんみたいに！」

みんな、人生最高の時間だとばかりに笑ってる。プアクとオームが出演しているこのスペシャルTVドラマシリーズは、僕が2人の尻を蹴って打ち切りとなった。クソ、全部聞いてたのか。

おまえら、僕らのマネをするつもりなら、少なくとも口論部分もちゃんとやってくれないか。

ボスのひと言で、雰囲気が変わる。

「ところでさ、ワット。チョールさんが、今度の試合の前に、おまえに練習に来いって」

「なぜ俺に直接言わなかったんだ？」

「今さっき、カフェテリアで会ったんだよ。少なくとも1週間は軽音部を休んでもらいたいと言ってた。すごく大事な試合だからな」

サラワットはピックを見たまま、うなずく。

「代わりにディムさんに言っておこうか？」

僕はサラワットのために提案する、同じ部員なんだから。

「ディムに？　本当に言えるのかおまえ？」

「当然だ、なんで？」

おっと、言葉とは逆に声が震える、なぜだ。軽音部のみんなは、ディム部長を怖れてる。彼はグリーンでさえ粗末に扱う。グリーンといえば。最近とんと見ていない。誰かに殺されたか？

しめしめだ。

「いいよ。俺が自分で言うから」

「わかった」僕は単純な人間だ。提案が断られたら、深追いはしない。

「俺が試合に出るときは、応援しに来ること」

低い声で彼が言う。僕側の友達がみんな、僕らを見てニヤニヤする。

「僕はチアリーダーだからね、行かないと」

いつでもどこでも、すべての試合に行かなくちゃならない、どんなにサボって部屋にこもり、ビデオゲームがしたくてもだ。

「敵を応援するなよ」

「僕の学部と闘うチームはみんな敵だろう」

一瞬、自分の学部がサラワットの学部のチームに敗れ、すでに敗退したことを忘れていた。がっかりだな。

「おまえが応援してくれたら、ものすごいパワーが出て勝てそうなんだ」

「どこの学部とやるの？」

「工学部」

僕は驚いて目をみはる。今回はそう簡単に勝てないだろう。同点に持ち込むのでもきつい。工学部が強いのはみんな知っている——毎年、優勝しているんだ。上級生から聞いたところによると、もし工学部が次の試合に勝てば、6回連続の優勝になるそうだ。

「おまえらまた忘れてるだろ、この世にはおまえたち以外の人間もいるんだよ。俺たちもいるでしょ、ポンコツが。そうやってベタベタささやき合って、気持ち悪りぃ」

マンのつまらない言葉のお陰で、わりといいムードだったのが壊れた。

「僕に悪態ついてる暇があったら、サッカーの練習しなよ」とやり返す。

「口に気をつけろよ、タイン。キスされたいか」

「ウザっ」

「ほんとはしてほしいって？」

「おまえが口に気をつけろ」

そこでサラワットが割り込んでくる。僕らはすぐに言い合いをやめる。サラワットが冷ややかな声で話すのは、たいてい彼が何かに怒っているってことだ。今の口調、凍りそうな冷たさ。ひょっとしてマンとケンカする気かも。

「おーい！　力抜けよ、ちょっとこいつと遊んでただけだ。賭けをしようぜ」

マンは、どんなときでも雰囲気を変えるのがうまい。一触即発みたいな場面でも、何か楽しいことに変えてしまうコツを心得てる。オームとプアク、フォンまで巻き込んでの賭けが始まる。どっちのチームが試合に勝つか、賭けるのだ。僕はただ、うんざり顔で友達を眺めている。みんなは僕も一緒のチームを選ぶものと思っているんだ。

「タイン、おまえはどっちのチームにする？」テームが強引に僕を会話に引き入れる。

「じゃあ、工学部にする」

「えええ、なんで？　俺がここまで感じよくしてやってるのに、相手側を選ぶのかい」

テームがみんなと声を合わせてこぼす。僕の友達も結局工学部を選んだ。賭け金総額はすごいことになる。政治学部はとても選べない。僕だって生活費は必要だ。

「だって相手は現時点のチャンピオンだよ」

「俺たちが一度も優勝したことなくたって関係ない、今年は勝つ」

「それは妄想じゃないの」

「俺たちが勝ったら、おまえどうする？　俺たちの実力を過小評価してるな」

「５００バーツでいいよ」

賭けはサラワットの友達対僕ということになる。でも彼は……またピックのチェックに戻ってしまった。こういう自分勝手な人間がいるから、この社会は崩壊するんだよ。

「なんだヘタレだな。プアクを見ろよ、２０００バーツ賭けたぜ」

マンが僕をそそのかす。でもプアクを見ると、無理にそうさせられたのは疑いない。

「じゃあいくら出せばいいのさ？」

「俺たちが勝っても、おまえは１バーツも払わなくていい。代わりにインスタで、サラワットに告らないといけない。グッとくるようなやつを頼む」

「イェーイ!!」

「……」

僕は言葉もない。こいつら、マジでそっち行ったか。サラワットの友達はみんな、いいアイデアだと賛成する。僕の心臓は足元まで落ちた思いだ。

「怖いのか」と笑われる。

「違う」

「怖がってるー。乗るか？」

「よし、やろう。どうせ負けると思うよ」

僕は怖れ知らずの男だぞ。工学部がいつも勝つ、それはみんなわかってるんだ。今回も勝ってください、お願い、と祈る。

「もう講義に行こうぜ。ワット、急げよ。遅刻するぞ」

ホワイト・ライオンの１人が言う。サラワットはアクアマリンのピックを手に取る。

「これ、おまえの」

驚いてそれを見る。

「なんで？」

「いいピックさえあれば、もう指は痛まないから」

まるで僕のことを心から気遣っているような口調だ。

「そっか、ワット。タインのためだから選ぶのにここまで長時間かかってたんだ。自分のことではこんなに心配しないのにな」

「タインに何か選ぶときは、慎重にしないといけない。俺はこいつのことには、いつも注意深いんだ」

やつは残りのピックをキャリーケースにざっと入れる。

「おまえが相手チームを選んだって怒ったりしないよ、心では俺を選んでるって知ってるから」

「……！」ズドン‼

「ちゃんと講義聴けよ」

僕はぺしゃんこだ。なんてことを言うんだ？　心臓が、もうダメだ。心臓が……。


それから何日も、サラワットは試合のための練習に余念がない。今日は、彼に誘われてシス・トゥーンのカフェにいる。スポーツ着姿のままで、まるで年中闘う態勢ができているみたいだ。

「何が食いたい？」と僕に聞く。

「そんなにお腹は空いてないな。アイスココアをもらうよ。おまえは？」

「俺は食べない。練習中に腹が痛くなるから」

「え？　じゃあなぜ、ここに連れてきた？」

「ただ顔見たかっただけ。しばらくぶりだ」

こいつの言うこと、聞いた⁉　正直、僕らの関係がいったい何なのか、僕にはわからない。友達のままなのか、何か、それ以上のものになっていくのか。確信がないんだ。わかっているのは、今みたいな状態は……気分がいいってこと。

自然にまかせよう、ムエとボールが言っていたように。腹が減っていないとは言ったけど、カフェを見回すとお腹が鳴ってくる。隣のテーブルの人たちがミルクレープを食べてる。あれなら食べたいな。

「あのケーキ、めちゃ美味しそう」

「じゃ、注文しろよ」

サラワットはぼんやり言う。僕のために注文してくれる気はないようだ。

「だけど……やっぱりスパゲティでもいいかも。少し欲しい？」

「いらん」

「と思ったけど、ここのナゲットってマジ美味しいんだよね」

「ふうん」

「アップルティーもよさそうじゃない？」

「食いたい物を言えよ」彼は鉛筆を手に、オーダーを書く準備をする。

「今言ったの全部」

実際、最近はいつでも腹ぺこなんだ、表に見せないだけで。全部の料理が届くと、僕はパクパク食べ始める。サラワットは何も食べず、こっちを見ているだけだ。それに気づくが、またすぐ食事に戻る。

「サラワット、もっと近くに来て」

僕は言って彼のほうに身を乗り出す。彼が近づくと。

「ゲプー」

と、あいつの耳元でげっぷをしてやった。ははっ。

「こんなにガス溜めてるのかよ、ゲロ吐いてこい」

「お腹いっぱいだ」

「だろうな」

「こんちは、サラワット！」

会話に入ってきたこの声は、僕のじゃない。誰かが登場した。アンだ、ペアやグリーンと同時に入部してギターのグループに入った女子。彼女は経験者グループなので、あまり会うことはない。みんなが彼女を知っていて、顔がきれいなので、いつもちょっかいかけたりしている。

「やあ、ランチ？」サラワットが彼女に聞く。

「うん」

「こっち座る？」僕も加わった。

「いいよ」

彼女はにっこりして、僕の横の椅子に座る。彼女、見た目がいいだけではなく、性格がなかなかユニークだ。男っぽくて、まるで野郎みたいな態度のときもある。建築学部に所属、音楽を演奏するのも好き。ときには男子の中に入ってサッカーすることだっていとわないくらい。僕としても、彼女とお近づきになることはいとわない。

「とりあえずオーダーする？」

「オーケー」

オーダーをしてから、3人で話し始める。ほぼ僕が彼女に質問し、向こうは積極的に答えてくれる。気さくで、僕の元カノたちとは違って細かいことを気にしないみたいだ。話せば話すほど楽しい。彼女の魅力のひとつだ。サラワットの部活の友達がこれほどいい子だと知っていたら、もっと早く友達になっていたのに。

「サラワット、試合が終わったら、練習に来なくちゃダメだよ。ディムさんがおまえのことで四六時中クソみたいに文句たれてるよ」

僕は優しい声で自然に言える。つまり、悪い言葉も自然に出ちゃうということだけど。

「わかった、ちゃんと怒られにいくよ」

「イベントもたくさんあるし、音楽フェスティバルはもうすぐだし、しなくちゃいけないことがたくさんあるしね」

「この試合さえ終われば大丈夫だ。俺たちのバンドは完全に仕上がってるし」

「え？　コンテスト用のバンドを組んでるの？　2人は一緒なの？　僕も入れてよ」

僕はでしゃばってるんじゃない。自分も参加したい、それだけだ。

「どのバンドだろうと入りたいなら、まずギターの練習をしないとな」

サラワットはさらっと僕の夢をぶち壊してくれる。いつも僕の実力をなめやがって。

「曲選び、始めたよ。意見を聞かせて」

アンが言う。2人がバンドの話を始め、まるで僕の存在は忘れられてしまったみたいになる。

「デスクトップ・エラーの曲をやりたい」

「サラワット、彼らの曲、難しいよー」

「DCNXTR《デコネクスター》もいい」

「それはもうリストにあり。わかってるって」彼女はにっこりする。

「それならいい」

「歌のことで、今夜電話するね。まずリストを探してから」

「あまり遅くなるな」

「わかってる。9時前にする。インスタのメッセージじゃダメ、あんたの書いてること、全然読めないもん」

「もうほとんど誤字なくなったぞ」

「ええ、わたしが教えてあげたからね。でないとまだ悲惨だったでしょ」

僕は固まった。サラワットって他の人とも電話でしゃべってるんだ、僕だけでなく。友達や家族に電話するのはおかしいことじゃないと思うが、インスタでチャットする相手は自分1人だと思い込んでいた。

彼女の料理が運ばれてきた。アンは食べながら、ジョークを飛ばしたり、サラワットに向かってしゃべっている。僕はしゃべらなかったから。話に入りたくても、2人の会話が理解できないんだ。聞いたこともないバンドの音楽話ばかりだ。ときどきアンがいくつか曲を聴かせてくれるが、聴いてみてもなぜ2人が興奮しているかよくわからない。自分が邪魔者のように感じる。

サラワットはアンといると、とても自然だ。そんなこと他の人に対してはしないのに、彼女に向けて笑ったりする。知らない人とは絶対ありえないくらい、よく話す。

わからない。いつからこれにイラっとし始めているか、わからない。おそらく無視された感じが嫌なんだ。

「あー、お腹はちきれる！」

「そんなに食うからだろ」

2人の会話は続き、僕は黙って座っているしかない。

「それ、欲しいな」アンが突然言う。

「それって？」

「誰か、なんでも分け合える人。幸せも不幸せも」

「何を分け合いたいんだ？」

「お勘定！」

「アン、冗談やめろ」

サラワットが彼女の頭を小突く。僕はどうふるまっていいかわからず、ただ笑っていた。

きっと考えすぎだ。けどこんなサラワットは、僕か、ホワイト・ライオンたちといるとき以外に見たことがなかった。彼は言ってるほど僕のことを好きじゃないのかも。アンといるのと、僕といるのとでは、たいして違いなさそうだ。いや、彼女のほうがいいかもしれない。

「ちょっとトイレ行ってくるね」

僕が席を立つと、2人はうなずく。もう自分の勘定は済ませたから、便所へは行かず、ただ店を出た。これが失礼だということはわかっている。ただ2人の邪魔をしたくなかっただけだ。自分が嫌になる。愛を怖れるような人間になってしまったか。

Tine TheChic（タイン）僕の人生に、僕のことを大事にしてくれない人間はいらない。

サラワットから、5件の不在着信が入っている。
リリリリリーン
6回はちょっとやりすぎかも。
「なんだよ……」

「なぜ電話に出ない」

「シャワー浴びてた」

「一晩中か？　どこ行ったんだよ。なんでひと言も言わず帰ったんだ？」

サラワットが質問攻めを始める。僕が頭に来てることをさとられずに、答える方法ってあるかな？

「お腹がゆるくて、自分ちのトイレを使いたかったんだ」

「大丈夫か？」

やつの言ってる意味はわかってる。僕のお腹のことを心配してるわけじゃないのだ。

「もう平気だよ」

「なんでも言えよ。本当に心配したぞ、でも探しに行けなかったんだ、上級生に練習に呼ばれて。やっと解放された。今からおまえの部屋に行こうか？」

その声は真剣に心配しているようで、思わず泣き出しそうになる。いったい何やってるんだ、僕は？

「来なくていい。宿題あるから」

「……」

「サラワット、ちょっと聞いていい？」

「ああ」

「本当に、僕のことが好きなの？」

「……」

サラワットは答えず、ただ深いため息をつく。僕は自分がどうすべきか、わかったと思う。僕は彼に心を開こうと、かなり勇気を出して決断したんだ。2人とも男だけど。僕はすべての事実を無視して彼についていってみることを決めてしまった。そうしたら、このざまだ……。

「あのさ……知り合う前の状態に、戻ったほうがいいんじゃないかな。今から、きみは僕に電話しなくてもいい、毎日話す必要ない。僕に会うのもやめていい。別の好きな人を探したっていいんじゃない」

「なんで別のやつを好きにならなきゃいけない？」

「知らないけど。僕のことをそんなに好きじゃないと思うんだ」

「おまえ、気がふれたの？」

「ああそうだよ。もうかまわないでくれる？　本当に好きなのは僕じゃなく、アンだろ！」

勢いで言ってしまって電話を切る。返事も待たなかった。実際にサラワットが僕が言ったようにしたら、と想像すると不安だ――本当にアンのことを好きになって、僕なんか存在しないみたいにふるまったら、と思うと怖い。なんてことをしちまったんだ。

サラワットはやってくれた。もう3日も電話してこない。僕は強《し》いて、うちの学部の建物と近い彼の学部に近づかないようにする。初日はほっとした、が、2日目になると正気を失いそうだった。

今日で3日目だ。僕はどん底まで落っこちてる。以前は毎日話していたサラワットがいないと、恐ろしく寂しい。こんなことは、かつてない。あいつだけだ、僕をこんな気分にさせるのは。

「アップルティーください」

今はシス・トゥーンのカフェに、スター・ギャングたちといる。何が起きたかはみんなに話していない。そんなことしたら大騒ぎされるに決まってる。黙っているのが一番だ。

「俺はアフリカン・グリーンティー・スムージーね。おまえは、オーム？」

みんなが注文しているのを残して、席を探していると、誰かの姿が目に入る。

「こんちは、タイン」

アンだった。今まで部室以外では見たことがなかったのに、最近どこでも出くわす気がする。

「やあ」

あいさつを返した瞬間、心臓が腹までずり落ちそうになる。たった今トイレから戻った長身の男が見えたのだ。

「きみたち、一緒に来たの？」

なんでアンにそんなこと聞いてるんだか？　テーブルには2つバッグが乗っていて、僕の言ったことが現実になったかと不安が押しよせる。

答えなんかいらない。僕はスター・ギャングがスマホを見たりコミックを読んだりしているテーブルへと戻る。フォンが、サラワットがいるぞと教えてくれるが、僕はそっちを見もしない。僕は僕で、あいつの代わりになる人を見つけてやる。

「アップルティーどうぞ」

僕の注文が呼ばれ、僕は財布を掴むと立ちあがって飲み物を取りに行く。カウンターにいる男子が目についた。以前バーで、僕の電話番号を聞いてきたやつだ。名前は……ミルクだっけな？　マット？　ミャーオ？　なんかそんな感じの。彼にあいさつはしない。

「ようタイン」と、その男は言う。

「はい。お金」アップルティーの代金を払ってグラスを受けとる。

もう話したように、シス・トゥーンのカフェはみんなに人気だ。建築学部の学生にも例外ではない。この男がここでオーナーを手伝いながら、その……ナンパもしているのは、それほど不思議でもない。

「友達と来てるのかい」

「うん、シス・トゥーンの手伝いをしてるんだね」

「しょっちゅう出入りしてるってだけさ。退屈だから来たんだ」

それはすばらしい暮らしだな。

「じゃあもう行くね」

「おまえの友達にもあいさつしたい」

そいつは言って、僕の髪をなでた。僕はどぎまぎして顔をしかめる。

バシッ！

僕がぼさっとしていると、誰かの手が僕の頭からあいつの手をふり払った。サラワットが戦闘意欲をあらわにしてる。

「おまえに話がある」

僕は低い声で言い、手をがしっと握ると、みんなが見守るなか、店の外まで引っ張り出した。

「いったいどうしちゃったんだよ」

彼に向かってきつく言う。まるで、あいつの浮気現場を押さえたみたいな態度で。

「おまえこそどうしたんだよ？　あんなやつに手やら頭やら触らせやがって」

彼はマジギレしているようだ。こんなサラワットは見たことがない。人をからかうことはあっても、こんなことはしない。全然違う。目も怒ってるし、それがすぐには収まりそうもないことがわかる。

「僕は自分のしたいようにする。僕のことなんてどうでもいいんだろ」

「どうでもいいって？　おまえのことがどうでもいいんなら、俺はあんなことしない。俺は1年間ずっと、おまえが好きだった。俺だけのものにしておきたい。なんで軽々しくあいつに触らせたんだよ」

待てよ！　それ、ちゃんとした説明みたいに聞こえるけど、どっかおかしくないか。

「おまえはアンと一緒に来たけど、僕は何も言わなかったよ。なんでそういう演技してんの？」

「一緒になんか来てない。たまたま出くわしたから、一緒に座ろうって言っただけだ」

「だから何？　それがどうだって言うんだ」

「俺はおまえに会いに行かなかった。3日だ、おまえに言われたようにしようと思って。でも、知ってるか？　この3日間は、去年1年間より辛かった。おまえに二度と会えないんだろうと思ってたときよりもだ。今では、いつもいつも、おまえと一緒にいたいんだ。わからないか？」

「……」

僕は呆然とする。彼は僕に激怒しているようにふるまってる。じゃあ全部僕のせい、ということなんだな。

「アンのことはそういう意味の好きじゃない。友達だ。あいつには彼氏だっているし。音楽のことしか話さない。わかった？」

言うべき言葉が見つからない。「サラワット……」

「おまえには頭に来る」

え？

「なんでさ。怒ってるのはこっちだよ」

「なんでおまえが怒る？」

「それは、彼女のことが好きなんだと思ったから。おまえのお陰で何日も眠ってない。やらかしたことの責任をとってくれないと困る」

「それなら、彼氏になれよ」

「……‼」

「俺の彼氏になったら、毎晩甘く、泥みたいに眠れるようにしてやる」

この、クソっ！　心臓が……。


これで一件落着。僕はもうサラワットに怒ってないし、彼は機嫌よくサッカーの練習をしているようだ。アンにはもう彼氏がいる。軽音部の上級生だ。知らないのは僕だけだった。

「彼氏」になれと言われた件については？　ただの冗談だ。そうでなくても、まだイエスという心の準備はできてない。まだいろいろ、混乱してる。僕はきれいな女の子が好きだ、……と思うが、サラワットのこともだいぶ好きなことは否定できない。わからないんだ。

人間、突然がらっと変わることはできないだろう？　まだ、今までみたいに楽しく女の子と軽い恋をしたい気持ちがある。たまたま僕以上にハンサムなやつと会ったのが、寂しさを感じているときだった、そして彼に揺さぶりをかけられた。この気持ちは一時的なものかもしれないから、もっと時間が必要だ。そのうちに、すべてがあるべき場所におさまるはず。それだけ。

とにかく、ついにその日が来た。工学部と政治学部のサッカーの試合の日だ。シス・トゥーンのカフェ事件の日から、サラワットには会っていない。ギターの練習にも来ていなかったくらいだ。部室には僕も行っていなかったけど。本当は僕だってクラブをサボりたくはなかったんだ。だってディム部長がフェイスブックのファンページでガミガミ言うから。とはいえ僕はチアリーダーだから、このシーズンが終わるまでは、練習に時間を取られてしまう。

「おい、講義終わったらすぐ出るぞ」

「なんでそんなに急ぐ？」

まだ講義中だっていうのに、３人の友達はすでに持ち物をバッグに詰め、すぐ出られるようスタンバってる。

「行かないと、ヤバいことになるんだ」フォンがニヤッと笑って説明する。

「なぜ？」

「とある上級生に言われたんだ、観客に飲み物を出すのを手伝えって」

これが別の誰かなら、こんな熱心なのはアヤしいなと思うかもしれない。でもこれはフォンだ、彼女と別れたばかりで、どうも上級生とつき合いたいらしい。彼を止める気はない。その上級生が誰だか知ってるし、すてきな人だ。でもフォンには高嶺の花だと思うな。

「じゃあ急いで行きなよ」

厳密に言うと僕も急いだほうがいい時間だ。でもメイクされに行くのが嫌だ。メイクアップのことを考えると、サラワットを思い出す。

今日はみんなが待っていた1日だ。チアリーダーたちも、チーム・サラワットの妻たちも。エキサイティングなゲームになりそうだ。

前にも言ったと思うけど、新入生はあまり勉強しなくていい。代わりに忙しいのが課外活動だ。どれも、勉強のどんなプロジェクトよりも時間を取られる。僕は軽音部とチアリーディングの両方をしなくてはならず、ほとんどフルタイムの仕事が2つあるみたいなものだ。いつも疲れきってる。こうなることがわかっていたら、どちらにも入ってなかったのに。ひと息つく暇があったらラッキーなくらいだ。

スター・ギャングたちと別れると、チアリーディングの新入生のメイクをするため待機している先輩たちのところへ行く。メイクの順番が来るまでの間、しゃべったり、スマホを見て過ごす。するると突然誰かが鋭い声を上げた。

しばらく見ていなかったが、サラワットは相変わらずだ。いつもより細いわけでも、日焼けしているわけでもないし、その無表情な顔を見ると、例によってウザいのだろうと思わせる。

みんなの注目がサラワットに集まる。

「サラワット、タインに会いに来たんでしょう?」

みんなも、すでに知っているらしい。

「ええ」

あいつは否定すらしない。サラワットは僕の座っている椅子に尻を下ろし、僕はあやうく押し出されそうになる。他に椅子が10もあるのに、なんでそっちに座らない？

「別の椅子に座ってよ。落っこちるところだったじゃないか」

僕は苦情を言うが、向こうは聞こえなかったフリをし、イラつく可愛い笑みを向けてくる。

「どけって言っただろう。痛い目に遭いたい？」

「ああ」

「ブン殴るよ」

「何か別のことできないのか？」

「……!!」

くっそ。鳥肌立っちゃったよ。こんななんでもないことをすごくエロいことみたいに言えるなんて、何か霊でも憑いてるに違いないと思ってしまう。少なくとも小声で言う慎みはあったようで、上級生には聞こえなかったようだ。でもみんなまだ、僕らのことをじーっと見てるけど。

サラワットと僕の間で進行中のことは、誰もが知るところとなっている。例の「つき合えることになったら知らせます」発言のお陰で、彼が僕を落とそうとしていることはすっかり広まってしまった。

「試合の準備しなくていいの？」

「上級生に言ったら、ちょっとだけおまえの顔見に来ていいってさ」

「じゃあ言葉どおり、ちょっとだけね」

「しばらくぶりだ」

「で？」

「なんでおまえ、賞味期限切れの食品よりクサいの？」

　くっ！　こいつ殴っていいですか？　笑顔にするどころか、激怒させてくれちゃって。まったく、いつものサラワットだ。

「ああ、でもそっちはすっごくいい匂いだね。癒やされるわー。ラベンダーの、なんて甘い香り。さわやか」皮肉たっぷりに言ってやる。

「怒ったときのおまえ、好きだ」

「イジらんといて」

「可愛ええ、ムギュっとしたくなる。ちょっと齧《かじ》らせろ」

「おまえは犬か」

「唇、噛んでいい？」

「足ならいいぞ」

「タインくん、次、あなたのメイクの番」

と上級生に呼ばれ、口論がとぎれる。僕は立ちあがる。まだ大勢残っているから、先輩を無駄に待たせてはいけない。

「なんでついてくる?」

サラワットが僕の尻を噛もうとする犬みたいにすぐ後ろに続くので、僕は怒鳴ってやる。

「メイクするところ、見たいんだ」平気な顔でそう言う。

「ここに座っていいわよ。すぐ終わるから」

先輩はサラワットを追い払うどころか、椅子をもうひとつ持ってきてくれた。まあそうなるよね。

「どうも」

「タイン、髪を上げて。あなたの肌のトーンに合うファンデを探すわね」

彼女が道具をいろいろ探している間、僕は髪の用意を始める。

「髪を留めてやる」深い、やわらかい声が割り込む。

「いいよ、自分でできる」

断って僕が手でさえぎろうとするよりも、向こうのほうが速かった。彼がぎこちなくヘアバンドを結ぶのを見て、周囲の人たちがクスクス笑っている。そのバンド結んでくれてるのか、引っ張ってるだけか? クソ痛いぞこの。その上、やつの手がやたらとざらざらしている。砂岩とスクラブ洗顔料が混じったみたいだ。

「これでいいか?」

「うん、いいんじゃない」

ぼそっと答えた。やつの顔が目の前に居座っていると、こっちの鼓動が速くなる。唇をきつく結んで、まるで僕の髪を結わえるのが難しい仕事のようだ。

「おまえのおでこって、ラジャマンガラ・スタジアム※より広いな」

いい気分だったのに、あいつが台無しにしてくれた。

「ほんと、やなやつ」

「おまえの額、貸せよ、友達とサッカーするのに。頼むな」

「ポンコツ」

もっとお互い知り合おうって同意したけど、こういうことですかね？　どこがいいことなのか、僕にはまだ見えないが。発見したのは、こいつがひっきりなしに侮辱してくるってことだけだ。こいつのせいで完全に正気を失う日は近い。

僕は先輩の前にセッティングされた快適な椅子に座る。彼女はサラワットの気を引こうとするのをやめ、真面目に僕のためのファンデーションを探し出す。その美人の先輩がブラシでファンデを塗ってくれると、優しいタッチで心地よい。

「そんな白いファンデーションが最近の流行りなんだ？」

サラワットが僕をじっと見ながら突然言う。先輩も僕と同じくらい、彼の発言に驚いたようだ。

「そんなに白くないわよ、サラワット。タインは色白だから、このくらいでちょうどいいと思うわ」

「きれいな色、ひどいツラ」

「やる気かおいっ」

※ バンコクの大競技場。

「ファンデーションなんか塗ったって変わりばえしない」

サラワットがブツブツ文句を言うので、僕は上級生に目配せして、ごく薄塗りにしてもらう。転ばぬ先の杖ってやつ。彼の機嫌を読むのは難しい。先輩は僕の顔にパウダーをはたいてから、アイシャドウに移る。

「ないほうがいいですよ」

またか。サラワットは明らかに、先輩が僕にメイクするのを妨害しようとしている。しかし彼女、やつの言うことを聞くじゃないか。僕は何も言わずにいる。気を遣っているわけじゃない。こいつのふるまいを考えると、ためらってしまうだけだ。あまり邪魔が入るので、メイクを終わらせるのも大変だ。彼女がアイライナーを手にすると、またあいつが言う。

「こいつ、すでにアライグマみたいに目がくっきりしてる。それいらないですよ」

そして彼女がブラシに手を伸ばすと……。

「こいつ、ピエロみたいになっちゃうよ」

それから口紅……。

「リップクリームだけでいいな」

「もう僕にはメイクアップがいらないってことか⁉」

僕は唾を飛ばす勢いでわめく。

「それでいい、今日はおまえの顔を拭くモノ、持ってこなかったから」

「メイクリムーバーって言うんだよ。で、これは皮肉だから。わかった？」

「いや」

「頑張ってみろ」

「そんなものなんでつけたいんだ？　おまえはもう十分可愛いだろう」

「……」

「もっと可愛くなって、たくさんの人間にモテたいって魂胆？　ヤなやつだねー」

彼は急に背を向け、去っていった。2人とも、呆然と取り残される。あいつ、生理中か何かだったん？　心臓が……。


やっと試合が始まろうとしている。開始前にはチアリーダー全員が行進曲とともにフィールドを歩くことになっている。両チームとも準備ができ、待機している。工学部チームは深紅のTシャツ、政治学部は白だ。

スタジアムから湧き上がる歓声は、僕へのものでも、フィールドを歩いている他のチアリーダーたちへのものでもない。両チームがフィールドへと歩みを進め、そして非公式ながら「国民的夫」の称号を持つあの男が通り過ぎていくとき、さらっと僕の髪に触れていく。そして何ごともなかったかのようにそのまま歩いていった。僕の心臓が乱打し始め、今にも胸から飛び出そうだ。

「サラワット、見たわよっ」

「やだーっ！」

みんなの視線が僕に刺さるが、そのうちチーム紹介となり、フィールドに注意がそれた。ウォーミングアップが終わり、選手がフィールドに進む。

これほど全員が大興奮するゲームになるとは、予想できなかった。僕は政治学部チームの白いTシャツ姿のサラワットを見慣れているが、みんながそうではない。その姿は新鮮で颯爽として見えるらしい、特にチーム・サラワットの妻の女子には。

「輝く白さ、背番号12！」

「うわあぁぁ‼」「あたしのダーリン！」「サラワーット！」

フィールドに笑いと金切り声が爆発する。その騒ぎは全部、たった1人の人物に向けられたものだ。彼はみんなに会釈する。サラワットは、いつもは背番号12に「サラワッド」と書いているが、今日は新しいシャツを着ている。肩に大きく書いてあるのは「輝く白さ」。洗濯洗剤のキャッチコピーだ。言葉が悪くて申し訳ないが言わせてくれ、このクソったれ！

こいつ、自分をそれほど名手と思ってるのか、「輝く白さ」だと。全然違うじゃないか。色白の僕でさえ、そんなことはちょっと自称できない。もしかして、どうせ負けるとわかっているのかも。だから非難をかわすために、自分をジョークのネタにしているのかも。マンも同じことをして、シャツには「マン・オホー」と書いている。チーム全員が、背中にニックネームを入れているんだ。

ピーッ！

ホイッスルが高く鳴る。ボールが蹴られ、試合が始まった。ついに政治学部と工学部の歴史的マッチが始まった。

僕たちチアリーダーは選手を応援するために常に動いていなければならない。白のチームが点を上げそうになるたびに、僕は否応なく興奮した。実を言うと、はっきり言って内心では彼に大声援を送ってる。彼のチームには賭けなかったけど、負けてほしくはない。

「あっ、8番のサティートト、ドリブルからシティッチャイへパス。爆走！　がっ、ホワイト・ライオンがタックル」

熱狂した実況に、サラワットの背中の文句も合わさって、僕は頭が痛くなってくる。

「コーナーキック、おっと工学部の4番がゴールまぎわに持ち込んだ」

みんなテンション爆上がりだ。もうダンスなんてしたくない。心臓が高鳴る。こんなにワクワクする試合は初めてだ。

「今日は12番サラワットは名前を変えてます。番号は同じだが、新しい名前。今ドリブル中の『輝く白さ』に声援を！」

僕は叫び出したい。

「輝く白さ、ゴー！　そのまま行け！」

「マン・オホーからパス、ティームーへ。そして――そして――！」

「……」

「シュートっ!!」

「おおっと！　ボールはシーロムに渡った。ホワイト・ライオン、ゴールならず」

このコメンテーター、いい仕事してる。チアリーダー・チームはもうわれを忘れてる、もちろん僕も。上級生に休憩を許されると、スター・ギャングたちがみんなに飲み物を配ってくれる。オームは僕に水のボトルを手渡すが、疲れているようだ。「あいつ勝つと思う？」と聞いてくる。

わからない。わかってるのは、僕が彼を応援してることだけだ。

「どうだろうね」

「あいつ勝つんじゃないかな、あの『輝く白さ』ってまじないのせいでさ」

その言葉、もう聞きたくない。

「でも相手は6年連続のチャンピオンだよ」

「そりゃ、ホワイト・ライオンに当たる前の話だ。おっ見ろよ！」

オームの言葉でフィールドに注意を戻すと、ボールが政治学部のゴールキーパーめがけてすっ飛んでいく。オームの声は絶叫の中にかき消える、ボールはゴールに深く刺さった。僕の心臓が一瞬止まる。

「ゴ――――ル！　工学部1対0でリード！」

ブーイングと歓声が競い合うように混じる。試合は続いた。前半で1人選手交代がある、何人かがもつれて転倒したためだ。カオス状態になるが、それがこのスポーツの魅力でもある。

白いTシャツの選手はみんな、がっくりしている。ハーフタイムには、スコアは2対0に差が広がっていた。サラワットは友達の近くに座り、汗を滴らせている。上級生たちが水やタオルを手渡している。僕のいる場所からそれほど遠くないが、今は邪魔したくない。なのに僕はアホのように彼を見守り続けて、そのうちに向こうが立ちあがってこちらに来た。ふーっと深く息をつき、僕の横の椅子に座った。

「おまえ汗臭い。あっち行けよ」

「ここにいる」

うまい嫌味が思いつかない、なので僕らはしばらく黙って座っている。

「そんなにがっかりした顔するな。負けたって、たいしたことじゃない」

僕はとうとう、彼に聞こえるようはっきり言う。賭けのことを考えれば、彼らが負けてもいいんだ。彼が負けを受け入れないタイプだとしても。

「がっかりなんかしてない。おまえが応援してくれれば、それだけでハッピーだ」

「今日はなんでそんなヘンなシャツ着てるの？」

「俺は白い、だからこれを着ていい」

その日焼けでか、アホ。質問しても、まともな答えが返ってこないことはわかった。「別のはどこ？」と聞いてみる。いつものＴシャツのことだ。あれこそ彼には験《げん》がいいと思ってた。答えはなかった。

誰かがまた悲鳴を上げる。上級生たちがサラワットをフィールドに引きずり戻し、一緒に写真を撮っている。暇つぶしにスマホを出すと、チーム・サラワットの妻からの新たな投稿をチェックする。


「輝く白さ、めちゃカワ――――！」

「結婚してっ」

「サラワットがタインとつき合うなら、わたしは輝く白さくんをもらう」

「彼のＴシャツを死ぬほど洗いたい。それで満足」

「またゴールして!!　ますますカッコいい！　あなたにすべて賭けちゃう！」


みなさん正気じゃない。ＳＮＳに没頭しているうちに、サラワットがまた戻ってきて、はーっとため息をつく。まだ周囲には人がいっぱいいるというのに、まったく意に介さない。

「大丈夫？　怪我とかしてないよね？」

平静な声は出せたが、僕は彼の体を上から下まで観察する。

「大丈夫」

「後半まであと10分ある。音楽でも聴く？」

サラワットがうなずき、僕のスマホを受けとる。「イヤホンある？」

「ああ」

僕は静かに言ってバッグを探り、イヤホンを出すと彼に渡す。サラワットはそれを受け取って片方を耳に入れるが、もう一方をこっちに押しつけ、僕につけさせる。

「俺、サウンドクラウドを使うけど」

「まかせる」

僕は言って、向こうが曲を選ぶのを待つ。ここでは甘やかしてやる、だっておそらく彼のチームが試合に負けるのはわかってるから。サウンドクラウドは音楽の趣味の合う同士がシェアする場だ。自分の好きな曲を好きな人たちをフォローもできる。もちろんサラワットもよく知っている、彼はインディーズバンドが大好きだから。

「目を開く　新しい日だ
からっぽな心でそれを見る
昔の悪いことは忘れる
悲しい日々は過去のこと」

鳴り出したのはスクラブの『For You（きみのために）』だ。僕がこの曲をすごく好きなのをサラワットは知っている。

「この旅で　いろんなことがあった
過ちを犯したことも
僕が辛い日には
きみがいて　なぐさめてくれる
ねえ　僕はきみに　すべてを捧げられるんだ」

「ねえ　僕はきみに　すべてを捧げられるんだ」
サラワットはムエに合わせて小声で歌う。左手で僕の右手を握りながら、何か言いたげな目を向けて。

「この旅を一緒にしてくれたら
どんなに長くかかっても
僕はここにいる」

「この旅を一緒にしてくれたら　どんなに長くかかっても　僕はここにいる」

「でもそれだけじゃ足りない……もっと素敵なことが来る」

「でもそれだけじゃ足りない……もっと素敵なことが来る」

「もっとすばらしいことが　それを知ってほしいんだ」

「もっとすばらしいことが　それを知ってほしいんだ」

彼のまなざしのせいか、最後の歌詞が質問のように感じる。その質問に、僕は微笑む。えっ。こいつの声はひどい、なのになんで僕は笑ってる？

しかも、うなずいちゃったりして。まるで……。ひょっとしたらこいつを信じ始めているのかも、ちょっとだけかもだが。

「きみには今日　僕がいる　他の人間はどうでもいい
知ってほしい　これからも　２人しかいないって」

――スクラブ『For You（きみのために）』

「ウォーー、タインの負け！」

「約束守れよ」

ホワイト・ライオンたちのうるさい声が僕の耳元で鳴る。試合が終わるやいなや、やつらは僕を突っついてくる。

試合はなんと、政治学部チームの勝利に終わった！　ゲームは2対2のタイになったため、ペナルティーキックで勝敗を決めることになった。サラワットがすんなりゴールを決めて、最終スコアは2対3となったのだ。喜ばしいはずだが、貧乏くじを引いたのは僕だ。追い詰められてる。

「わかったわかった、明日投稿する」

「ダメだ。今やれ、あいつに愛してるって言え、そしたら俺帰るから」

「写真もないし。探してからね」

「心配ない。僕、1枚持ってる、今ＬＩＮＥで送るよ」

オームなんか嫌いだ。いつからサラワットと僕の写真なんか持ってるんだ。そんなことを思っているうちにすぐ写真が届き、それを見て口がパカっと開いた。なんだこれはっ。こいつ、僕らが音楽を聴いていたところをこっそり撮ってたんだ。2人とも満面の笑みだ。

「この写真がちょうどいい、なかなかイイ曲聴いてたようだね」

みんなが笑う。

「投稿せえ！　投稿せえ！　投稿せえ！」

「いいのにしろよ。泣かせるキャプション書け」

サラワットが助けてくれないかと思ったのだが、全然そんなそぶりはない。

「わかったよ、上げるよ。俺は勇気ある男だぞ！」

僕は深呼吸して、スマホを探す。インスタを開く。写真にはフィルター一切なし。キャプションは……泣けることなんて何も思いつかないよ。

入力しているところを友達に見られないようにするが、投稿してしまうと、みんな一斉に通知を開く。サラワットが友達のスマホでそれを見る。はっとした表情でこちらを注視する。

「これ、本心？」

「うん」

頭の中で、まだその文章がリピートしてるよ。

Tine_chic（タイン）サラワットが好きだ。

サラワットが寄ってきて、僕に顔を近づける。首にかかる彼の息が暖かくて、僕の体に電流みたいなものが走った。

「今日は自分のスマホを持ってきてないが、言っておきたいことがある。今日のTシャツの名前は、上級生が、好きなやつの名を書けと強制したからだ。『輝く白さ』は俺じゃない、おまえのことだ、このボケ」

「……!!」

「おまえが好きだ」

「……」

「本気で好きだって」

そういうことを言ってくれるより、ただ「このボケ」って言われるほうがいいんだけど。ううっ……。

第16章

1人でもヒーローになれる、でもスーパーヒーローになるには2人いる

「政治学部チームすごかったね!!　工学部から栄冠奪取！　わたしたちの彼、よくやったわ。#TeamSarawatsWives（チーム・サラワットの妻）」

「もう最高。昨日の彼ったら、もーサイコー」

「笑かしてもくれた！　でも彼は絶対に間違わない、だっていつでもステキすぎるから。#crazyinlovewithSuperWhite（輝く白さに夢中）」

「輝く白さに、マン・オホー、ティモーエに、チーム・モンチー!!　サラワットの仲間、ウケる」

「ホワイト・ライオン、めちゃスゴい！　輝く白さ、クールすぎ」

「今日の集合時間を知ってるか？　5時半と言ったはずだ。1時間も遅れてきたと思ったら今度はスマホか、タイン!!」

「すっ……すみま」

僕は口ごもる。ディム部長の怒りの表情とみんなの視線からして、残念だが僕のシックさだけではこの場を切り抜けられないのは明らかなので、僕は大人しくバッグにスマホをしまった。

工学部と政治学部の試合はペナルティーキックで決まり、信じられない結果となった。ホワイト・ライオンは6年連続の現チャンピオンを破って歴史に名を残したが、サラワットのファンクラブの女子たちの間で持ち切りの話題はそれだけじゃない。

最初のうちは、彼のホワイト・ライオンのTシャツに書かれた新しいニックネームがイイという女子からのメッセージがたくさん入っていただけだ。それから僕の投稿がサラワットにタグ付けされてインスタで拡散され始め……。

サラワットの容赦ない友達が、このアプリでも徹底的なのは有名だ。彼が無傷で済むはずはない。彼の写真が30秒おきに上がり、しかも、僕の告白のせいでいっそう女子が彼にのぼせるきっかけになったようだ。

「タイン！　今俺が何言ったか、言ってみろ」

怒鳴り声で現実に引き戻された。ああまずい。ディムさん怒ってる。僕はインスタを見て回るのに忙しくて、何も頭に入らず、当然まったくわかってない。「わかりません」と言えば彼の怒りに油をそそぐだけだろう、なので何かそれらしいことを言おうとする。

「音楽についての話でした」

「それで？」

「もうじきパフォーマンスがある」

「それから」

「僕らは来学期の音楽フェスティバルの宣伝をしないといけない」と言ってみる。これで命が救われるかな。

「そして俺はその演奏についてなんと言った？」

「ええと、全員自分で考えたアイデアを持ってこい、だと思います」当てずっぽうだ。

「そのとおり！　新入生は来週金曜日にステージでソロをやる。今から練習開始だ。自分の歌を選んで、ベストを尽くせ」

「ソロ？」

ディムの言葉に息が止まった。思わず聞き返す。彼はゆっくりと部屋の前方からこっちに向かってきて、重ーいため息をつく。

「それを今言ったばかりだろう。聞いてなかったのか」

「き、聞いてます」

何を？　いつ？　どうやって？　インスタでサラワットに関するコメントを読むのに忙しくて、どうも僕の精神は一時的に活動停止していたようだ。

「初心者もやらないとダメだぞ。ショーは2部に分けて、経験者は後半に出てもらうかもしれない」

「えーっ！」

初心者のみんなが不満の大声を上げる。サラワットを含む経験者たちは僕らをからかい、2部構成は最高のアイデアだと賛成する。

「ゴチャゴチャうるさい！　経験者が先に演奏する、初心者は最後。下手でも俺はかまわん。パフォーマンスは3日連続だ。新入生は初日、2年は2日目、3年生と4年生は最終日だ。ラインナップについてはくじで決めよう」

「ディム先輩！　質問があります。ペアさんも出ますか？」

こんな質問は叱られるかもしれないが、この際仕方ない。ここしばらくペアを部室で見ていないし、ここ以外の場所でも話していない。僕はひどい人間だ。何か、誰かに確信が持てなくなると、さっと手を引いてしまう。

「ペアさんは部を辞めたよ。知らなかったのか？」

「ええ」

「みんな知ってることだぞ」

「チアリーディングの練習で忙しかったから、知らなかったんだな。勉強が忙しくなりすぎたとおまえに伝えてくれ、とペアさんから頼まれたよ」

と隣に座っていた誰かが教えてくれた。

よかった。少なくとも僕のことは覚えていてくれたのか。当然だ！　アイスクリームを買ってあげた僕に対して、そのくらいはしてくれていいよね。

「じゃ、それぞれに分かれて練習だ。明日までに演奏する曲を決めて俺に報告しろ。他のグループとも調整しないといけないぞ」

ディムは言う。「他のグループ」というのは、ドラムやキーボード、ベースギターなど、別の楽器グループのことだ。


サラワットのグループは部屋の隅で曲について話し合いをしている、初心者もみんな、何か考え出そうとしている。忙しくしていると、こんな声が聞こえてきた。

「あたしのタインちゃん……なんの曲にするの？」

こいつ、とっくに死んだと思ってた。どこから湧いて出た？　グリーンが僕の腕に頭を寄せてる。ファンデーションがつくと落としにくいからシャツに触るな、と前にも言ったはずだが。

「知らなくていいよ」

「あたし、スクラブの曲にしようっと。そしたらあなた、あたしに恋してくれるかも」

「おまえがなんの曲を選ぼうと、恋なんか絶対しないって」

「強情ねぇ。一緒に練習しましょうよ、絶対後悔しないようにしたげる。あなたはギターを弾けるようになるし、同時に奥さんもできちゃうの。それに倒れるまで練習したいんなら、あたしの部屋に来てくれていいのよ。そうしたら、疲れたらベッドでエネルギー回復できるでしょ、うふっ」

それはまったくスバラシイ考えだよ。ここから蹴り出してやろうか。どうしてここまで大胆になれるんだろう。

「おまえ、今朝クスリ飲むの忘れちゃったの？」

「タイン、あたし本気であなたが好きなの、ただあたしがいるってこと、覚えていてほしいの」

その口調は僕が優しい恋人になってくれることを期待しているみたいだ。期待には応えられませんよ。こいつ、ムカムカしてきた。前よりひどくなってる気がする。

「僕には好きな人がいるんだ、きみじゃない」

「じゃあ愛人になったげる、サラワットが好きでもいいから」

「僕から離れてくれ」

「タイン、デートしよ」

「……!!」

「サラワットとはつき合ってても平気だから。あたしベッドでもすごいのよ」

「おまえ、悪霊にでもとり憑かれてんの？　僕は集中したいんだよ。そうやってしゃべってるなら、殺すしかなくなるかも」

と脅すと、ついにグリーンは話すのをやめる。が、頭はまだ僕の腕から離れない。それに、隙あらば僕の体に指を這わせるのをやめない。

サラワットのほうを見ると、自分の練習に集中していて助けてくれそうもない。僕はどの曲にするか決められない。とはいえ、スクラブのどれかにしたいというのは、ほぼはっきりしているが。簡単なものでないと、ステージで恥をさらすことになる、不可能に近い話かもしれない。

「どの曲を選んだの？」

「黙れと言ったろう」

「『Together《トゥギャザー》』がいいと思うわ、だってあたしたち、お互いのために生まれたんだもん」

「おまえマジキチ。セラピストにかかったほうがいい」

「失礼ね〜」

かれこれ小1時間経った。でもまだ曲を決めることができない。グリーンが死ぬほど面倒くさい、しかし何をどうしても、こいつを追い払えないんだ。こいつのたわごとには耳を貸さない。グリーンは曲は選んだようだが、どうもEマイナーがひどく苦手らしく、何度やっても違う音を出している。ついに僕よりヘタなやつが出たか。あきらめろと言ってやったほうがいいかも。こいつのツラなら、建設工事のほうがふさわしいというものだ。

「あと20分ほどで片づけて帰るように。上級生が練習する場所にするから」

ディムが急にドアから顔を出して言う。彼はそこらを歩き回ってみんなをギター室から、タイ伝統音楽部の部室まで追い立てている。向こうのクラブは彼が誰だか知らない人がほとんどなのに。

僕はいくつかの曲のコードをスマホで調べてみる。これはどうだろうと思うのが4、5曲あるが、コードを見ただけでは決めるのは難しい。

「練習終わったらお食事に行こ？」グリーンはまだからんでくる。

僕は、はーっとでかいため息をついてみせる。

「嫌だ。腹減ってない」

「あたし空いてるもん」

「それはそっちの問題、僕に関係ない」

「じゃ、あたしのお部屋に行こっ。これまでで一番、イイ気分にさせたげる」

「そういうのやめろって」

僕は警告のために立てた指をやつの顔の前でふる。やつは黙り、ふくれた顔をする。そんな顔をすると、こいつサルに似てる、それでも僕への色目はやめないが。僕はためらわずに手早く荷物をまとめ、部屋を出る。ほとんどの人もそれぞれ出ていくが、グリーンだけが僕をしつこく追ってくる。以前よりも数段悪いじゃないか。何かがおかしい。

「グリーン、いったい何やってるんだ？」

「な……何も。あなたと一緒に行きたい、タイン、ねぇ一緒にいたいの」

腕に抱きついてくる。

「本当かな～？」

「ほ～んとに！」

と顔を上げながら言うや、突然グリーンの顔色が変わった。会話の相手が僕じゃないと気づいたのだろう――ディム部長だ。鬼の形相の。

「じゃおまえ、タインと一緒に行きたいと、そうなんだな？」

「ディムちゃん、ただのお遊びよ」

「言い訳はやめろ。今日おまえがこいつに忍び寄ってるのを見たからな。本当にタインを口説こうとしてるのか？」

「なんであなたが気にすんの？　あたしフリーよ、好きなようにするわよ」

「グリーン！」とディムの手がグリーンの首にかかる。

「ディムさん！」

何がなんだかよくわからないが、まずい状況だというのはわかる。僕はとにかく2人をひき離そうとする。まるで時限爆弾だ。ティパコーン家の人間として、僕は勇猛でなければならない。というか、実際何が起こってるのか、知りたかったんだ。そんなに怒らないでよね。

「おまえ、なんだっていうんだ？　自分まで怪我したいのか？」

「いいえ、でも、新入生をいじめるのはやめてください。よくないですよ」

「だから何？　おまえはこいつの彼氏か？」

あまりの衝撃に、何も言えない。

「厄介もん、もう帰るぞ」

サラワットの声が割って入ってきて、僕の腕を引っ張る。僕はこの状況から救出された。彼は退屈そうな顔をしている。

「ちょっと待ってよ」と僕は言い返す。

「おまえは鼻を突っ込まなくていい。曲は選んだか？」

「わかった、行くよ。でもいくら僕がグリーンを嫌いでも、新入生に対してこれはないよ」と主張する。初めて、ディッサタート氏のパワハラ行為に反逆することになった。もう我慢できない。

「こいつがただの新入生だって、どうしてわかる？」とディム部長。

「それは、あなたはこいつより年上でしょう」

「こいつ、彼氏のことを話したことあるか？」

「え……ええ」

少しためらいながら言う。確か最初に会ったときに聞いたと思う、彼氏がたくさんいたとか、特にイケてる元カレがいたとか。

「じゃあわかるだろう、タイン、俺がこいつの彼氏だ」

「……!!」

「元でしょ！」グリーンが即座に抗議する。

「元ってなんのことだ、あ？　いつおまえと別れたって言ったんだ？」

「そ、それは、あの日じゃない」

「2分くらい別れて、それから俺の部屋でセックスしただろう。それがおまえの言うお別れか？」

「……！」

「行くぞ。話はあいつらに任せろ」

驚きのあまり動けない僕を、サラワットがぐいぐい引いていく。あの恐ろしいディッサタートに恋人がいた。しかも相手は、僕にしつこくしつこく言い寄っていたやつ。もし何かの間違いでグリーンの誘いに乗っていたら、ディッサタートに何をされていたことやら。体は全部消されて、記憶しか残らなかったかも。

「おまえ、知ってたの？」息の仕方を思い出そうとしつつ、僕はサラワットに聞く。

「んん」

「んんて、どういう意味？」

「少し前に知った」

「何も言ってくれなかったじゃん」

「俺に関係ない話だ、だからおまえに知らせる必要があると思わなかった。グリーンに対して嫉妬を感じたことはまったくないから」

彼の鼻が僕の頬のそばにある。僕の呼吸が喉元で一瞬引っかかる。

「……」

「なんであれ……おまえは俺の可愛い奥さんだから。奥さんてのは、誰かの夫にはなれない」

サラワットと僕は以前会ったことがある。ずっと好きだったと彼は言う。軽音部に入るのを助けてくれた。一緒にコンサートに行こうと言った。僕はグリーンに彼氏がいるなんて全然知らなかった。なのにサラワットは全部知っていたという。ただ僕に言わなかっただけだと。

心臓が……。

このアホな水牛に、誰か草をやってくれませんか？　まるでサラワットの仕組んだことのようじゃないか、僕を彼の「妻」にするっていう。でもバカな僕はちっとも気づかなかった。


上級生からチアリーディングの練習に来いと要請されたので、今日は軽音部を休むことが許された。でも僕は厄介もん――僕の愛するギター――を持ち歩いて、休憩のたびに離れたベンチを見つけては練習している。

とうとう曲が決まった。スクラブの『Wish《ウィッシュ》』という曲だ。それほど難曲ではないが、それでも僕にはうまく弾けないみたいだ。箸にも棒にもってほどじゃないにしろ、誰かに聴いてもらって、音程が外れていたら教えてほしい。ギタリストっていうのは自分のやっていることが正しいと思い込んで、上達できない傾向があるんだ。

サラワットに電話する。今日は声を聞いていなかった、だから彼が軽音部にいるのか友達とサッカーしているのか、わからない。電話が繋がるまで、少しかかった。

「なんだ?」

今日僕がちょうど欲しいと思っていた、甘いごあいさつだ。僕が本気で好きと言っておきながら、僕には優しい言葉ひとつかけてくれない、ヘンなことしか言わない。

「時間ある?」普通のトーンで尋ねる。

「ああ」

「今どこ?　部室、それともサッカー中?」

「アイスクリーム・パーラー」

「そんなところで何してるの?」

「講義に必要なノートを借りるために、上級生と会ってる。だから音楽の練習は今日はなしだ」

「で、もう済んだ?　僕がギターを弾くのを聴いてほしいんだ」

と頼む。こんなふうに単刀直入に何かを頼むのは初めてだ。気恥ずかしさを感じる。

「今日、チアリーディングの練習はないのか?」

「これから1時間は休憩なんだ」

「わかった、そっち行く」

「遅れたらお仕置きだ」

「どういう種類のお仕置き?　楽しみだな」

「クソ」

あいつは1日でも僕をうんざりさせずに過ごすことはできないのか。それほど待たないうちに彼はフィールドに現れ、上級生たちにあいさつする。ぞろぞろたくさんの人が彼に声をかけにやって来て、彼が僕のベンチにたどり着くまでの間に、僕は2度も曲をさらえたほどだ。

まったく。嫌なやつー。このぽかんとした顔のどこがカッコいいのか、本気でわかりません。女子も男子もゲイまでも、こいつの犠牲者だ。こいつが姿を見せただけで、みんな恥も忘れて吸い寄せられてる。なんなのだろう？　なぜ、こんなにムカっ腹が立つのか。

「何してるんだよ。なんで救出してくれないんだ？」言いながら、彼は長いベンチに腰かける。

「え、チアリーダーたちに囲まれて嬉しいかと思って。みんな美人だろ」

僕はぼそっと言う。ちょっと彼のリアクションを見たかった。

「ああ、そうだね」だとさ。ぐ。否定するそぶりも見せないか。

「ほんとに」

「美人でキュートでチャーミングだな。そう俺が言ったら、気分よくなる？」

ただちょっかいかけているのだとはわかるが、でもこの顔つき……それに声も。いや、マジで無理だ。あまりに手ごわい。

「う……うん。コードだけ見てて」

僕は心の中で白旗を上げて、そそくさと話題を変える。歌詞をプリントした紙を渡すと、やつはしばらく黙ってから、「おまえが弾いているところ見たいんだ」と言う。

「そうか。じゃイントロは……」

「もう一度」

最初の音を出したとたん、さえぎってくる。彼の言うとおり、イントロの最初の数音をばらばらと弾く。

「これでどう？」

「ダメだな。弦をもっと強く押さえて、ピックはきちんと持って」

「これでいいだろう」

「もし痛むなら、俺に言って」

サラワットはそう言って、そばに移動してくる。僕の背に片腕を巻きつけ、僕の腕を取るとギターを鳴らす姿勢を取らせる。

「これはC#メジャーだろう？」

「うん」

と短く答え、ちらっと彼の顔を見てから視線をギターに戻す。この状態、なんだか彼に包み込まれているみたいじゃないか。心臓め、バクバクするのをやめてくれないだろうか。僕が意識しまくっていることがバレてしまう。

「ピックはこういうふうに持たないとダメだ。でないと手首を痛める」

僕の手に自分の手を重ね、ピックの正しい持ち方を見せようとしてくれる。見かけは簡単だが、そうじゃない。ああ……なんて、こった。僕、死ぬかも。体がバラバラに爆発しそうだ。

「一緒にやってみよう」

　ポローン
「ましな音になったろう?」

「本当だ」

どうか僕に何も聞かないで。僕の耳も、目も機能しなくなったと思う。何も存在しない、サラワットのいい匂いと、まだ僕の手に乗ったままの彼の手以外は。

「このコードをやってみろ」

「こう?」

僕が腕を動かしてギターを鳴らそうとすると、手に乗った彼の手も一緒についてくる。

「おまえが大丈夫と思うなら、そうだ。やってみろ」

彼の言うことには逆らわず、ただサラワットが導いて、曲全体の弾き方を見せてくれるのにまかせる。楽しい。心から、僕に教えてくれようとしているみたいだ。

つくづく奇妙だ。彼がわざとウザい態度をとっていないときは、実にいい気分にしてくれる。でも、いじりに転じると、気にさわるボタンを恐ろしく的確に選んで押してくるんだ。

「なぜこの曲を選んだ?　誰も知らないだろう、これ」

ちょっと休憩をとったときに、サラワットが聞いてきた。本当は、有名な曲にしようと考えてたんだ。聴いている人も一緒に歌えるように。でも選曲したときは、自分の好みは全然多数派じゃないことに気づかなかったんだ。結局、聴くたびに心を動かされる曲に決めた、有名ではないけれど。

「好きだから。これを聴くと幸せになる」

「おまえの幸せ、コードの難しさで半減するぞ。どうしてこれが自分にできるなんて思った？」

「口出さないで。弾くのが大変なら、もっと努力するだけだ。愛情と同じさ。得るのが難しいほど、手に入れたときの価値が増すことになる」

「うわ。すばらしい言葉だな」サラワットが褒めてくれる。言い方は嫌味だけれど。

「どうせ僕には弾けないと思ってればいい。当日は見てろよ、そうしたら僕のすごさがわかるよ」

「それもすばらしいな」

「それからもうひとつ、覚えておけよ。あんまり人を見下してると、そのうちひどい仕返しをくらうぞ」

「誰、その『人』って？　おまえのこと？　嘘じゃなくて本当にすばらしいぞ」

「その言葉、買い取るよ」

「『すばらしい』という言葉は金では買えないな、交換はできるけど」

「何と交換するのさ」

「おまえの心」

「サラワット……」

「自分で言って気持ち悪くなっちゃった。トイレでゲロしてくる」

ぐえ、鳥肌立ちそうなセリフ。二度と言うな。

「いや本当に行きたいんだ。ゲロもするかも」

僕の1日はこの彼の「それはすばらしい」に終わる。寝ても覚めても、その言葉が頭の中でリピート再生を続ける。すばらしい。なんなんだ！　僕の心臓……。

Famemie あの2人、ただそこに座ってるの、ギターの教えっこして。周りの人間にはおかまいなしよ。くうぅぅぅ〜。@Sarawatlism @Tine_chic

チアリーディングにギターの練習、迫る期末試験の勉強。次の週は、僕はすべてをこなすために必死だった。もうギリギリだ。唯一の救いは金曜日が来ること。金曜さえ終われば後は土日、つまり睡眠や宿題、友達とつるむ時間も取れるということだ。

午後3時、スター・ギャングたちは今日の最後の講義を終えたところ。みんな荷物を片づけ、何か食べ物を探しに出る。席に着いたとき、僕らはちょうどホワイト・ライオンたちが建物の角を曲がってくるのに気づいた。みんな、野犬とでも闘っていたのかと疑うような姿だ。

そういえば数日前シス・トゥーンのカフェで、サラワットが殴られて負傷でもしたように見えたことがある。今も、腕に汚れがついている……血のようだ。まさかどんなにアホだって、あんなに大量のケチャップを腕につけちゃったりはしないだろう。

どうしても気になって、僕はすぐに立ちあがって彼らを追う。友達はそのまま行ってしまったが、サラワットは僕が近づいていくのに気づき、立ち止まる。

「講義終わったの?」

われながらつまらない質問だと思う。でもどう切り出していいかわからなかったのだ。彼の顔には汗がにじみ、息を切らしていて、こいつ倒れるんじゃないかと心配になる。

彼は「うん」と短く答え、傷のないほうの手でそっと僕の髪を撫でる。

「これからどこ行くの?」

「帰る」

「今までどこにいた?　政治学部には墓掘りのクラスがあるみたいだね」

サラワットはズタボロだ。ここが人目につきにくい建物のわきでラッキーだった。こんな姿の彼を見るのは2度目だ。前回は腕を痛め、しばらくギターも弾けないほどだった。なんで自分の体をもっと大事にしないんだ。ムカッ腹が立つ。

「俺は大丈夫。気にするな」

「まだちゃんと答えてないよ」

「すごい疲れた。一緒に来る?　俺の部屋まで連れてってくれる?」

「おまえの車は?」

「店のそばにある」

「誰か友達に頼めばいいのに。マンの車なら全員入るくらい大きいじゃん」

「おまえの世話になりたいの、マンじゃなく」

何を馬鹿なことを。

「じゃあちょっと待って。みんなに言わないと」

彼はうなずき、僕が荷物をまとめるのを待っている。それから駐車場へと向かった。彼を寮に降ろしてから、僕は自分の寮に戻るつもりだ。彼はいつもよりずいぶん静かだ。

「サラワット、着いたよ」

「ああ」

疲れきった様子だ。もう眠り込みそうなくらい。

「どうした? 風邪でも引いたんなら、言ってよ」

そんなことではないと思うが。心配に負けて、僕は手の甲で彼の額に触れてみる。いつもはこんなやつじゃないのに。

「なんでもない。おまえは家に帰れ、寄り道するなよ」

「ちょっと待って、終わってないから」

サラワットがもう降りようとドアを開けたのを、手を伸ばして無理に座らせた。

「明日話そう」

「サラワット、心配してるんだよ。わかる？」

「……」

「答えないのか。なら、このままでは帰れないよ。何が起きてるのか言ってくれないのか。おまえ、自分が宇宙の中心だと思っていて、周りの人間のことなんてどうでもいいんだね」

きちんと考える前に、つい言葉が口から出てしまった。

「厄介もん、心配するな。ちょっと上級生とケンカしただけだ」

「誰と？　なぜ？　どこで？　どこをやられた？　言えよ」

サラワットは答えず、黙って車を降りる。こちらに向かってうなずき、部屋まで来てくれというう身ぶりをする。

部屋に入ると、グレーの壁は前とまったく変わりなく、すべてのものが前と同じ場所にあった。

僕はベッドの足元側に座って、救急箱を出してくる彼を見ている。それを膝の上に置き、小さな声で聞く。

「包帯してくれない？」

「どこを怪我した？」

血が見えたのは腕だけだ。顔には傷はなさそうで安心する。つまり、突然バタッと死ぬようなことはないだろう。

シャツなどどうでもいい、彼の日焼けした上半身が傷だらけなんだ。首から肩、腹にかけて血のにじんだ傷があり、青あざだらけだ。ちょっと怪我をしたどころではない。ボコボコにされたと見える。

サラワットはそれ以上しゃべらず、ゆっくりシャツのボタンを外すと、洗濯カゴに放り込んだ。

「ええ？」

「体中」

「誰がこんなことした？」息が詰まった。

「上級生」

「政治学部の？」

「違う。工学部」

「まさか試合に負けたからじゃないよね？」

彼は首をふる。

「しばらく狙われてるんだ。何か怒らせることをしたのかもな」

その口調はまるでたいしたことではないみたいだ。こいつの負傷にパニクってるのは僕だけのようだ。

学内のほとんどの人間は彼をとことん愛してる。でも残りは、ここまで暴力をふるうほど嫌っているらしい。しかも顔は殴らないようにするというずる賢さだ、これなら誰も気づかない。サラワットは闇討ちに遭ったとは誰にも言わないだろう。僕でさえ無理に聞き出さないといけなかったんだから。

シス・トゥーンのカフェでのことをまた思い出す。今もあのときと同じ様子だ。

「そいつらにボコられたの、何回くらい？」

「2回」

「前のは、腕に怪我したときだね」

彼は黙ってうなずく。僕は深いため息をつくと、脱脂綿に消毒用アルコールをしみ込ませ、彼の体中の血を拭きにかかる。その姿を見ているだけで、僕が泣きそうになってきた。すり傷に綿を当てるたび顔をしかめる彼を見ると、どのくらい痛いのかわかってしまう。ハグしてやりたい。

「泣くんじゃないぞ」

「誰が泣いてる。幻覚でも見てるのか？」

「冗談言う気分じゃないよ。マンや、他のみんなは？　やっぱりこんなにひどい？」

「あいつらもちょっと殴られて、手当てしに家に帰った。上級生たち、あいつらのことは嫌ってない。俺だけだ、憎まれてるのは」

「くっそ……」

それだけしか出てこない、次の言葉を思いつかない。肩から胸にかけての皮膚が、いつもの日焼けの健康的な色を通り越して、あざで赤紫色になっている。

「冷湿布を買わないとだな」

「いいよ、ちょっと痛み止め飲んで、傷口をきれいにするだけでいい」

「これ、治るまで時間かかるよ」

「おまえがここにいてくれたら、すぐ気分はよくなる」

「ほんと強情だな」

応急処置は終わった。彼はじっとこっちを見て、僕の肩に頭を乗せてくる。そのままにしておいた。こいつの背中には長い、ベルトで打たれたような傷跡があるんだ。きっと痛むだろう。それは僕もだ。僕も痛みを感じる、彼が痛いとわかるから、そしてそれをどうすることもできないから。

「僕がいなかったら、誰が助けてくれた？　病院に行ってた？」と聞いてみる。サラワットはぼそぼそと答える。

「自分でやった」

「もし何か悩んでるなら、言ってくれないと困るよ。自分で言ったじゃないか、なんでもわけ合いたいって」

「心配させたくない」

「何も言ってくれないと、かえって心配するよ。ちょっとあっち向いて、背中をチェックする」

「もうちょっとこうしていたい」

「ん……」

　ダメとは言えなかった。少なくとも僕の肩は、暗い冬に差す一条の光になれたってことだな。

彼を襲撃した上級生たち、許せない。意味がわからない。ただ嫌いだからって、攻撃するのか。

　何も言わずにあぐらをかいて座ったままでいると、肩にサラワットが鼻をうずめてきて、背筋にひやりとしたものが走った。押しのける暇もなく、あいつがキスマークをつける勢いで首を噛んできた。

「ぎゃ、痛ってえ」顔をひっぱたいてやりたい。

「……」

「首離せ、サラワット、離せって」

　彼は自分の任務にきわめて忠実だ。そこまで痛いというほどでもないけれど、鼓動が速まり、このままだと気を失いそうだ。たぶんそっちのほうがずっと深刻だ。

「今、痛みを体から解放してるんだ」

「だからって何をやってるんだよ？」

　痛みに耐えるために、何かを噛んだりすることもあるが、人間を噛むやつがいるか。

「おまえいい匂いすぎて、ぎゅってしたくなる」

　もう我慢できない。

「消毒は自分でやんなさい」

僕は消毒薬を彼の手に押しつけ、跡のついてしまった首を撫でる。

「真っ赤……」サラワットはしぶしぶ僕の首から手を離すが、にんまり笑ってる。

「おまえが噛んだからだろ」と顔をしかめてみせる。

「首じゃない。顔だよ」

「……!!」

「見ろ、赤くなってるー！　それ、俺のせい？」

「誰が赤くなってるって？　幻だ」

「手の傷もきれいにしてくれる？」

「自分でやれ」

「うわー、痛い、すんごく痛いよ！」

もうあきれる。大の男が、ベッドの上でバタバタしているんだ。怪我をした手を押さえて、こっちの気を引こうとしている、ついさっきまで、タフな男を演じてたのはどうした。

「やってやるよ、おまえが大げさだから。それ、ちょうだい。塗ってやる」

サラワットはにたーっと、見たことのないような笑顔になった。彼が笑っているのを見ると安心する――見かけよりはひどく痛まないのかもしれない。消毒を済ませて少し痛み止めを飲ませ、テレビをつける。２人でベッドに寝転んで、放送中の番組を適当に流し見る。この状態、男がいろいろと女の子の世話をするテレビドラマみたいじゃないか。違うのは、この「女の子」におっぱいがないってことだけだ。


「まだ寝ないの？」

「いや、これ見たい。おまえはもう休め」

僕はヘッドボードに寄りかかって、脚を前に投げ出す。サラワットは僕の横に寝そべる。

「あまり早く帰るな」

「うん」

それ以上は、しゃべらない。ウトウトするまで、テレビをぼんやり見続ける。はっと目を覚ますと、テレビはもう消えていて、横に寝ていたやつの姿がなかった。目やにをこすって立ち上がり、ベランダに出ると、彼はそこにいた。ギターを手に、床に座っている。

「腕がまだ痛むだろ。まだ弾いちゃダメだよ」

「おまえが選んだ曲をやろうとしてるんだ。どのパートが一番難しいか、確かめてやる」

「助かるよ」

とは言ったが、本当は違う。それでも隣に座って、彼が弾くのを見ている。やはり痛そうだ。

「コードは相当厄介だ、全部暗譜しないといけない」

「忘れたらどうすればいい？」

「まあ、頑張れ」

ちっ、僕って愛されてるなぁ。

「失敗するのが怖ければ、俺の部屋に来い。教えるから」

「惜しいね。その手には乗らないよ」

「おまえもうここにいるじゃないか。簡単には出ていけないぞ」

彼の意味深な笑みに、こっちの顔色が変わる。

「そろそろ帰るね」

「今夜は泊まっていけないのか？　まだ怖いんだ。なぐさめてくれない？」

「おまえは何歳だ、３つか？　怖がりだな。この前はなんでもないみたいな顔して、僕に言おうとしなかったじゃないか」

「手が痛いよー」

「……」こいつ何もわかっちゃいない。まだ演技してる。かわいそうだと思ってほしいんだ。

「脚も。肩も。うう、それに腹も刺すみたいに痛い」

「……」

「ベルトでやられた背中の傷が、めちゃ痛い！」

まるで奴隷制があったころの時代劇のセリフだ。もちろんかわいそうだとは思うけど、怒りのほうが強い。これが本当にあのサラワットか？　クールで物静かな男、みんなの人気者だって？

僕のそばにいるときは、いつだって食えないやつだ。

「やめ。グチグチ言うのはやめろ。泊まれないよ、何も持ってないもん」

「大丈夫だ、必要な物は全部ある」

「ええ?」

「買っておいた」

口がぽかんと開く。恐ろしいやつ。こういうこと、すでに計画してたのか。

「え、おまえ、怖いんだけど」

僕はさっと彼から離れる。彼は答えず、僕らはそのまましばらく座っていたが、やがて彼はぽろぽろとギターを鳴らし出す。同じコードの並びを繰り返している。痛むはずだから、このまま弾かせておきたくない。でもやめろと言って素直に聞くやつじゃないから、弾くのをやめるような何かを考えなければ。僕は立ちあがって、コインをひとつ探す。

「質問ゲームをしよう」

「アホなゲームはしたくない」と却下される。

「じゃあもう帰るね」

「ルールは?」

僕は彼に近づき、コインを見せる。

「簡単だよ、コインを回すんだ。表が出たらおまえが僕の質問に答えないといけない、もし裏だったら、僕になんでも聞いていい。順番に回すんだ」

こうすればサラワットがギターを弾くのをやめさせられるし、彼のことをもっと知ることができる。一石二鳥のナイスアイディアだ。前にも聞いたけれど答えてくれなかったことや、今まで語られなかったけど知りたいことを聞ける。

「どっちが最初？」と彼が聞く。

「僕から」と答え、床にコインを置いて回した。

「表だ」僕の勝ち。

「僕が聞きたいのは、おまえスクラブのライブで去年僕に会ったというけど、僕を追いかけてこの大学にしたの？」

このことはずっと気になっていたんだ。

「誰が人を追いかけて大学を決める。違う。これは偶然だ」

彼は答え、コインを回す。また表。僕は別の質問をする。

「僕がここの学生だって、いつ知った？」

「おまえが大学内で俺を見つけたとき。最初は衝撃で、それから、めちゃ嬉しくなった。覚えていたよりさらにキュートでハンサムだったから。言っただろう、キスしたいって、深～く。それに噛んだりも……」

「もういい！」

こいつの厚かましさは底なしだ。最初からこうだったに違いない、ただ隠してしていただけだ。

再び僕が回す番だ。コインはしばらく回った後、逆側に倒れた。質問の権利はサラワットだ。

「おまえ今まで何人と……つき合った？」

びっくりして脚に槍でも刺されたようだ。彼が僕の過去の恋愛について知りたがっているとは思わなかった。ちょっと待ってくれ。数える。1……2……3……。

「7人くらい」その他は、彼女というほどの交際じゃない。ちょっとした軽い遊びだ。

「そんなにとっかえひっかえして、それ彼女かよ、パンツかよ？　なんでそんなにいる？」

だってモテるから。それだけ。

彼は首をふり、またコインを回す。僕が質問権を得た。

「じゃあおまえは？　何人？」

「1人だけ」

あれ、確かお母さんは、今まで彼女がいたことがないと言っていたけど。

「ええ？　その子はどこの大学？」

「同じとこ」

世界は狭いな。どうしてか、突然不安に襲われる。

「何年？」

「それ、回さないのか」

「まず答えろ」と譲らなかった。

「1年」

「どこの学部？」

「法学部」なんだと！　僕と同じじゃないか。

「誰？　知っている子かも」

「おまえだ。自分のこと、知らないのか？」

「僕はまだ、おまえの彼氏じゃない」

「もうじきそうなる。逃さない」

そんなセリフを吐かれると気づまりで、それ以上何も言えない。まったく言い返さないのも気まりが悪いから、話題を変えるためにコインを回すが、運はこっちに向かなかった。サラワットが聞く番だ。

「俺が好きか？」

彼の質問が体中、すみずみにまで響き渡る。

「もうこのゲームしたくない」

「答えなし。ということは、好きってことだな」

僕はがばっと立ち上がり、部屋の中に逃げ込んだ。頭が沸いてる人みたいに1人でニヤニヤしている彼をベランダに残し、自分のバッグからスマホを取り出した。サラワットも戻ってきて、冷蔵庫から何かを取り出す。それを温めて、「腹減ってるだろう」と渡してきた。

「そんなこと言わなかったし、もう帰らないと。もう10時になるよ」

「泊まれないの？」

サラワットは床に腰を下ろすと、僕が座っているソファに背をあずける。僕を見上げたその目が、すがりつくみたいなんだ。僕は何も言わず、彼の手から食べ物を受け取った。ということは、僕は今夜はここに泊まるのか。

童貞を奪われちゃったらどうしよう。まだ誰ともセックスしてない。キス、ハグまでだ。近いうちにこの男とそういうことをするなんて考えると……大泣きしてあきれられそうだ。やだよ!!

サラワットは立ちあがって歯ブラシを出し、クローゼットから服を探す。僕ほどオシャレな男ではないから、ジャージやジーンズ、Tシャツに制服くらいしかない。美にかまわない平凡な男のクローゼットだ。

「シャワー浴びてくる」

僕が言うとサラワットはうなずき、ベッドに寝そべる。僕はタオルと歯ブラシをバスルームに持ち込むと、服を脱いで腰にタオルを巻きつける。歯磨きは丁寧にする習慣だ。

ドンドンドン！

ドアの向こう側からの訴えは無視する。また3回続けてノック。しばらく無視していたが、我慢できなくなって答える。

「なんだよ」

「入れろ」

「なぜ?」

「わかるだろう」

大のほうをしたいっていうようには聞こえないが。ちょっと考えてから、仕方なくドアを開けてやる。

「うわ。白っ。輝く白さ」

「クソが!」

サラワットは物欲しそうな目つきで僕を見てくる。身に着けているのは腰に巻いたタオル1枚。僕の頭を撫でてから、手を伸ばして棚の歯ブラシを取った。歯磨き粉を絞り出しながら、こっちをチラチラ見てくる。

確かに、強烈に魅力的ではある。ブン殴ってやりたいと思う人間がいても、不思議ではない。肩と腹部にはっきりあざが見えるが、少しも気にしていないようだ。

「歯、磨かないのか?」

歯ブラシをくわえたまま、彼が言う。僕は彼を見ないようにうつむく。こっちが鏡を見るたびに、鏡越しに目が合ってしまう。

「何を見てるんだよ」

「おまえ」

「なんで？」

「見たいから」

お手上げだ。言い争いはしない、無駄だ。こいつがここにいないと思い込もう。

「タイン」

「んん」

「我慢できない。やっちゃおう」

こっちに傾いてきて、歯磨き粉まみれの唇を僕の頬に押しつけてくる。不意を打たれた。向こうはさらに僕の額やもう片方の頬へと、歯磨き粉をつけまくる、これは顔用のクレンザーか。

「なんだよ汚いな」

しばらく耐えていたが、もうダメだ。もし彼がこんなに気の毒な状態でなければ、ぶっ叩いてやるところだ。でもサラワットはただ、楽しくてしょうがないようだ。

「カワイイ。俺の水牛ちゃんの顔がぐちゃぐちゃ」

「人をからかうな」

「おまえも同じことしていいぞ、遠慮すんな」

自分の額を指さす。僕はただ笑って、彼の頭を歯ブラシでコツンと叩いた。はああ。

歯磨きするだけでえらいことだったと思う間もなく、寝るのはもっとめちゃくちゃだった。僕は「輝く白さ」と書かれた彼のTシャツを着て、サラワットはお気に入りの背番号12番「サラワッド」のTシャツを着ている。ベッドで寝ればいいだろうか、ソファだろうか。

「おまえ何見てる?」

サラワットが聞く。カンのいいやつだ。僕の考えていることを読んでる。

「どこに寝ればいいかな」

「おまえが選べ。ソファで寝るか、ベッドで俺と一緒に寝るか」

「寝言はやめろ。ソファで寝る」

「どうぞお好きに。明かり消すぞ」

彼は枕をポンと投げてきて自分のベッドに入り、毛布にくるまる。ちょっとためらってから、僕はソファに行く。

部屋の主としてお客をもてなしてくれるのかなと思ったのだが、そんなやつじゃなかった。こっちをソファで寝かせ、枕はくれたが他には何もなしだ。クソ寒い! 泊まってくれと頼み込んだのは向こうだというのに、自分はぬくぬくとベッドで寝て、僕だけソファか。次は絶対、気の毒だなんて思ってやらない。

僕は内心毒づきながら、横になって枕を抱いた。もしこれが陳腐なドラマか何かなら、僕の立場は情けない小僧で、サラワットにひどい目に遭わされてると大声で泣いて訴える場面だ。けど残念ながらドラマじゃない。僕という笑える男の、現実だ。現実って、キビシイ! ものすごく寒い、大事なアソコが縮みそう。

10分ほど、ソファの上でなんとか快適な体勢を探そうとごそごそする。あいつに毛布をくれとお願いするほどへりくだりたくないのはやまやまだ。が、この寒さでは寝られない。

「サラワット」

「うん」

「起きてる？」

「寝てる」

このヤロ……。

「温度上げて。寒い」

「ベッドに来て一緒に寝れば」

「やだ」

「……」

僕は横になったまま動かず長いことじっとしているが、彼はなんにも言ってこない。ベッドから起き上がる音は聞こえたが、暗くて何をしているかまでは見えない、がっ……。

うわっ‼

「ぎゃああ！」

やつがドサッと上から落ちてきて、僕は叫んだ。僕に腕を回してしっかり抱えてくれたから、ソファから落ちはしなかったが。大きな毛布が温かい、けれどどうにも落ち着かない。だいたいこのソファ、本当に小さいんだ。なんでこうやってべったりくっついてくるんだ。

「出てけよ！　おかしいだろ！」

「おまえに選ばせたら、ソファで寝たいって言ったんじゃないか」

「ソファで1人で寝たいって言ったんだよ」

「そうは言わなかったよ。そんなに動き回るな。痛てーよ。ちょっとこのままでいさせろ」

でかい毛布越しに、僕はやつに抱きしめられてる。あまり居心地がよくないが、とりあえずしたいようにさせてやろう。僕の額に、彼の吐息がかかる。気持ちがいい。静かで、彼が僕を見ているのか寝てしまったのかもわからない。お陰で心臓がドキドキして、今にも胸から飛び出しそうなんですけど。そんな気持ちまでバレそうで、ちょっと怖いのだ。心臓が……。


1週間経ってサラワットはかなりよくなったが、まだ暴力をふるった上級生が誰なのかわからない。ホワイト・ライオンも同様だ。マンは唇を切って、あまり食べられない。ビッグとボス、ティーとテームは全員、手首を負傷したり肩を痛めたり、手にあざを作ってる。

この1週間、歩き方もぎこちなく、大勢の人がいろいろな憶測をした。でも大怪我というほど目立つものでもないから、そこまで大事《おおごと》とは思われなかったようだ。ただし僕は怪我の具合を目の当たりにしているから、かなり腹が立っている。卑劣な上級生め、気に入らないからというだけで新入生を襲撃するなんて。

僕はほとんどの時間、ギターの練習をして過ごす。自分で選んだ曲だが、なかなか手ごわい。サラワットも練習に熱中している。怪我のために弾けなかった時間を取り戻そうとしているみたいだ。彼はバンドの一員だから。

ソロをやらなければならないのは新入りのうちでも初心者だけ。これで僕がどれほどガチガチに緊張しているか、誰もわかっていないようだ。サラワットは毎日部室に来て練習を手伝ってくれている。でもいくら彼でも、僕が舞台で大失敗しないという保証はできない。ライブのギター演奏が大惨事に終わらないか、心配なんだ。

「みなさんこんにちは。僕らは音楽同好会と音楽フェス・ユニオンです。近々、音楽フェスティバルが開催されることを発表します」

ついにこの日がやって来てしまった。上級生たちが口笛や歓声を浴びる。フェスティバルのことを知らせるため、みんな課外活動エリアに集まっている。さまざまな学部の学生が見物に来ている。

「今日は特別イベントとして、来学期の音楽フェスティバルを宣伝しています。そして、みんなにもコンテストに参加してもらいたい。参加したいと思ったら、ステージわきに申し込み用紙があるから自由に取ってね。今見に来たばかりの人へ、軽音部のメンバーがこれから演奏します。準備はいいー？」

「いいぞお!!」

「Ctrl Sのメンバーに拍手をどうぞ!」

「わあー、サラワット! サラワット、サラワット!」

まだステージに上がってもいないというのに、Ctrl Sのギタリストが彼だとみんな知っている。

このトップスターの人気にかなう者はいないな。

「やあ、みんな! 僕らはCtrl S! 僕はターム、ヴォーカルだ。こっちの2人はイアーンとアン、アコースティック・ギター。こっちのサラワットはクラシック・ギター、そして最後は……カホン担当、ブーム」

「きゃー! Ctrl S!」

「たくさんの人が希望と愛を抱くけど、たくさん壁があって、届かない。最後は諦めてしまうよね」

「イェー!」

「その壁は煙みたいなものなんだ。それを通り抜けられたら、いつか、光に達する。この歌を歌おう、そして一緒に通り抜けよう!」

「ワオー!」

バンドが演奏し始めたのはデスクトップ・エラーというバンドの『Fading Smoke(消えゆく煙)』という曲のカバーだ。このバンドはよく知らないけれど、サラワットがこの曲を何度も練習していたから、一緒に歌うのは簡単だ。みんな楽しんで、ステージのミュージシャンに声援を送っている。

Ctrl Sはたくさんの曲を演奏するが、僕が聴けたのは最初のだけ。残りの時間は、自分の曲のコードをおさらいする。アガって頭が真っ白になりそうで怖い。チアリーディングのパフォーマンスなら数えきれない回数こなしてきたが、ギターでステージに立つのは初めてだ——これまでにないくらい緊張する。

その後の20分は、さらにいろんなグループが演奏する。そろそろ新入生のショーの時間だ。

「以上、ここまでは新入生の中でも経験者組のパフォーマンスでした！　後半も盛り上がっていこー！」

とうとう僕らの名前がアナウンスされる。グリーンと僕、その他。聴衆は大声で声援してくれる。

「みんなノリノリだね！　じゃ、登場してもらおう！」

僕の横でブルブル震えてるでかい男を見る。グリーンは、もう気絶しそうな顔をしている。彼がトップバッターだ。

「タイン……」

「頑張れよ」僕は励ますが、あいつはステージに上がろうとしない。

ここは彼の彼氏の出番だ。「行け」と命令する。

「ディム、怖いよ」

「何が怖いってんだ？　いつも見さかいなしに誰にでも気のあるフリするくせに、だから今日、全員そろってもらったんだ。行け！」

グリーンはふくれっ面でステージに引かれていった。みんなが彼を元気づけようと、拍手で迎えてくれる。一見イケメン風で、人に気のあるそぶりを見せるのがうまい男が、年中怒ってる彼氏と一緒にいるって、なんて悲喜劇だろう。グリーンは4つしかコードのない、簡単な曲を演奏した。1か所だけトチったみたいだが、演奏はとどこおりなく終わった。

グリーンのショーにみんなが拍手を送る。ということは……。

「タイン、おまえだ」

「最後にしてくれませんか」

「ラストパフォーマンスは重圧がでかい、だから今行っておけ。うんとプレッシャーが少ないから」

僕はステージに押し出された。みんなが拍手するなか、とぼとぼステージを歩いて中央に進む。気後れして、恥ずかしい。

「やだ、可愛い！」

聴衆にからかわれながら、僕は椅子にたどりつく。みんな僕を笑ってる。座って、マイクを引き、こんにちは、と言う。練習してきたことが、すべてどこかへ行ってしまった。頭が真っ白だ。何かしゃべらなければいけないのだが、こんなんできなーい、とただ叫びたい気分だ。

「僕は……タイン。法学部です」

「シックな男・タイン！」

誰かが叫び、さらに大きな笑い声が起きる。それで多少リラックスした。

「そう、僕はシックな男・タインです、今日はみなさんに歌を歌います。そんなに知られた曲じゃないけど、本当にみんなに聴いてほしいんだ」

「ヒューヒュー！」

「もし知っていたら、一緒に歌ってね」

僕はギターを握りしめ、最初のコードを弾く。大丈夫かもしれない。すべてうまくいってる。よね？

僕は今、愛するギター「厄介もん」を持ってここにいる。サラワットの名が刻まれたギターだ。みんなが、その名前だけ見ているように感じる。彼が僕のために選んだピックを使ってる。僕自身の物は何もない、ただ思い出せないコードを除いて。

「世界がどんなに残酷でも　どんなに憂鬱でも
暗く　悲しみが満ちていても
僕は辛いことにたくさん　遭わなければならない
でもそれでいい」

——スクラブ『Wish《ウィッシュ》』

ああ神様仏様、タスケテ。イントロをやっただけで、もう僕の脳内は完全に真っ白だ。コードなんか忘れた。

手が止まる。たぶんみんな怪訝《けげん》に思うだろう。誰かステージから降ろしてくれないか。助けてくれ、と思いながら人混みを見る。すると、サラワットが見えた。紙を手にしている、講義か何かのプリントのようだ。そこに、でかい字でコードが書いてある。

「僕は怖れない　何が来ようとひるまない
すべてを受け入れる　準備はできてる……」

サラワットが頑張ってくれたが、ここまでだ。彼の書いたコードはちゃんと見えるが、僕の記憶の最後のかけらが消えうせた。今歌った歌詞の後はもう、完全に消滅。顔を上げる勇気がなく、ただ弦ばかり見る。なんとか集中して弾こうとしても、何ひとつ思い出せないんだ。

「きみがいる限り　きみが僕の望むすべて
きみだけ
それ以上何もいらない」

僕のものではないギターの音と歌声が降ってきた。

「キャーッ！　サラワット！」

「あたしのダーリン」

「ハートを盗まれた！」

彼が僕の横で、歌っている。いつの間にステージに来たのかもわからない。わかるのは、彼がなめらかに自分のマーティンDC-16を弾いていることだけだ。サラワットはこちらを見てうなずく。ただ歌え、弾かなくていい、と言っているようだ。僕はそうする。

「きみと僕だけがいればいい　ただ2人だけ
2人だけが　何よりもいい
きみも僕も　たくさん経験するけど
きつくても簡単でも　最後まで見とどけよう」

ウクレレと第2ギターもサラワットに加わり、みんなが注目する。マンが率いるホワイト・ライオンたちだ。ステージには上がらず、ステージの下で協力してくれている。

「僕は怖れない　何が来ようとひるまない

すべてを受け入れる　準備はできてる」

「彼氏にしてくれる？　タインの彼氏にしてくれる？
お願いだ　それ以外は何もいらない

きみと僕だけがいればいい　ただ2人だけ
2人だけが　何よりもいい」

「ヒュー！　きゃあああ！」

急に知らない歌詞になって、僕はフリーズする。サラワットも固まっている。ホワイト・ライオンが歌詞を変えて歌っているんだ！
サラワットは歌うのをやめた。でも、びっくりしているのは僕らだけだ――ホワイト・ライオンたちは最大限の肺活量で叫んでいて、誰が歌っているのか判別できない。マンか？　ビッグ？　ボス？　ティーなのか？　それともテーム？　みんなが叫ぶのをやめてやっと、誰だかわかった。
「タイン！」
マンが僕の名前を呼ぶ。「おまえに言うことがあるぞ！」

みんながざわめく。ひょっとしてマンが僕を好きなんじゃないかと。僕はあっけにとられた。

「おまえに聞きたい……俺の友達の彼氏になってくれるか？」

「ヒュー！　誰だよ、それ？」誰かが叫ぶ。

マンは続ける。「イエスと言わなきゃダメだ」

「誰？」

「そのひどいやつ」

「どの、ひどいやつさ」

「おまえの横の、ひどいやつ。しょうもないチキンなんだ」

「……！」

「今やれよ。コクれ、じゃないと俺が代わりにタインを口説くぞ」

「ほっとけ。こいつは俺のものだ。おまえに関係ない」

「きゃあああ、あたしのサラワーットが！　ステキー！」

サラワットがこっちを見る。僕の心臓、調子がおかしいようだ。どうすりゃいいんだ？　こんな状況になったことないよ。

「タイン」

「な、何？」

「もう、口説き続けるのが嫌になった」

「……」

「俺の彼氏になれよ」

2巻に続く。

Profile

著 **ジッティレイン**（JittiRain）

本名はジッティナート・ンガムナク。友達からはジッティと呼ばれている。2014年6月に執筆活動を開始。Facebookのフォロワー数は約5万6000人（2020年9月時点）。

著書に『不可能な愛（Impossible Love）』シリーズ、『愛のセオリー（Theory of Love）』、『ミュージシャン・孤独・小説家（Musician, Solitude, Novelist）』、『エンジニア・キュート・ボーイ（Engineer Cute Boy）』シリーズ、『1光年のポエム（The Poem of the Light Year）』、『難解（Arcanae）』、『バニラ・サンデー（Vanilla Sundae）』、『フレンド・ゾーン（Friend Zone）』。

訳 **佐々木紀**（ささき・みち）

北海道生まれ。東京外国語大学ロシア語科卒業。

小説『時計じかけのオレンジ』の英語・ロシア語まじりの造語スラングに惹かれて専攻を選んだ。イギリス在住。

科学・医療のノンフィクションからビジュアル図鑑、サスペンス・ロマンス小説まで幅広いジャンルで活躍。訳書多数。

装画……………………志村貴子

装丁・本文デザイン……鈴木大輔、仲條世菜（ソウルデザイン）
DTP……………………坂巻治子
校正……………………深澤晴彦
翻訳協力………………株式会社オフィス宮崎
編集……………………吉本光里、田中悠香、長島恵理（ワニブックス）

2gether（1）

著…………ジッティレイン
訳…………佐々木 紀

2020年10月30日　初版発行

発行者……横内正昭
編集人……青柳有紀
発行所……株式会社ワニブックス
〒150-8482
東京都渋谷区恵比寿4-4-9　えびす大黒ビル
電話　03-5449-2711（代表）
03-5449-2716（編集部）
ワニブックスHP　http://www.wani.co.jp/
WANI BOOKOUT　http://www.wanibookout.com/

印刷所……株式会社美松堂
製本所……ナショナル製本

ISBN 978-4-8470-9974-8